假如我被困在同一天

王左中右
唐梓严
灵魂厨娘

等/作/品

IF I WERE TRAPPED IN THE SAME DAY

湖南文艺出版社
HUNAN LITERATURE AND ART PUBLISHING HOUSE

博集天卷
CS-BOOKY

图书在版编目（CIP）数据

假如我被困在同一天 / 王左中右等著 . —长沙：湖南文艺出版社，2018.1
ISBN 978-7-5404-8324-1

Ⅰ.①假… Ⅱ.①王… Ⅲ.①短篇小说—小说集—中国—当代
Ⅳ.① I247.7

中国版本图书馆 CIP 数据核字（2017）第 240435 号

上架建议：短篇小说集

JIARU WO BEI KUN ZAI TONGYITIAN
假如我被困在同一天

作　　者：王左中右 等
出 版 人：曾赛丰
责任编辑：薛　健　刘诗哲
监　　制：蔡明菲　邢越超
出 品 人：乔　洋　尹　健　唐梓严
策划编辑：张思北
特约编辑：李乐娟
营销支持：李　群　张锦涵　姚长杰
版式设计：张丽娜
内文插画：Starry阿星
封面设计：梁秋晨
出版发行：湖南文艺出版社
　　　　　（长沙市雨花区东二环一段 508 号　邮编：410014）
网　　址：www.hnwy.net
印　　刷：北京京都六环印刷厂
经　　销：新华书店
开　　本：880mm×1270mm　1/32
字　　数：240 千字
印　　张：10.5
版　　次：2018 年 1 月第 1 版
印　　次：2018 年 1 月第 1 次印刷
书　　号：ISBN 978-7-5404-8324-1
定　　价：42.00 元

质量监督电话：010-59096394
团购电话：010-59320018

在绝望中等待爱情，最深的爱情，都是如此吧。

目 录
contents

IF
I WERE TRAPPED
IN THE SAME DAY

假如我被困在
同一天

我以前给她说笑话，她会笑，纯粹是因为她喜欢我

少年热血，只觉此刻有酒有枪，这世上便哪都去得。

这是最后的告白，也是提前的告别。

答应我，伤心的时候就要大声哭出来，
开心的时候也要用力笑出来。

每一个向死而生的生命，
也都曾热烈生长。

IF
I WERE TRAPPED
IN THE SAME DAY

撕票

◇ 唐梓严

1.

我国著名油画家李大春脑袋被一棍子敲上去的时候，他还正在和小情人聊天，刚准备按个微信语音键说话时，便猝不及防"咚"的一下脑袋就被敲了。

这是李大春第二次被敲，第一次是上学的时候看见别人在打架，他上去装老大，说给我个面子都别打了。

两队人马一愣，随即觉得去你的，你谁啊，李大春被一块红砖迎头痛击，当即晕了过去。后来在 KTV 每每引起他 PTSD（创伤后应激障碍）的都是崔健的一句歌词：那天是你用一块红布，蒙住我双眼也蒙住了天。

而这次挨了一棍子以后，李大春其实没彻底晕过去，就是蒙了，恍恍惚惚之间被套了个头套拖上车。

车发动的声音比较突兀，李大春一下子清醒了，傻子也能琢磨明白这是咋回事。李大春下意识地拍大腿大喊"尤里卡尤里卡"，结果发现自己脚和手都被绑一起了。李大春大喊："绑架啊，来人啊，来人啊，救驾！"

绑匪全都吓了一跳，以为是绑了乾隆。看了一下李大春，也没啥过人的特征，应该只是出了一丝纰漏。

有个绑匪安慰李大春，说你别紧张，我们不是刺客，就是两名普通的绑匪，这是正常绑架。

另一个绑匪，听声音像是坐在驾驶席，质问身边的绑匪："你咋回事，打人都不会打，你能干啥？你打完嘴能给堵上吗？拢共就咱俩你还留这么多破绽！"

有俩绑匪，一个甲一个乙，甲开车，乙在旁边看着我。李大春默默熟悉环境，靠多年绘画经验在脑中勾勒出车内画面。

乙回答开车的甲，说他经验还没有到很足的地步，打重了怕直接打死了，可能是还有一丝恻隐之心，二者结合导致力道不足。他觉得打晕就完事了，没必要堵嘴。

李大春有点蒙，他一是没见过绑架的，二是没见过这样的绑匪。

安静了一会儿，李大春问："不知二位在何处高就？"问完觉得不对，没这么问绑匪的，人又没在公司上班，也不可能说有个老大每天啥事不干就光绑人，这不是固定职业，也不用交社保，这个问法不太妥。

没人理，甲和乙还在纠结李大春怎么这么快就醒了的事。

正准备重新组织一个符合此次不正规绑架案的语言，还没等李大春组织好，就听甲告诉乙，说你回去写个报告，总结一下这次绑架的得与失。

乙点点头。

刚刚觉得不正规的李大春犹遭当头一棒，都有报告了，那看来是较为正规的职业绑架公司。

"现在你的错误已经酿成，Fix it yourself！"甲声音威严，庄重地给小弟做指示。

乙说："啊？你说啥？"

"你弱智啊？我们是来自西西里岛的国际绑匪，这你都听不懂？是不是中国你待太久了，忘记了自己的母语？我代表祖国谴责你。必须要让你饱餐一顿意大利面了，每天吃包子、油条和豆腐脑吃得你忘了本。"

李大春举手，说哥，西西里在意大利，不说英语。另外哥，他意思是让你改正你的错误。咱都别装了，好好说话吧。

乙说早说嘛，谢了兄弟，掌握一门外语还是很重要的，刚力道不足，我再练练。说完又给了李大春一棍子。

这次李大春学乖了，喊了一声"Mama mia"，随即装晕。

乙又说："哥，他刚喊啥？"

"不知道。"

李大春说："你不是意大利人吗？这都听不懂？"但不想再挨一棍子，自己喜欢玩《魂斗罗》，拢共三条命，第三棍子挨下去可能就真死了，于是他老实躺着。

他开始琢磨电影里的套路，回顾了几个绑架类影片的详细思路。李大春先排除了救人质类型的英雄主义影片，因为他这个年纪和家庭冷淡关系导致几天不回家也没人会怀疑是被绑架了。他又回顾了一些自救的镜头，片子里的人被绑起来以后的套路多为暗数多少个数，记下直行几个数后左拐，又直行几个数后右拐，根据限速画出一个大致的范围，然后伺机划开绳子也好扒拉个手机，报警等待被营救。

但他又一琢磨，电影里都是国外，不堵车，你在国内这么整，数到3万多没准还没出三环呢。何况就算不堵车，都绑匪了谁还那么守交规，你哪知道他超了限速多少，从统计学角度来看，样本偏差太大，不行不行。

李大春又试着挣扎了一下，他是四肢被绑在了一起，两手两脚被聚集在一个点上然后猛捆起来，很像屠宰场被放血的猪。试着动了一下，好像有好几圈绳子缠着，非常难受，还闷。他基本上不用再想自己拿个刀或者玻璃片划拉的事了，自己被绑得关节坏死都不一定能划开。

有车的时候堵车，没车的时候瞎开，自己也弄不开这玩意儿，死局。李大春准备一声叹气，想装晕，赶紧闭了嘴，开始构思是谁要绑架自己。

绑人无非就是图财，看别人有钱就绑。但李大春也就是个知名画家，他小区里有钱人多的是，真绑架犯不着绑一个画家。那么推论一下，绑架他的原因势必就是要让他消失。他的缺席可以帮助谁达到一个不可告人的秘密？

十秒钟后，李大春毅然锁定嫌疑人胡明生，这个狗东西在和他争一个艺术品画廊的所有权。早年画廊买过一些李大春的画，李大春就想搭一个画廊把这些画收回来。他很奇怪，画廊又不是发廊，我抢了你的位子又不是耽搁你泻火，这么整人有病啊？你正大光明跟我争，把我绑起来算啥？我这岁数老婆我也不想看，婚姻正处在冷战期呢，我这么点爱好你还要跟我抢，狗东西别让我跑出去，跑出去第一件事就整你。

李大春构思了许多折磨胡明生的办法，已然忘了自己离"出去"这个收拾胡明生的充分必要条件还很远，光仇恨蔓延了，咬得牙咯咯响。

绑匪乙忽然发出指示，让甲把车停路边。李大春以为到了，结果听见乙问："这小子发出的什么声音？"

李大春赶紧闭嘴。

甲说又咋了啊，乙回答好像是牙响，难道又醒了？

甲："你是不是又下手轻了？"

"你怎么老怀疑我的业务水平，可能他睡觉磨牙，我睡觉还打呼噜呢，你看他睡得多熟啊！"乙抗议甲的不信任，指了指李大春。

"去，再给他一棍子，毛病多，教育一下。"

"都晕了还给棍子？"乙再次进行抗议。

好人哪，李大春心想。

"你不知道昏迷也分程度吗？他这算昏迷，那植物人也算昏迷，你去让他进阶一下。"

"有道理，学习了。"

于是乙抬手又一棍子，李大春三条命耗尽，正式晕了过去，晕前还不敢叫，很惨。

2.

林一慧正跟自己的老男人聊天呢，忽然没信儿了。老男人最后发了条语音，啥都没有，就"咚"一声，"哎哟"一声，拢共两秒不到。

林一慧感觉很奇怪，这人吧，跟你聊天就和跟你睡觉似的，相处时间越长，说话时间越短。刚开始恨不得句句六十秒，后来一两个字就结束，还得前后留空白才能凑足一秒，不然微信都提示你：语音时间太短，不能发送。

但李大春这个短不一样。自己男朋友那个短是时间的结果，处得久了什么都跟交差似的，而李大春的短，短得突如其来，猝不及防。如果把和异性相处比作人的一生，正常那种结束是生老病死，李大春属于高高兴兴出门去，结果一下就被车撞死了。

林一慧感觉很烦，趴窗台上看远处。小区绿化做得很好，收费也收得很高，在当地属于不错的地方。就是小区里养什么的都有，不光有猫和狗，还有养鹰的，有时候就在楼前"唰"的一下飞过去了。这好地方林一慧自己没钱租，她男朋友也没钱租，是李大春给她掏的钱。就这，林一慧抱怨什么，李大春就给解决什么，什么都不图是假的，但他也不急。

现代人都这么忙，他还有空用对付小女生的心思和动作来对待自己。林一慧觉得，李大春还挺浪漫的，也可能是真喜欢自己。艺术家就是独特。

外头的太阳好，房间里有个鱼缸，林一慧进去用两只手捧着拿出来，放到阳台上面，让里面的小乌龟晒太阳。狗不晒太阳就得病，乌龟也是。她养什么都很用心，和很多小姑娘不一样——养只猫几天就烦了，养只狗几天也烦了，她觉得这样的人喜欢小孩子都是假的，千万不能生孩子。

缸里原来有两只乌龟。买来的时候是俩，丢了一只，林一慧就又买了一只凑个对，数量还是一样的，也都是忍者神龟的名字，只是岁月让原来的龟不是现在的龟了。她男朋友赵一成不太喜欢乌龟，说这不就是王八嘛，养来干什么，跟人也不亲长得也不好看，但林一慧就是喜欢。

俩人有一次吵架，赵一成把缸砸了，一只叫达·芬奇的小乌龟不翼而飞。说来奇怪，就这么大点地方，再也没找见过。

林一慧那次之后说："赵一成，再吵架你可不能砸我缸了，你又不是司马光。"

赵一成笑着说："不就是只乌龟嘛，再说了，司马光也没我聪明。"

林一慧说："你要是再砸缸，连里面小朋友的脑门也一起砸碎了。"

她觉得赵一成对生命没有基本的尊重，健身教练的肌肉都长脑子里了，她健身教练见得多了，也没见过这样的。就这样，俩人之间的矛盾越来越深，最后被李大春乘虚而入。

后来，俩人又吵架，赵一成抱着缸要砸，被林一慧拼死抢下，结果拉斐尔在隔天不翼而飞，形成了今天这种独霸天下的局面。

那时候林一慧问："赵一成，你是不是偷偷把我小乌龟扔了？"

赵一成说："不是，你不是离家出走嘛，我把乌龟放在阳台上晒太阳，被邻居那只鹰给抓走了。"

林一慧说："你骗谁呢，鹰怎么不把你抓走？"

"我哪儿知道啊，我不想跟你吵架，真是鹰抓走的。我要真给你扔了我全扔了不就完了，我还留个目击证人？"

她想想也对，没说话。

现在的林一慧一个人在阳台上坐着，赵一成每周都有一天不回来，说是有个学员来得特别晚，练完自己就凑合在健身房里洗了睡觉。正常人都得有疑惑，但林一慧现在心里有了李大春，不是很介意。你对象什么时候对你管得特别松，爱怎么样就怎么样，那一般就是有下家了。

结果今天下家就突然没了。太阳落山了，小乌龟从晒太阳的时间待到了广场舞出场，大妈们各自排成一个方阵，领队的冲着对面大喊："今儿就让你们看看什么是真正的舞者！"录音机开始传出廉价舞曲的声音，拖着廉价的夜生活缓缓往前走，李大春还是没动静。

林一慧很气，决定跟赵一成吵一架泄愤，反正后果再严重能严重到哪儿去呢？但她低估了赵一成——和男人相处久了，你一张嘴他就知道你要干吗。上一次林一慧刚开始挑事，还没说完第一句话呢，赵一成就跟变魔术一样拿出来个包，提着就走。摔门的声音淹没在长长的舞曲声中，像普通人的死亡在不相干的人生活长河中激起的浪花。

"难道他早就收拾好了个包，随时准备拎包即住？"林一慧不解。

少女林一慧陷入了长久的困惑之中，但中年妇女张红今天很开心，要跟小白脸相会。何况张红既没胖，也没丑，还有钱，虽然她和小白脸彼此都清楚钱大多是她老公的。

张红打电话："哎呀，宝贝儿，1702房间啊，等你哦！"

大白天的公然出轨不需要胆量，她老公在哪儿她真不关心，反正对她也爱搭不理的，俩人关系名存实亡，加上没有孩子，简直雪上加霜，最后一个劝自己别瞎整的"为了孩子好"的名头都没了，俩人过得松散加随意，爱干啥干啥，婚姻名存实亡，靠懒得分割财产来维系最后一丝可能。

小白脸来了，坐着给家里打了个电话，问给妹妹治病还需要多少钱，挂了电话坐那儿出神，偶尔抬抬眉头叹叹气。

张红说："还需要多少钱，你给我说吧。"小白脸看看她，两人亲在了一起。

后面一切都顺理成章，按每次不变的剧本来。但这次有点NG，因为正到一半，张红突然停下，说宝贝儿，你跟我结婚算了，我户口本上不想写他这个老东西，我要写上你赵一成的名字。

赵一成随即瞪大了眼睛。

"到了？"张红做好准备。

赵一成是吓着了，准确来说是吓坏了，像一尊雕像凝固在那里，撑在床上的双臂三头肌隆起，张红盯得双眼迷离。

"你动啊。"张红催促。

眨巴了几下眼睛，赵一成翻身下来，裸体坐在床边，扶额。

"怎么了宝贝儿？"

"没啥，没啥，没准备好呢。"

张红纳闷，问他你怎么就没准备好呢，你不是天天说爱我吗？

女人年轻时候信这，岁数大了怎么还信？赵一成很困惑，这岁数长了半天长狗身上去了？自己图个钱，她图个身子，这不就行了嘛！合作愉快，你好再见，非得信这种巩固关系的场面话吗？张红看他苦恼之情溢于言表，也不乐意了，趴在赵一成肩膀上一直问，左边趴完趴右边，右边趴完换左边，为了让赵一成理理她，还不时伸出舌头舔舔他的耳朵和脖子，特别像动物园爬行馆里饿了几十天的蛇。

"不是，你看，我这岁数，事业刚起步，容易被这种事情拖后腿。"

张红脸"唰"的一下就白了。

"嘿，你是狗吗，还分前腿和后腿？"

"不是，你这话不太好听。"

"我话不好听，你话好听？拖后腿？我给你花了多少钱了，你说我拖你后腿？你知道我为了跟你在一起付出了多少吗？我跟你说，今儿咱俩都别回去了！而且离了我你能赚多少钱？你跟我在一起这么长时间，光给你的钱就有20万。你要有能耐，三天，就三天，你给我赚20万去。赚不到你要么把我给你花的钱都吐出来，要么就跟我结婚！别想什么有的没的，你不给我个说法，我就给你家人说去！"

赵一成曾经是个文艺青年，后来实在是需要钱用，就顺了张红的意当了小白脸。一开始张红跟他说自己丧偶，赵一成少了点道德负担就答应了她。结果后来张红告诉他她有老公，生米煮成熟饭了，赵一成也只能接受，顺嘴说点爱你啊喜欢跟你在一起啊的屁话。这男人本来脑子就文艺，文艺青年脑子和一般人不一样，练肌肉的脑子也和一般人不一样，赵一成曾经以为负负得正，但实际上这玩意儿倒不是俩数字相乘，是相加，这样一算，负得更加厉害。

于是，曾经是一名文学青年的他没有健身教练其他的毛病，倒是一击即中直接当了二爷。张红是给他钱了，但他可真没怎么动，一笔一笔地按月打给家里，在健身教练中脑子颇好。但这样的脑子也没让他想明白张红给的两个选择，一星期让他赚 20 万，老家房子卖了都没 20 万，父母生病、弟弟上学，在别人看来属于累赘，连房子一起卖可能还得倒贴钱。

娼和贼一般很少有出于兴趣爱好的，都是生活所迫，赵一成这也是生活所迫，他不能丢了张红。就算自己有人接盘，那也不是立即就能来的，这是他唯一的机会了。

一边是自己不寄钱就断了粮的老家，一边是即将强迫组成的新家，赵一成想找个地方吐血去。

3.

仓库里光秃秃的，地上也脏，头顶一个灯泡照亮了地板上一个圆圈，终于醒来的李大春发现自己被解了头罩，环视一圈——情况并不乐观。又低头看看，自己坐在圆圈中央，感觉是《中国新歌声》的参赛选手。

被场地环境以及内心情绪感染，李大春很感慨命运的无常：自己刚刚出了点名，发了点财，就得命绝于此。

李大春小声嘀咕："三分天注定啊，七分靠打拼……"

绑匪甲和乙转身说道："咋才醒？身体素质不行。"

李大春："你怎么不说是你敲得太重了？"

绑匪乙："你意思是我不专业？"

李大春立刻表情严肃："专业。我解释一下啊，我是刚才趁乱偷摸睡了一觉，你击打得还是很精准的，醒来晚了责任在我。"

绑匪乙点点头，对这个解释很满意。

"二位兄弟，这样，我知道大家出来做事无非图了一个利字，"李大春尝试留个生机，"你们开个价吧，怎么才能下午我一条生路。"

绑匪甲说："这位兄台，你看，我们就只是负责把你绑起来，你的死活我们不管，另有人负责。"

李大春："……"

绑匪甲又解释："这个东西很玄妙。大家主要是为了撇清责任，术业有专攻。"

李大春："请明示。"

绑匪甲比画说："有人今天想买你的命，同时还想把你的钱弄干净，要怎么办呢？"

"怎么办呢？"绑匪乙恰到好处地捧哏。

绑匪甲说，这时候市场上就有了要弄死你的需求，我们就可以根据这个订单出动。

"开始接单了。"绑匪乙继续捧哏。

"老板给了我们 100 万让搞定这件事情。我们把你绑来，然后花 20 万再外包出去，让人弄死你，这样我们既赚到了 80 万，法律上又成功地避免了杀人的罪名，且在道德上也没有负罪感。这样我俩钱一分，一次就能拿到 40 万，我干二十次，就可以交一个房子首付了。"

李大春说："这是滴滴杀人吧？这玩意儿也能外包？何况干二十次才能付首付，你干点啥不好？"

绑匪甲说："我一年干两票，十年也就可以付首付了，正常坐办公室的，十年还不一定升职呢，不升职就不好生殖，这样下去一辈子看不见首付零头，也不能传宗接代，这是我的人生规划，你不准有疑问。"

李大春想起来自己认识一个电影人，他说很多编剧就这么干，一个剧本本来 50 万，25 万包出去给某编剧公司，编剧公司再 10 万包给下面的头牌编剧，头牌再出 5 万包给小编剧，小编剧去市场上 2 万块钱找大学生一写，结活儿。

"那我给你两倍的钱，你今年一单就够了，下半年放假，去个海岛什么的放松一下。钱我给你，你把我放了，告诉我你老板是谁，我去搞定他，你们也不用担心被他追责。"李大春劝降。

绑匪甲和乙转过头去商量了一阵子，甲又转过头来："现金转账还是支付宝？"

"转账，转账，"李大春说，"但我得打电话给我老婆，让我老婆转。"

绑匪甲和乙对李大春的钱在老婆那里表现得嗤之以鼻，递手机给他。李大春拨通老婆的电话，开免提表示清白。

"老婆，我被人绑架了，现在要转 200 万到一个账户。"

"哦。"

"不是，你哦什么啊？我被绑架了，你不给我转账我就要被撕票了！"

"那你去死吧。"

电话挂断。

李大春呆了，手里拿着早就断了线的电话，眼睛睁得老大。

绑匪甲两手一摊，说对不住了。你看，你们这些人都不注意巴结老婆，家庭关系遭遇危机了吧，感情破裂了吧，把命要了吧。人终有一死，不过也没事，我叫杀手来，叫是叫了，他还得一会儿才到，你趁此可以感悟感悟人生，给我俩分享一下。

　　李大春长叹一声。他想起了林一慧，却没来得及想起对自己老婆的恨。人死前到底会想什么，其实没人知道，能回来分享给你感受的人一个都没死成。大家都爱看濒死体验，但这东西和做梦似的，谁能说得清，谁又知道是真是假。李大春这样的画家都差不多，随便画个东西，画完编个创作动机出来，反正都是炒，越玄乎越好。

　　他琢磨，人死前可能就只有记挂了，他还没完全征服林一慧，而林一慧又不是个可有可无的角色，这就算是牵挂。他打算放长线钓大鱼，而这忙活半天又是组竿又是选饵的，线才刚放下去，就瞅见了河边"不准钓鱼"四个字。他很遗憾。

　　因为一会儿才能进行交接，绑匪兄弟闲得无聊，乙琢磨说咱仨打牌吧。但又发现李大春双手被绑在椅子上，没法出手，就算牌给他放手里也看不见。乙只会斗地主，很尴尬，这种游戏你不能代练，又没有《欢乐斗地主》的托管功能，一时间进入了僵局。

　　乙看李大春还在发呆，拍了拍他，说："兄弟，我出来做事讲究道义，你有什么遗愿可以告诉我，我帮你实现一个。"

　　李大春回过神来，看了他一眼说："你别逗我了，你是不是就想满足我的心愿，好让我不变成厉鬼缠着你。"

　　"哪儿跟哪儿啊，厉鬼都是女的，你是男的，不一样。你可能也没有被绑架的经验，不知道别人的风格，我就告诉你了，别人都是哈批，但我王昊江湖道义一定要讲。"

　　绑匪甲："你有病吧，你告诉他你真名干什么？"

　　王昊："你怕个锤子哦，他只知道我叫王昊，又不知道你叫乔洋。"

　　绑匪甲，此刻猛拍脑门。

"你别说话了，行吗？你给我去把干活儿的叫来，真名都告诉人家了，赶紧收拾了走人。"

"怎么净让我当倒霉玩意儿呢？"乔洋骂骂咧咧，丝毫不理会李大春"我真没听见，我这忘了你俩叫啥来着"的表忠心声明。

王昊奉旨走出去打电话，过了会儿嚷着"哎呀呀出事了"跑回来。

"现在的人，不讲性欲！！"

"又咋啦？你给我说标准一点，不讲信誉！普通话说成这个样子，成何体统！"

王昊没顾上纠错，继续喊："杀手犯事被抓啦！取消订单啦！"

停止接单了。

杀手来不了了，这俩人又坚持不动手，自己的一条命看来能暂时保住了。李大春松了一口气，还没彻底喘出来，只听乔洋说："这下不好办了，算了，王昊你再给他一棍子，拖延一下时间，咱俩先想个办法出来。"

李大春一天内第二次，一生之中第三次正式晕了过去。

4.

20万。

20万。

20万。

……

赵一成满脑子都是这个数字。在这天之前，20万有几个零都得掰手指头数半天的他，一天之内把高利贷20万一年还多少钱背得滚瓜烂熟。这其中还有羞耻心作祟，本来他没当回事，但张红一会儿一个电话提醒他，再顺便羞辱他一番。

对很多人来说20万不多，但让毫无存款的赵一成在三天里筹集20万，这相当于直接让他卖光所有器官。赵一成严肃地考虑过借钱来拆东墙补西墙的办法，但又觉得张红肯定没这么好忽悠，而且自己一到还钱的时候还是拿不出本金加利息，这就不是结婚或被甩的事了，他还没裸贷的那些大学生那么蠢。

大下午的时候，他顶着太阳坐公交车回和林一慧的家。以往都是打车，但20万压在头上他不敢打车，省钱。虽说打车钱跟20万比没什么，但好歹也是在行动上迈出了第一步。赵一成一回家衣服都没脱就在床上躺着，美其名曰想办法。林一慧没在，这是好事，在了又得闹心。他倒是不怕林一慧跟他叨叨，两人在一起稍微久一点就学会了自动翻篇儿。头天吵一架，过两天啥事没有一样，该干啥干啥，你看你的电视，我打我的游戏，反正平时也这样。刚在一起一天说二十四小时的话都嫌少，慢慢地二十四天说一句话都嫌多了。

赵一成想了半天也想不出来什么办法。走到客厅去，看见小乌龟在缸里不动弹，他觉得这样也挺好，往壳里一缩什么事也不用管，一缩一白天过去了，再一缩一晚上过去了，自在。他想去阳台上坐会儿，顺手把缸带上让小乌龟晒晒太阳，省得林一慧又说自己没有爱心。

客厅挺大，他拎着缸走到半路忽然想起一个问题：这房租哪儿来的？自己的钱都寄回家了，就留一部分自己用。林一慧说他不富余，就自己掏了钱，问题是刚在一起的时候林一慧也不富裕啊！这钱到底怎么来的，总不能林一慧忽然中彩票了吧？

阳光挺好，赵一成顺手把缸放在地上，拿出来小乌龟放在阳台上，让它爬一爬。平时缸太小了，让小动物见识一下大千世界的一角也可以。他想起来自己的手机还在客厅里扔着，也快傍晚了，问问林一慧什么时候回来，没话找话，一天好歹交流一下，省得吵架的时候落下口实。

回身进了客厅，赵一成再转过来的时候看见邻居的鹰气势昂扬地降落在阳台，爪子这么一收，把小乌龟抓走了。

"……还来？！"赵一成拔腿就跑到阳台上，鹰已经抓着小乌龟远去，消失在下午的阳光里。

坏了。

林一慧那脾气，肯定觉得是自己又把小乌龟扔了。她总觉得自己没爱心，但男人和女人的爱心表现形式就不一样。自己一个人在家没事还跟龟交流一下，能当着林一慧面吗？当着林一慧的面跟乌龟聊天，林一慧不觉得自己有病？这下厉害，自己把乌龟全弄丢了，一只都没剩。前后院一起起火，自己的文艺青年形象崩塌，生活毁了，完败，生活如山倒。

赵一成越想越局促不安，却猛然想起他还有最后一根稻草可以握住，自己一个相熟的老乡曾经在他家的酒桌上给他拍板，要想来钱快，只要胆子大，出门在外，同乡人有个照应，别说老哥没给你机会。

那时候为了给老乡展示自己住的还算不错、生活也还算不错而搞的家庭聚会，还真派上用场了。

赵一成拿起手机、钱包、钥匙，飞也似的逃离了这个家。

过了很久了，林一慧还是没收到李大春的消息。这种人就像消失在天边的飞机一样，你本来时不时还能看见，忽然一下就没了，只剩下喷出的烟还留在空中提醒你他存在过。而过阵子，风一吹，连这点痕迹也消失无踪。

　　林一慧打算出门转转，散散心。其实赵一成"每周固定有一天不回来"这事，她怀疑过，但懒得去追问，问了吵架，又要生气摔门跑了。反正结果都是他每周逃离自己一次，这样也好，男人不都出去一阵子后没事干就自己待着嘛。你去小区里看，好些家庭的男主人，每天开车回来把车一停，路边也好，楼下也好，火熄了灯灭了就坐里面发呆，有的伴随着广播声，好像你在车里就能逃离生活，就能冬眠，就能醒来以后春天降临，万物复苏，就能让这死气沉沉的生活回到生机盎然。

　　小区里下午太阳好，她坐在小区的椅子上出神。有不少人遛狗，林一慧也不知道为什么小区里总有人遛狗，清晨有人，上午有人，中午吃饱了饭有人，下午有人，晚上人更多，高峰期狗都得吐舌头打灯，就差迎面撞上，然后主人互相说："哎，叫你保险来吧。"

　　她曾经想过养狗，但狗太麻烦，需要每天遛，自己对生命负责不到这个程度，赵一成也不行，于是就养了不需要遛也不需要陪着的小乌龟。

　　她按感情的倾倒偏向程度来区分人生的日子，例如十五岁以前是父母在的日子，后来有一天是赵一成在的日子，接着是小乌龟陪自己的日子，再后来是李大春在的日子。李大春这才不在没多久，她就有点想他，倒不是因为李大春在的日子有多么好，那些日子说不上有多好过，她和李大春拢共也没见太多回，谁知道李大春喜欢她什么。据他自己说，是看上了林一慧对生活的嗤之以鼻，来什么接什么，也不是逆来顺受，就是骨子里带着一种"反正你也不能把我怎么样你就来呗"的蔑视。

　　艺术家就喜欢这种超然于世的态度，跟一般人不一样。一般人只相当于绘画课的裸模，林一慧是蒙娜丽莎夫人实物。

　　而林一慧确实脑子不太一样，以前喜欢上了文艺青年赵一成。她觉得赵一成空白，皮肤空白，脑子空白，对什么事物都有"啊，好的，你说得很有道理，我试试看吧"的思维，这倒是和外表没有什么关系。

比如说吧，她出于好玩，跟当年的学长赵一成说，咱俩在一起吧，赵一成说好啊好啊，试试看吧，就成了。但几年过去，赵一成也没那么白纸了，虽然还没到上面甩墨水的程度，却也是皱了泛黄了。

她这会儿没想李大春要是彻底不见了该怎么办，她早就想过了。李大春送了她很多东西，包括自称的仰慕和喜爱，包括这个房子三年的房租，包括一个虚无缥缈的未来。反正每个出轨的男人都会告诉女人的，我厌恶了家里那个女人，有机会，我一定跟你结婚。

"结婚，嘿，你怎么不说带着我私奔哪？"林一慧笑了一下，起身回家，已经是傍晚了，按平常的路子，赵一成应该早已做好了饭，俩人装作昨天没有吵过架，夕阳的光照中俩人坐在桌边，电视的声音响着，好像真有人关心本地的新闻似的。

她回家，却只看到了赵一成留下的"即带即走"的USB似的行李，他回来过，却最终又走了，像每个回头的前对象一样。

5.

这局面就很僵了。乔洋和王昊很急，自己断然不可能下手杀人，但杀手又放他俩鸽子，事情完不成，就不能结束计费，也就拿不到钱。

"我倒是有个办法哦。"王昊说。

"哦你个头，阴阳怪气，直接说。"乔洋明示。

王昊说："咱要不就把他放这儿饿死他，十天后来给他收尸？"

"你弱智吗？超过三天不结单对方取消免责还给你扣分，你在行业里怎么混？"

王昊说那加紧点，两天饿死他。

但饿死人这个过程是个自然过程，你不能加速，该几天饿死就得用几天饿死，何况这也构成杀人了，乔洋果断否决这个过程。

局面僵持的当口，王昊电话响了。

俩人很紧张，讨论了一下是不是杀手又给放了出来，觉得不可能，王昊看李大春还晕着，就也没出去，原地接电话。

"喂，昂，啊，你啊。

"记得啊，不就给你说的那话啊。嘿，兄弟，没别的，就记性好，特记仇！就随便一说，不要介意啊，啥事？

"有有有。

"行行行！

"20万！干不干！大活儿！说难不难，说简单一般人做不了！

"好，好！

"你来你来，我给你说，电话里说不方便！微信上我给你个定位哈，你找着来！"

"挂了电话，乔洋很好奇："这咋了啊？"

"杀手找见了！"王昊比出一个胜利手势，像二十年前拍照片一样发自内心，但看上去无比僵硬。

"这咋找见了？"

"我一老乡，急缺钱，说什么活儿都乐意干，贼壮实，不愁活儿质量！这要合作得好，还找个鸡儿的下线啊，绑定合作，合伙人股份制！"

乔洋说："有病吧，想得还挺多，等人来再得。"

等"省钱计划进行中"的赵一成骑着共享单车来的时候，已经快半夜了。李大春都醒了一次了，现在无聊得在哼歌，乔洋和王昊在手机上玩《欢乐斗地主》，李大春一边哼歌一边指导该打哪张牌，看来是接受了命运，加上整个气氛已经缓和了，三个人都放宽心，有种别样的和谐感。

"哎呀哎呀，来了来了。这就是我那个老乡，你看，壮吧，弄死他随便弄。"王昊坐起身给乔洋介绍杀手。

刚进门的赵一成慌了："啥，啥弄死？"

"就把他弄死啊，就那儿那个人。"

赵一成看向李大春说："你好。"李大春向他抬抬下巴。

很客气，心很大。

"不是，杀人啊？"赵一成问。

"那你以为呢，不能干你也得干，你来都来了，干了吧。"王昊拍拍赵一成。

又在拍脑门的乔洋推开王昊，看着赵一成。

"今天你必须得干了，我这么给你说，我俩奉命办事，这个人必须死，但不能我俩来杀，所以找了你。你现在知道了这个事，知道这个人要死，那你就得自己杀了他。不然你知道我俩是谁，死的是谁，你就是目击证人，那你也要死。这个逻辑关系，明白吧？"

本来觉得迎来了曙光的赵一成，发现今天是他生命中最惨的一天。

但他怕自己现在就被这俩人弄死，心一横，拍拍胸脯说："不是，我的意思是，那得加钱，弄死没问题。"

"没问题？出问题了，小心自己的命。加钱的事过后再说。"

"没问题，放心，你可能不知道我以前是干什么的。"

乔洋乐了，说："咋，你还能是个职业杀手？"

"保密。"赵一成编不下去，强装镇定。

"嘿，得了，那你动手吧，记得，吊死。我快饿死了，吃饭去了。先把你账户信息发给王昊，弄死以后拍个照片，带正脸的，再发给他，就算交差，知道吗？"

赵一成点头。

"过后就不要再主动联络我们了。"乔洋临走前指示。

在绑架李大春用的货车引擎声音彻底远去之前，他和赵一成就这么对着看，等声音小得听不见的那一刻，李大春开口了。

"你不是能下手杀人的人。我问你，他们给你多少钱？"李大春问。

"20万。"

李大春琢磨，这俩人挺黑啊，真就给20万。不过绑架是技术活儿，杀人是脏活儿，技术总监和执行人员肯定价钱不一样，毕竟他俩还要收策划费、方案费等若干项费用。

"是这样，我给你50万，你把我放了，然后你就低调点，找个地方先藏起来。"

赵一成说："行是行。"

李大春没想到生路来得这么快，他就是看赵一成肯定不是个杀人的料。再者，刚才王昊和赵一成打电话的时候李大春已经醒了，为了避免再挨一棍子，李大春继续装睡，王昊的话他全听见了。

"但他俩要知道你没死，收拾我咋办？"

李大春又一想，继续说：

"剩下的我替你处理,这次谁绑我我已经很清楚了,我回去给你弄了他,这样雇主死了,他俩的事也就算完了,不会来找你麻烦。"

赵一成明显有些动心,连称李大春说得很有道理,是个周密的方案。

"那万一他俩很快就知道我没杀你呢?你还没解决他们老板,我就被解决了咋办?"

"你放心,今天我跑了,没人知道我活着。现在这世界,装活着不容易,装死不难。"

"那你咋不让他俩放了你?"

"这不费用高嘛!"

"那照片咋办啊?这不好弄吧?"赵一成提出关键性问题。

"年轻。"李大春不屑。

半小时后,王昊收到了赵一成的微信,特写画面的李大春翻着白眼,脖子上缠了一条厂房的铰链,附带一条文字信息:

"哥,事情已经办妥,人我直接拉走给你埋了。"

收到信息的王昊拿着手机问乔洋:"你看看,这上面没尸斑,会不会有问题?"

"刚死的哪儿来尸斑,你业务水平能不能行?"

说罢,乔洋翻了个白眼,继续低头胡吃海喝,一边嚼着一边和王昊说:"一会儿回去验收一下场地看看到底收拾干净没,明早等老板电话,然后拿钱。"

王昊揉揉脑袋,给赵一成回了一个"牛×"的表情包。接着抄起筷子,举起酒杯和乔洋碰杯共饮,庆祝一单生意完结。

而那边的夜色下,赵一成骑着共享单车,带着李大春往市内奔去,喘得像条高速公路上把头伸出车窗外吹风的狗。城市的光污染在天上，照出一个巨大的鹅黄色遮罩，好像要把一切醒醒留在城市里一样。两边的野地里只有夏季昆虫的鸣响，他们从有着清新晚风的黑夜，一颠一颠，驶向满是肮脏的光明。

6.

200万需要老婆的协助，几十万他李大春还是能直接拿出来的。李大春手机是安卓系统，这么折腾了一天早没电了，借了赵一成的手机，在自行车后座上完成了转账，确认收款的赵一成把他放在家门口。

从小区门口到家里，无论家在哪个小区，都是一段他走了好些年的路，家只是个代称，没有特指的地址。这条路一开始他是欣喜地走，觉得有个盼望的人在家里等着，等着他的一桌子菜，一台放着他喜欢节目的电视机，一组有他喜欢的歌的音响，一个想一起过日子的人，一段幸福的感情，一个家。后来渐渐地回家成了一种习惯，再后来成了上刑。他想摆脱这一切，但那个家像个巨大的磁铁，牢牢地吸着他脚上的镣铐。

他想起了老婆的无情，想起了那句"那你去死吧"，他想离开了。

第一步总是最累的，掰过吸在一起的磁铁就知道，需要下狠心，用猛劲儿。等那磁力被挣脱了第一下，后面完全轻松自在。而李大春感到，那最强的一点磁力，他就要下狠心用猛劲儿了，老婆的无情让他发火，让他愤怒。

曾经无数次，他劝自己想想老婆的好，这也是他之所以没有动林一慧的原因，他在维持一个已婚男人最后可悲的底线。

他想先给林一慧打个电话，却没有电了，应该借赵一成的电话用用的，他想。

于是他走上楼，打算先回去充电，顺便，只是顺便，面对那张他再也不想看见的脸。

突然发财的赵一成在外面发疯似的骑了几个小时，骑到天擦亮，找了个地方把车还了，坐在街边马路牙子上发愣。如此轻易地弄来了 70 万，他有点晕。

人人都想着天上掉钱，但真掉钱了又不知道该怎么办。好些人想过要是买彩票突然中了 1 亿怎么花，买这个买那个，再买个房子买辆车，还剩点钱计划就理财一下，相当于人生永动机。就这么一想，激动地睡不着，一夜就过去了。

而赵一成手上真的有了 70 万，20 万杀人费骗到了，50 万放人费也拿到了。要不要把那 20 万退给王昊？那他不就知道李大春没死？他暗自琢磨，但又想到乔洋威胁他的样子，他不敢退，他怕自己死得比谋杀名单上的李大春还早。

但有一件事情还是要做的，他忍气吞声了很久的事情，一件压得他喘不过气的事情。

他根本等不及中午或者下午，他现在就要做。他打电话给张红，不管她旁边躺没躺着她老公，不管这个电话会不会毁了她的生活和家庭，他都要做，他受不了了。

电话通了，是张红的声音，却很清醒，没有从睡梦中醒来的腔调。

"20 万我拿到了，什么时候给你？"

"你什么意思？"张红问。

"你说的，我把 20 万还你，现在我有 20 万了，给你，两清。"

"赵一成你什么意思？怎么今天所有的事情都跟犯了冲一样，所有事情都不顺，你非要这个时候来跟我闹脾气？"

"没闹脾气，就这意思，留个账号。"

赵一成没想过他有一天敢这么跟张红说话。他紧张，不由得缩了缩脑袋，却又直起身子拿着电话，顿了两秒又站了起来。

他觉得自己顶天立地了。

"我不要账号，现金，你当面交给我。"

"哪里？"

"悦季山庄吧，我就和你在那儿认识的。"张红态度软了下来。

那么一刹那赵一成是动了一点恻隐之心的，这个女人态度之所以转变得如此之快，不是因为他赚了 20 万就高看他、臣服他了，是她觉得要失去自己。

林一慧如果觉得要失去自己，会不会求他呢？他摸不透，猜不着，林一慧和他在一起这么久，可在一起越久，他越摸不透林一慧。

他开始想之后的生活该怎么过，以及是否要继续和林一慧在一起。他又想了想张红，本来想的是好的那一面，但那些负面的往事忽然一下子像被内心里的林一慧勾起来了一样，潮水一般涌过来掩盖住了所有的正面往事。

林一慧像在他学会冷战、学会摔门、学会吵架和彼此冷漠之前，在他喜欢她最深的时候一样，又在他心里兴风作浪了。

过了好久，他定了定心，发送一条微信："中午，悦季山庄，我再也不想只触碰你的肉体，更不想这样没有尊严的日子继续下去了。唯一那个套房，我付钱。"

情绪激动，话都说不溜了，他懒得改，他迫不及待要宣誓主权。

发送完成后，赵一成把手机放进口袋，迎着朝阳走去。路上都是朝气蓬勃的学生骑着自行车，一个赛一个，赵一成想，这段日子过去后，自己也会像他们一样如此生机盎然吧。

他想再活一次，活在一个命运没有那么沉重的家庭里，但他现在没的选。他只能选一些小的、不和命运有关的选择，他刚刚选过了。

李大春走到家门口，深吸一口气，悄悄地打开房门，又悄悄地锁上。他不想惊醒老婆，他懒得解释那个电话是怎么回事，也懒得解释为什么这么晚才回来。老婆一定以为他在外面乱搞，被绑架只是借口。

这算什么借口，有这样的借口吗？他叹气。

李大春坐在客厅里给手机充电，厂商的 LOGO 亮起的那一瞬间他一把抓起电话，以最快的速度打开微信。

里面是十几条林一慧的消息，林一慧问："老李，你没事吧？""老李，你在哪儿？""老李，你别吓我啊。"

"老李，你是不是不要我了？"

李大春想抱着头哭一场，这是连身体都没碰过的情妇，而自家的老婆却让自己去死。

他给林一慧发了条微信。

"我们私奔吧。"

一秒半后，手机振动，林一慧回："好。"

又振动。

"你没事吧，让人操心，觉也睡不好，手机一振动我就醒了。"

李大春真哭了，泪水像绵延不绝的山脉和雨点一样滴在他的脸上，越过岁月的皱褶和坑洼缓缓蔓延。后来他放声痛哭，生活来了，生活又走了，留给他的是什么，他自己也不知道。

里屋门把手忽然转动。

老婆醒了，李大春猛地眨了一下眼，赶紧擦干脸上的泪水，望向房门的方向。

老婆指着脑门上有血迹的他说："李……李大春？"

李大春没有作答，他奇怪老婆的反应。

"……你真被绑了啊？"

"不然我逗你玩儿呢？"

"哎呀！你没死啊！"

"没死，托你吉言，反正你说我什么什么都不灵。"

"你……你……哎呀！"

"我什么我，我没死，你没法一个人过好日子了，对不起您嘞。"

老婆疯一样地冲回房间，接着就传出打电话的声音，李大春听不太清。

李大春高声问老婆："咋，你还动员亲戚报警了？"

老婆没理他。

嘿，想不到她还真关心我死活，虽然没给打钱，还真报警了。李大春想。

但他懒得去思考那么多，他开始疯狂地思念林一慧，思念到忘记了时间过得多快。这一晚上信息量太大，大得他有些蒙。恍惚间李大春似乎听到老婆又打了个电话，随后走向他。

老婆把电话挂了，走出来，给李大春说既然没事了，自己要出去走走，顺便谢谢朋友们忙了一晚上找他这个根本没事的人，说完径直出了门。

这下留下李大春一个人傻坐在客厅里了，老婆关门之前李大春回过神来，喊："搞什么鬼啊？啊？啊？这还得一大早就登门道谢？"

一宿没睡的林一慧思考了很久的人生，李大春才失联一天，她就感觉不对劲儿。这个人好像是自己生活的静脉，你一眼看不见，看起来没那么重要，但一下抽没了怪难受的。她觉得自己可能是真喜欢上李大春了，不是因为他给自己那点钱，好像是真的因为李大春懂她。

赵一成就不懂，不懂她为什么对所有的事物有不同的见解，而且理解不了自己的看法，非要尝试纠正自己。不一样就不一样呗，非得把我驯服，奇了怪了。

她心慌，想找点事情干，走去客厅打算打开电视。虽然午夜没有什么节目，但可以几乎没有广告地看完一整部电影。电视上放电影和自己在电脑上看是两种体验，电视上放什么她不知道，有惊喜感，电脑上看就太有目标了，她喜欢被操纵的感觉，当然，必要条件是：这个操纵要有个度，要可控。

正要拿起遥控器的时候她注意到了什么，仔细一看，电视柜上的缸空空如也。

"赵一成你是不是有病啊！跟我吵架拿我小乌龟出气？"

上次她也是这么发脾气，但赵一成坚持说小乌龟是被鹰抓走的。行，我信你一次，但圣斗士还不能在同一个招式下被打倒两次呢，圣斗士天天打架，老鹰跟乌龟一生能遇见几次？连续两次把我小乌龟抓走，谁信？你给我说这是真正的忍者神龟？

　　她本来想打电话跟现在不知道在哪儿的赵一成吵一架，但觉得算了，她不想要赵一成了，李大春在她的心里一直只是一棵苗，这一刻忽然春雨降临，他长成一棵挺拔的树，赵一成是他的阴影，甚至不属于他脚下的土地。

　　她打开电视，直到收到李大春的短信，她想也没想就答应了，因为这样的生活，林一慧再也不想要。

　　"你来接我吧，我不关门。这门，我现在开始一直为你留着。"她说。

　　电视上放的是《星运里的错》，林一慧琢磨，这是不是错？这又是不是运？

　　她不知道。

7.

　　银行还没开门，百无聊赖地等着的乔洋和王昊早就制订了计划，先吃早餐，再逛会儿，等钱到了就去玩耍，全然忘了一大早哪儿有给他们玩耍的地方。

　　乔洋刚挖了一勺豆腐脑就有电话，王昊凑过来看屏幕，没啥用，保密电话，显示隐藏号码。

　　"乖乖，估计雇主要结账了。"王昊搓手。

　　乔洋把电话放到耳边，王昊凑上去听，雇主说：

　　"你俩办的什么破事？！"

　　乔洋说："咋啦，回去看过了，处理得很干净。"

　　"李大春没死！"

乔洋："啊？"

"这会儿都往家里走了！"

"啥？"

"你俩去他家，把这事解决了！"

"不然，我，要，你俩，的，命。"雇主补充道。

咬牙切齿的雇主挂了电话。乔洋也放下手机，愣了半会儿，猛地一拍桌子，豆腐脑疯狂往外溅。

"王昊你这老乡给咱仙人跳？"

"这不叫仙人跳吧。"

"我说叫就叫，敢玩阴的？逼着老子破戒是吧，李大春和你那老乡，全弄死！"

俩人计划了一下，得先弄死赵一成，毕竟赵一成认识自己，李大春去报案还得查半天，赵一成这个目标明确，定点打击，一告发就真完蛋了。但俩人不知道赵一成在哪儿，王昊打电话过去也打不通，发微信发现被拉黑了。

但老话有云："跑得了和尚跑不了庙。"乔洋一琢磨，王昊去过赵一成的家，知道赵一成家的地址。不如直接上门去堵赵一成，过去就把他先做了，然后抛尸郊外。

王昊觉得这个计划可行，但提出一个关键问题：总不能打车去抛尸吧？得有辆车，需要停到单元门口，不然把人从单元门口拖到小区门口难度太大。为了方便绑架，这辆车得是个面包车，但是现在的小区见了面包车就免不了被一堆盘问和检查，这怎么办？

乔洋一合计，反正我们知道李大春的地址和车牌号，绑他的时候我把他车钥匙拿了，咱先去他家把他一收拾，再去把赵一成弄死！

本来是计划找个空，把李大春车开走拖延发现时间的，别人一看，车不在，可能出去玩了，结果还真派上了用场。乔洋很高兴，觉得自己足智多谋，给比较阴郁的氛围添上了一些色彩。两人打了辆车直奔李大春的家，结果撬开锁发现家里没人，无奈只能开车去赵一成家。

"太次了，这活儿干得。"两人在赵一成家单元门口感叹这次出了大纰漏，也反映了两人对业务没有全面了解，回去要开一个作战收尾会议，总结一下这次的得与失。

"肯定没想到我们这么早就发现了。是这儿，敲开门进去，把人放倒，直接带走。"

乔洋当头，王昊在楼道里望风，看没人过来冲乔洋点了三下头。乔洋"咚咚咚"敲门，里面一个女声："门没锁，我说了，一直在等你。"

"有诈？"乔洋暗叫不好。

"门没锁……"

正准备通知王昊的乔洋还没来得及说完，压根没听见里面声音的王昊从楼道转角冲过来，一把拉开门。

"……先别上！"

晚了。

"……"

"？？？"

"！！！"

房间里是等着李大春来跟她私奔的林一慧，收拾好了东西，拎着箱子正迈向未来生活的第一步。

"哎，王昊，我说你，大早上冲人家里来是干吗啊？"林一慧睁大眼睛好奇地问。

"赵一成呢？"王昊咬牙切齿。

"不知道到哪儿野去了！"

"啥时候回来？！"

"不回来了，我跟他分手了！有事别找我啊！"

王昊说了声我靠，白跑了。

乔洋半天没说话，突然问道："那他跟你说分手了没？"

"没。"

"王昊，先动手。"乔洋下指示，"单方面分手叫什么分手，我不信他不来找你！"

林一慧还没来得及喊，被王昊一下子打晕。王昊要是看日本漫画的话，可能会觉得一个叫琦玉老师的光头是他的本体。

"先带走，赵一成肯定回过家了，他再回来不知道猴年马月了，让他来找我们！李大春先别管了，他俩都得死，先后顺序的问题。"

王昊架着林一慧往外走，乔洋找了纸笔，写下一个字条：

"想这个女人不死，等电话吧。"

没有时间让他从报纸上剪字避免笔记检测了，他故意横平竖直地写，写得像个小学生模仿家长的签字。

李大春缓过劲儿了，决定先上楼顶待会儿。他喜欢这个地方，自家的楼很高，在楼顶可以俯瞰这个城市的大部分景色，心烦意乱的时候他就上来吹吹风，看看城市的天际线。

李大春缓了一会儿，被发动机的声音惊醒。他念叨谁这么早开车出门啊，然后恢复思绪，打算从头开始把这件事情好好处理了。

毕竟是自己的命啊。

李大春拨电话给他觉得最有可能想对自己下手的人——胡明生。

他和胡明生曾经是朋友，就是后来为了画廊算是撕破脸了。李大春觉得这就是自己的东西，当年念及朋友感情把画友情卖了，现在出高价收回来也是合情合理，但胡明生也想要这个画廊，有助于提高他在国内和国际艺术品界的知名度。

艺术家一大早一般都不起床，要么就是还没睡，电话接通了，李大春也不管别的，先劈头盖脸骂一顿：

"胡明生，你够狠啊！为了这点破画，你是要把我弄死？"

电话那头的胡明生"啊"了一下，很疑惑，随即毫不示弱。

"李大春你是得脑癌了吧？"

"胡明生，你的嘴怎么这么贱？谁得了癌症了？"

"大哥，是你要把我弄死吧？前几天让你老婆来，她跟我说你得了癌症，扛不了多久了，闹到昨儿整个圈子都知道了，给我说把画廊让给她，都别抢，让她留个念想，画廊我说让都让了，你还在这儿瞎说什么劲儿？"

"啥？"

"画廊前几天就让给你老婆了！她说完我就让给她了！"胡明生咆哮，"你还在这儿跟我装？你去画廊看看营业执照是谁的名字！"

李大春一头问号，开始尝试梳理老婆这个谎言的逻辑。

"自己要是癌症的消息放出去，那画就会立刻升值，画值钱了，受益人就是自己和老婆了……"李大春理出来了这个逻辑，但有一点想不通——她一中年妇女要钱干啥？现在明明有的是钱花啊！而且为什么编个癌症晚期这样的病？

死活想不通这个问题。但显而易见，这个家李大春是待不下去了，他决定去接上林一慧，先实现自己私奔的诺言，俩人去一个偏僻点的地方先躲着，再从长计议。李大春脚步沉重地回到家里，收拾好东西，坐电梯下楼准备开车，摸口袋的一刹那，李大春嘀咕：

"车钥匙呢？"

再一看车位，李大春大喊：

"我的车呢？"

声震九州，引得小区里早上出门遛弯的狗叫得此起彼伏，引得狗主人们纷纷侧目。

李大春从未有过这么绝望的时刻，当年画了撕、撕了画，连续六十小时的时候都没这么绝望过。他感觉自己落入了一个巨大而连环的圈套里，像俄罗斯套娃，你总觉得结束了，但还有新惊喜。

李大春要疯了。

他冲回楼上，就算问朋友借车也得去，别说借了，现金买都行。

李大春直奔储物间，那里有个不引人注意的抽屉，里面藏着存他私房钱的卡。他不怕张红发现，反正张红从来不收拾屋子。转身出门的时候，李大春忽然发现张红把手机落在了门厅鞋柜上。

"这人今天咋了？该丢魂儿的不应该是我？"

手机"嗡"地一振，李大春惊了一下，和屏幕上的消息对了个正眼。李大春平时不看老婆手机，他懒得看，一中年妇女的手机能有什么好看的，我不看你的你也别看我的，还刚好方便我了。但这次正好对上了，不由得他不看。屏幕上提示，您有一条新微信消息。

虽然只能预览一行小字，但这行字足够吸引他的注意。

"中午，悦季山庄，我再也不想只触碰你的肉体，更不想……"

李大春："……"

这是有小三了，准备私奔还是咋？要不是我这会儿有事，我抓你个现行……

"我……"

李大春忽然一身冷汗，他飞速地回想过去的这一切，那个他死活想不通的逻辑终于想通了，像黑夜里的一道闪电一样照亮了世界。不同的是，那一刻你看的世界可能是静谧的景色，也可能是窗玻璃后一张冷酷的人脸。

他得癌症了，画只是升值，他因为癌症在郊区厂房里上吊自杀了，画就真值钱了。

而他必须死，因为老婆要跟人私奔，自己不死，老婆没钱拿，老婆就跟小白脸过不了日子。

李大春发出了比刚才让万狗齐鸣更大的喊声：

"张红，你这是想谋害亲夫？"

人命关天，尤其是自己的命。李大春夺路而逃，拦了辆出租车直奔林一慧的家，这下哪怕是租车，不，抢车，他也得带上林一慧跑。跑到一个偏僻的地方，自己不可能更惨了，他要找个地方伺机而动，要把这些一次性解决。

而命运只可能更惨，面对着空荡房间和一张写着"想这个女人不死，等电话吧"的字条，李大春欲哭无泪。

张红，你非要做绝是吧，你自己搞破鞋也就罢了，还想把我俩都杀了？你厉害，那咱就看看，我跟你谁命硬！

李大春以前给了林一慧一辆两厢车开，他在鞋柜上面轻而易举地发现了钥匙。李大春下楼，发动机点火，小小的车驮着李大春中年发福的身躯向他的仇恨奔去，向这悲惨命运的源头奔去，向悦季山庄奔去。

却忘了想想，这源头或许就是他自己。

8.

两人讨论了一下，乔洋觉得还是得回去蹲一下李大春，争取来个一网打尽，不然现在手上只有一个林一慧，李大春和赵一成一个人都没抓着，还是很被动。

林一慧被绑在后座上，只绑住了肩膀以下的地方，乔洋开车，王昊坐在左边看着她，这样可以最大限度地避免引起路人和别的车辆的怀疑。

李大春家里还是没人，但是一团乱，显然有匆匆卷铺盖跑路的痕迹，王昊被留在车里看着林一慧，乔洋打了个电话吩咐了一下，自己要好好侦察一下现场。

王昊说："你又不是警犬，你侦察什么？"

乔洋说："你少废话，我这就找到一部手机。"

乔洋按了一下手机的锁屏键，需要密码，但他仍能看见一条消息提示："中午，悦季山庄，我再也不想只触碰你的肉体，更不想……"

他气不打一处来，给王昊打电话。

"等我下去！往悦季山庄开！带着这个女的，先弄死李大春！"

乔洋愤恨地拍一切能拍到的物体，正拍着，一个女声忽然响起："你谁啊？在我家干什么？"

乔洋也吓一跳，哎呀一下，手一抖手机掉地上了，转头一看一个中年妇女指着他站在门口，眼角略带泪痕，眼睛也哭肿了。

他脑子飞速地过了一下，这女的用了"我家"两个字，那势必是这家的女主人，假如是女主人的话，那……

"啊，刚才这家打电话叫我上门修手机，这不刚拿上嘛，你是李先生的妻子？"

中年妇女皱了下眉头，放下手说："这是我手机，他凭什么让你上来修，是不是让你解锁我密码？"妇女走向前，伸手一把夺过乔洋手里的手机，自顾自往客厅里面走。

"你走吧，不用修了。"

乔洋又乐了，随手拿起鞋柜上放钥匙的盘子，转身一下打到这女的头上，中年妇女应声晕了过去。

"天助我也，原来这是李大春的老婆啊，牛×，也带走，我看你李大春出不出来？两个王八蛋，骗我？骗我？啊？骗我？"乔洋得意得像绑到了喜羊羊的灰太狼。

遮好电梯里的监控，乔洋把李大春的老婆扛了下去。王昊看到很惊讶："怎么还顺手拐卖了个女的？这质量卖不掉吧？"

乔洋说："闭嘴，这是天降正义。"他用钥匙把后备厢打开，把中年妇女塞进去，关上盖子，又坐到驾驶席。他莫名想起来一个脑筋急转弯：把大象关进冰箱需要几个步骤？

"塞后备厢里憋死了咋办？"王昊问他。

"这女的话太多，也没多余位子了。"

王昊说："不是四个座位吗？"

"废话，你得在后排看着一个，这个坐哪儿？坐副驾给我导航？"

林一慧一直吓得不敢喊叫，当然也没法喊叫，王昊掏了刀顶着她的腰，她只能默默哭并且暗自祈祷不要有什么急刹车，以免刀戳到自己。这一吓加一怕，吓得眼泪稀里哗啦，一点都没有李大春被绑时候谈笑风生的劲儿。

乔洋目视前方，打火，油门踩到底，飞也似的向李大春而去，出道至今最大的侮辱，他不能忍。

愤怒越多话越少，乔洋开上山路，一句话都没再说过。他开得飞快，拐弯娴熟，这一切如果屏蔽掉轮胎摩擦声和引擎，就顺滑得像绸缎一样自然。

直到林一慧猛拍玻璃，喊出一个熟悉的名字，乔洋猛然从专心致志的精神状态里回过神，顺着林一慧的视线向右边望去。

9.

到悦季山庄要过一段盘旋的山路，赵一成又弄了个共享单车往那里骑，他想感受风，他想筋疲力尽，这是最好的发泄方式。

他想快点到那个套房里，第一次自己掏钱，第一次可以一个人躺在酒店的大床上，张红来了他就没有办法自由地躺一会儿，这是他窝囊却又伟大的一次胜利。

这段山路弯道多，曾经被很多改装车爱好者当成赛道，别名中华秋名山，需要连续地拐弯。开赛车的人太多，正常人就没办法开了，事故频出。本来市民们反映加装些护栏，但交管部门不管，我就不加，有本事你往快开啊。

后来这些开赛车的要么自己出事了要么朋友出事了，再也没人敢在上面赛车。市民们每每提及，都觉得交管部门有决断力。你真给装上护栏，本来就不怕死的那不得更不怕死。

于是这条道上少了事故，就畅通得多，相对而言也没什么车了，因为本来大多数就是来开赛车的。赵一成一个人骑着共享单车，把共享单车当山地车狠整。

赵一成累了，他毕竟也不是牲口，得歇会儿，这玩意儿也不是什么好车。赵一成把自行车停在一个拐弯处的水渠边，靠着单车看看风景。这个弯道已经在半山腰，能看到这个城市的由外到内的样子。他想，多年前，这里往下会不会一直是一片绿色的田野，而这会儿他看到的，多半是酒店和饭店。

他觉得这个歌词很耳熟，不由自主地闭上眼睛哼起那首歌："嘿呀咿呀娜鲁湾，啊咿哪呀嘿，我亲爱的牛儿啊……"

而他听见一声急刹车，赵一成睁眼，发现一辆车冲出了弯道，半个身子在道路上，半个身子悬在外面。

赵一成是个好人，他赶忙跑过去救人，只是跑到半路发现自己一个人、一辆自行车，什么事都干不了。他冲车里大喊："别动弹啊！保持平衡！我去拦个车用牵引绳把你们拉上来！"

赵一成刚转身，从转弯的反光镜里看见一辆小车驶来，他心一横，跑过去站在路中间挥舞双手。

车老远开始减速，等开到赵一成跟前停下了。

赵一成："这不是林一慧的车吗？"

车上下来一个人——李大春。

李大春："怎么是你？"

赵一成："你怎么在林一慧车里？"

"你认识林一慧？"李大春呆了。

信息量实在太大了，赵一成感觉自己接受不了，他疯狂地用双手揉搓着脑袋，"啊啊啊啊"地叫了几声，然后直起身。

"先别闹了，把车开过去，有个车马上要坠崖了，把它赶紧拉上来！"

李大春一听，跑上车，把车开到弯道，刚转完李大春蒙了："这不是我的车吗？"

开车的肯定是张红，女司机，出事了吧，让你搞破鞋！结果李大春定睛一看，隐隐约约觉得车里有三个人。

"这……"李大春气蒙了。

赵一成拍他："干吗呢？救人啊！有牵引绳吗？"

李大春还蒙着，给赵一成说牵引绳就在后备厢。

赵一成一把拉起李大春往后备厢冲："跟我一起把后面按着，然后我开后备厢！"

他的手刚刚按下后备厢的时候，两个男人透过后窗的玻璃，看见里面转头望向他俩，满脸泪水却又错愕的林一慧。

"……"

"……"

俩人愣住了，后备厢已经打开，里面忽然有一个人扭动着，大喊：

"老娘出去，你们一个人也活不了！"

那人挣扎着站起来。

"老婆？？"

"张红？？"

全愣住了。

张红停止了扭动，因为她感到了自己的动作，还有打开的后备厢门彻底破坏了这车的平衡。本来赵一成和李大春按着车，俩人全呆了，手上的劲儿约等于零。

车在林一慧拍打着玻璃的声音中，在张红哭天喊地的哭声中，在乔洋和王昊的骂声中，从半山腰坠崖了，稍后传来了巨大的闷响，回音在山间到处激荡。

这一切发生得都太突然，李大春一屁股坐在地上。老婆和情人一起死了，他要告别的旧生活，要开始的新生活，就像正反物质在宇宙中徘徊许久后碰到一起，湮灭了。

赵一成也没好到哪儿去，金主和对象也一起坠崖了，他站着发呆出神。

"你来这儿干什么？"李大春率先开口。

"我……"

"你给我说实话，你和我老婆，是不是有一腿？"

"我不知道啊，她给我说她早离婚了。"

"……"李大春默然。

两个男人坐在半山腰，再次出神，直到一声鹰的呼啸惊醒了他们。

李大春说："我遭了多少罪，因为你，我老婆要杀我。"

"我又咋了，你老婆杀你就杀你，她非得让我给她 20 万，然后就这样了。"

俩人又一起叹气。

罢了，李大春念叨："算了，交给警察吧！"李大春指了指下面来的警车，"你也是，为了 20 万，就敢接这摊子。"

赵一成情绪崩溃，哭了。

"还不是你老婆逼得太紧？"

"你说什么？"李大春揭竿而起。

"唉……"话还没说完，李大春就扑了过来，俩人扭打在一起。赵一成虽然是个健身教练，但李大春急火攻心，竟然把赵一成按在身下压着打。

赵一成想，算了吧，打就打，自己该打，于是闭上了眼睛。又是一声鹰叫过后，李大春停止了动作。

赵一成睁开眼睛，李大春双目瞪得溜圆，忽然"扑通"一声栽在他身上，赵一成赶紧爬起来，李大春脑袋后面给凿了个坑，"噗噗"往外冒血，旁边是一只小乌龟，他认得，就是那天被鹰抓走的小乌龟。

他忽然想起来那天想给林一慧证明的这件事情是真的，还去搜索了一下，鹰的习惯就是去抓活物，然后烦了或者想摔死了，就把活物扔下去。

他甚至搜出来有一集 CSI 就是讲这个的，他那天明明都下载好了，但就是被林一慧气得不想再说这事。

他也再没机会告诉林一慧了。

警察终于来到半山腰，看见脑后冒血死了一会儿的李大春和跪在旁边一言不发的赵一成，马上明白了这儿顺道还有个故意杀人案。

赵一成说："真不是我杀的。"

"那是谁？"

"小乌龟砸死的，一只鹰，好大的鹰，把小乌龟从天上扔下来砸死他的。"

"龟呢？"警察问。

"龟呢？龟呢？米开朗琪罗你去哪儿了？"

而乌龟早已从壳里伸出自己的身体，慢悠悠地爬远，爬向大自然，爬向有水的地方，爬向任何比鱼缸比阳台沿大的去处。

赵一成也曾想过自己未来的生活，不只局限在林一慧，不只局限在张红，不只局限在健身教练，他明明就要开始了。赵一成跪在地上，掩面而泣，警笛声铺天盖地，可就算没有警笛，城里的人也听不到他遥远的哭声。

一个不平凡的春节前夕

◇ 王左中右

赵大妈观察冲锋衣男已经两天了。

绣花胡同口的老槐树下，王老太手里的针线活儿不停，一条喜庆的红围巾就快完工了。

下午 2 点的阳光出奇地温暖，赵大妈刚要上前打招呼，她的面前就走过一个人——神秘的冲锋衣男。

王老太将毛线缠在钢针上，头也不抬地说："赵大妈啊，刘四在澳大利亚带孙子，黄李在西边陪儿子，我门口晒着的千张，你拿回家煮吧。"

水龙头的水哗哗地响，千张被扔进了淘米水里，渐渐显示出三行字：

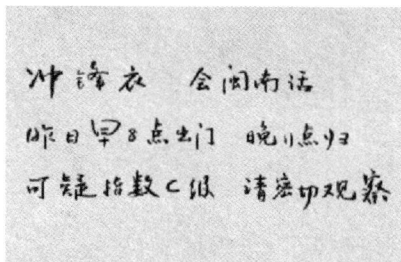

冲锋衣　会闽南话
昨日早8点出门　晚11点归
可疑指数C级　请密切观察

十秒钟后，字消失。

赵大妈眉头紧锁，回忆起下午的脚步声。

"身高185厘米，根据鞋子和小路间摩擦声的分贝分析，体重75～80千克。"

两天前，冲锋衣男突然搬进刘四家的二楼，一般敢租在这个区的人大抵是没有问题的。但为什么这个外地人在春节期间入住？一般外地人这个时候都已离开这里回老家过年。后续情报显示，冲锋衣男行踪诡异，曾在本市多个小区出现，且分布在各个时间段。

行踪

冲锋衣男的南方口音更让赵大妈联想到2016年初的一些国际形势，这更加提高了她的警惕。

本市的平安容不得一粒来路不明的沙子。想到这儿，赵大妈提起菜刀用力剁下去，鱼身一分为二。

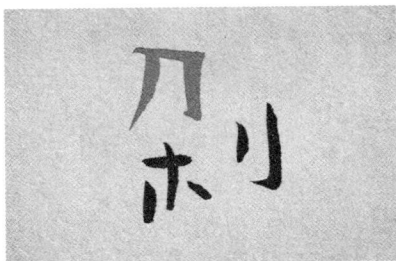

这个区大概有 384 万人，但可以归于常住人口的并不多。五年前，刚办完退休手续的赵大妈以为这辈子就这样稀里糊涂地过去了，没想到却在当晚接到一个陌生的电话。

电话里的人字正腔圆，像极了每晚 7 点的《新闻联播》的主播。此后，赵大妈成为一名光荣的热心住户。

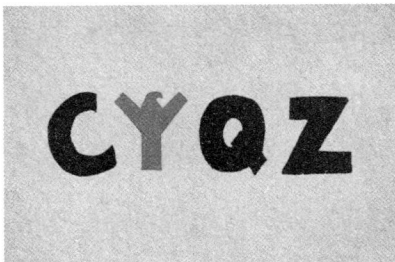

丁零零，赵大妈等待的那个电话终于响起。

每次通话，都以接头暗号开始。

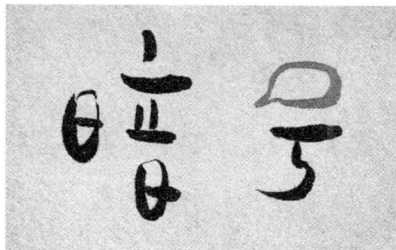

"今天烧了些啥菜？"

意思是今天有什么情况。

"除夕人少，跑了不少小区，才买到鱼。"

意思是冲锋衣男出现在不少小区里。

电话那头的人迟疑了一会儿，说：

"盐不要放了，多放点油。"

意思就是其他人不用查了，盯住这个人。

"做鱼汤我最拿手了。"

除夕，晚上 8 点。

整个城市灯火璀璨，每一扇窗户射出的灯光都显得温暖幸福。勤劳的人们辛辛苦苦一年，就是为了在这个时候能跟家人坐在一起吃顿年夜饭，看一看春晚。

但越是这种时刻，危险系数就越高。

赵大妈朝窗外望去，刘四家二楼亮着灯。过了十分钟，漆黑一片。

"这个人竟然不看春晚。"

在确认对方没有出门后，赵大妈拿起望远镜观察对方。十分钟后，冲锋衣男走到阳台接电话。赵大妈死死盯着男子嘴部的动作，大脑飞速地运转着，唇语翻译：

东，西，在，我，这，儿，今，天……

冲锋衣男转头看了眼这边。

"有杀气！"赵大妈果断趴下。

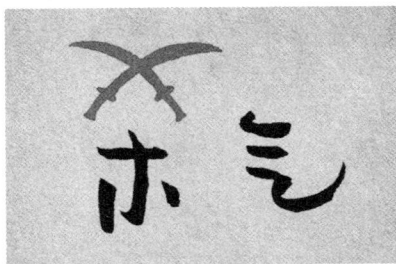

"砰"的一声，冲锋衣男出门了。

东西是什么？

为什么要在除夕交？

赵大妈来不及多想，赶紧冲出门去。

"新年好！"

迎面而来的冲锋衣男压低帽子，声音低沉，匆匆地离开。

赵大妈发现他的身后背着一个大包。

王老太不知什么时候站在了赵大妈的身后："苍北小区的杨麻婆，昨儿买了一条大鱼，够吃一个月。那个花朵胡同的胡秃子，你还记得吗？傍晚还遛狗，真是爱狗如命。"

长期的群众工作，使得热心住户有一套很隐蔽的暗语。

大鱼＝情报上传

遛狗＝收集情报

这些暗语隐藏在生活用语中，有轻微的音调差异，常人难以发觉。

杨麻婆，苍北小区广场舞领队。听到这个人的名字，赵大妈不禁咬了下嘴唇，握紧拳头。如果目光可以点燃物体，赵大妈眼前的老槐树早已化成灰烬。

在其他小区大放异彩的一年，柯震、西屋、祖名、尹照杰、毛丁先后被查。但绣花胡同能接触的名人很少，成绩惨淡。年末热心住户总结会上，小区代表云集。本区区长雪莉按成绩重新划分了广场舞阵地。绣花胡同丢掉了唯一一块跳舞场地，被苍北小区夺走。

想到这儿，赵大妈就一阵胸闷。

她愤懑地走到赵四家门口，左腿一个发力——Duang——垃圾桶应声倒地。

谁知这时垃圾桶里吐出一张被揉烂的地图，准确地说是本区的地图。

很显然，这一带都是老住户，根本用不着地图，这个地图只可能是冲锋衣男的。

地图被耐心地铺开，各小区方位都在赵大妈大脑里重现。

这里是幸福路、花园路，这边是体育馆……

边南胡同多了个用红色圆珠笔标注的三角形记号。

赵大妈心喜："就是这儿了！"

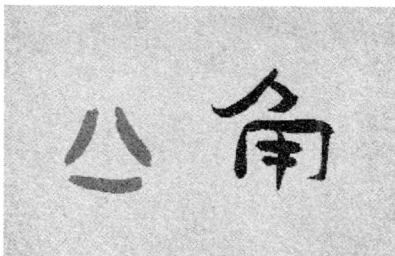

晚上 9 点，边南胡同。

小斜街上，行人寥寥。

胡同深处飘来喜悦祥和的春晚歌舞声。

冷风如刀割，赵大妈脸颊惨红却目光如炬。

她远远地跟在冲锋衣男身后。

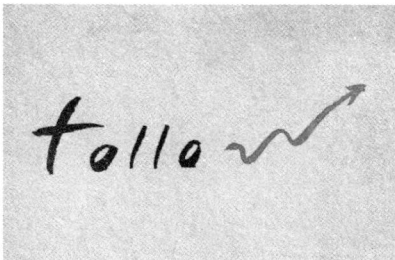

突然冲锋衣男猛一回头，随后脚步声加快。

冲锋衣男这样把赵大妈吓了一个趔趄。由于出门太急，赵大妈还穿着那件紫色羽绒服，那双金棕色缎面提花鞋。赵大妈带着懊恼继续追了上去。

这时，她发现冲锋衣男跑进了巷子里。

赵大妈心里窃喜，她在这个巷子度过了童年，这里有多少块砖头，砖头上有多少划痕，她都了如指掌。巷子只有一个出口。她抄小路守住出口，冲锋衣男果然稳稳地落在了她的视野内。

咚咚咚

冲锋衣男敲着一户人家的门，
一个戴眼镜的男人探出头来，
门前灯昏沉地亮着。
赵大妈的心猛烈地跳动着，
她的耳朵已听不到春晚的歌舞声，
她的牙齿用力地咬着舌头，
她的左手狠狠地压着胸口，
她的眼睛死死地盯着冲锋衣男嘴部的动作。

冲锋衣男开口了。

唇语翻译的结果一字一字地在赵大妈的脑海里呈现。等串联成一句话时，赵大妈突然瘫倒在地。

冲锋衣男说的是：

"您好，顺丰快递。您买的女朋友到了。"

如何通关地狱十八层

◇ 灵魂厨娘

地藏初到地狱的那天，三途河上卷起滔天怒浪，河畔花海次第盛开，有佛光从天而降，灼烧得无数冤魂嘶吼不休。

那一天的地狱，壮烈得如同叶红衣的爱情。

1.

地藏一身白色僧衣，手提一盏残破油灯，站在花海中央，凝神侧目欣赏了片刻，说："这花美则美矣，奈何不长绿叶，殊不知红配绿才是世间至美啊！"

叶红衣对着镜子，把她的假睫毛刺啦一下撕下来重贴："呸，直男审美。"

叶红衣是特地守在三途河畔等他的。

不久前，这个愣头青在佛祖面前发下宏愿，说地狱里的人活得太苦了，他要去度化众生，地狱一日不空，他一日不成佛。

佛祖心想好事啊，寺里从此又能少一个话痨，于是欣然准了，还附赠了宣传业务闹得三界皆知，生怕他反悔。

地藏是个实干派，只要一想到地狱众生尚在水深火热之中，他就觉得浑身充满了干劲儿。他举目四望，只见远处有一处黑雾翻滚，怨气冲天，似有无数冤魂在愤怒悲号。

地藏双手合十："我佛慈悲！"

抬脚奔着那边就去了。

叶红衣无奈现了身："那和尚，说你呢，别走了！"

地藏茫茫然回头，这才看见叶红衣，一只假睫毛还歪着。他问："施主有何指教？"

"那边是轮回道，你再走两步就投胎了。"叶红衣眼睛抽了抽，索性把假睫毛又撕了下来。她看见地藏愣在那边，眼睛一亮，说："和尚过来，帮我拿着镜子，我一只手不好贴，哎，对，就这样……"

重新贴好假睫毛的叶红衣冲地藏妩媚地眨了眨眼，便飘走了。

2.

地狱很大，人口很多，地藏很勤勉。

他就像一台移动的点读机，哪里有怨气点哪里。一曲《地藏经》洗脑无数，无数冤魂不堪忍受，愤然前去投胎。轮回道一时繁盛，新招募了几百个临时工，为促进地狱就业做出了很大贡献。

某一天，叶红衣醒来，唤人伺候洗漱的时候发现一个人都没有了，愤怒出门。问了问楼下保安大叔才知道，原来几个侍女都被地藏点化，前去投胎了。

叶红衣觉得自己不能再干看着了。

"那和尚，说你呢，别念了！"

远远地就听见了熟悉的经文。身前一灯如豆，照得他面如冠玉，唇红齿白。

地藏睁开眼，向着叶红衣看去。他的一双眼睛漆黑如夜，映着两点灯火，摄人心魄。

叶红衣心想，你一个和尚，用美人计不亏心吗？

"施主有何指教？"和尚很诚恳地看着她，丝毫没有挖人墙脚的愧疚之感。

"你把人都度走了，我连个做饭的人都没有，这事你得给我个说法。"叶红衣自信自己也算是历尽百世劫难，这一点美色她还是扛得住的。

地藏皱眉："众生平等，一饮一啄，自有果报。施主奴役他人，本就——"

"我给他们发工资的。"叶红衣冷冷地盯着地藏。

"金银俗物，与粪土无异，施主你——"

叶红衣掏出一摞合同扔进地藏怀里："他们都是合同工，现在被你点化投胎了，这算单方面毁约，合同上有赔偿条款。"

地藏翻看了两下："这……这……"

叶红衣用长长的指甲掏了掏耳朵："你继续说，我在寺里也学习过几年，你那点说个不停的功力我还扛得住。"

地藏诚恳地放下合同："我没钱。"

"那你说咋办？"叶红衣挑挑眉。

"我愿以此身偿还。"地藏双掌合十，神情悲悯。

叶红衣一个趔趄："天哪，前些年我穿个胸装都被人骂，现在已经奔放成这样了？"

3.

叶红衣高兴了，想当年在寺里的时候，那些个脑袋上全是疙瘩的神佛嘴上不说，心里却是看不起她的，暗地里说她是个第三世界的小领导，跟第一世界的领导人谈不到一起去。

可是如今，一个第一世界的高级预备官员，任由她使唤，叶红衣觉得自己的虚荣心得到了极大的满足。

上文已经说过了，地藏是个很勤勉的和尚，他每天都会早起打扫房间，给叶红衣做好早餐，然后才出门念经。

叶红衣惊奇地发现这和尚做的饭居然很合自己的胃口。要知道她的胃口在整个神佛体系中都算是猎奇的存在，原因是她嗜酸。举个简单的例子，别人吃饺子蘸醋，她吃醋泡饺子。

地藏给她准备的早饭是酸辣粥配上酸菜馅儿的包子，这就很让人开心了。开心得叶红衣都懒得管地狱人口又下降了三个百分点这种重大人口问题。

上一次这么开心还是在寺里的时候。那会儿她作为交换生去留学，每天日子都过得很舒坦，寺庙食堂里有各种酸味的咖喱酱，极大地满足了她的胃口。

叶红衣揉了揉脑袋，好像还有些高兴的事，但是她忘掉了，果然吃货的脑子是选择性记忆的。

这天叶红衣睡完午觉起来，手边摆着地藏准备好的下午茶——酸梅汤配酸奶酪。吃了两口有人来拜见，一看，是十殿阎王之一的秦广王。

"哟，老秦，下午好，吃点？"

秦广王一向苦大仇深的脸上出乎意料地平和："殿下，我打算投身轮回了。"

叶红衣一口酸梅汤喷了出来。

秦广王身手矫捷地闪过，不动声色一地继续道："地藏菩萨说得不错，前世因来世果，我心中仍有不平，我将去世间了结我的因果。"

叶红衣觉得后槽牙有些疼，半天才道："这和尚连 NPC（非玩家角色）都不放过！他攻略到第几层了？"

"第十七层。"

叶红衣眼睛一跳："那不是快通关了？"

秦广王微微摇了摇头："第十八层……"

叶红衣一愣，意兴阑珊地挥了挥手，秦广王难得地笑了一下，去了轮回道。

4.

地狱十七层，石磨地狱。

这里的天地就是两扇石磨，它们不断地碾磨旋转，将身处其中的冤魂碾成碎片。

没有悲惨的呼号，只有石磨碾压发出的吱吱嘎嘎的声音。

白衣和尚提着一盏残破油灯，道一声阿弥陀佛，如豆的灯光骤然大盛，照亮了一方天地。

"我佛慈悲。"地藏低眉颔首，口中佛号有如钟磬之音，运转不休的天地大磨竟然就此缓缓停住。

无数冤魂重新站立起来，他们目光呆滞，神情麻木，茫然地看着忽然安静的天地。

地藏长叹一声："世间罪，世间偿，都轮回去吧！"

冤魂如潮水般退去，天地之间浓郁的血气在《地藏经》里一点点变得澄澈安详。白衣和尚纤尘不染，提起油灯，走到了十八层的入口。

"和尚，我劝你不要进去。"叶红衣悠闲地站在他身后，笑得意味深长。

"为何？"地藏抬起头看了她一眼，目光温和，一如既往。

"这里面只有一个人。"

"我曾发下宏愿——"

"这事三界都知道，但这个人，你度不了。"

"总要试试。"和尚目光坚定。

"我怕你出不来。"

"若是度不了，我也无须出来。"和尚深深地看着她，深不见底的黑色瞳孔里似乎藏了一些东西。

"那你去吧，先预祝你得偿夙愿，立地成佛。"叶红衣突然没了争辩的兴致，笑了笑就走了。

其实叶红衣自己都不知道第十八层地狱里有什么，她只知道那里面有一个人。她看不清那个人是谁，作为地狱之主，她甚至进不去那个地方。

她感到有些惋惜，那和尚进去了，说不定就真的出不来了，自己又要没饭吃了。

5.

叶红衣做了一个梦。

她梦见了很多年前在寺里留学的事情。

那时候她还小，尚未发育全还学人家穿低胸装，美滋滋地到处招摇，被寺里的教习菩萨罚站，还不给饭吃。

叶红衣站在菩提树下百无聊赖，自己数菩提叶子玩。数到第 13000 片的时候，有个白衣和尚偷偷摸摸地从树丛里钻了过来，把手中的食盒递给她。

食盒里装着不知道从哪儿弄来的五色糕点。叶红衣尝了一口，吐掉了。

白衣和尚很震惊："被罚站还要挑食的，我第一次见。"

叶红衣也很震惊："给人送饭送供案上贡品的，我也是第一次见。"

白衣和尚垂着脑袋："我地位低，进不了后厨，弄不到好吃的。"

叶红衣伸手摸了摸他的光头，觉得心情突然好了起来。

"我不饿，你陪我说会儿话吧！"

白衣和尚说他叫金乔觉，是寺里的小沙弥，连旁听经文的资格都没有。这里的大和尚们都很高傲，没有人愿意和他这样一个普普通通的小沙弥说话，除了叶红衣。

金乔觉问："我听说地狱里的人都很可怕，为什么你看起来一点也不可怕？"

叶红衣做了个鬼脸："这是生源保护知道不。要是连你这样的小沙弥都知道了地狱很好玩，那大家不都一窝蜂去地狱学习了？寺里没了生源，大和尚们吃啥去？"

金乔觉恍然大悟，又问："那你为何来寺里留学呢？"

叶红衣无奈地摊摊手："学习一下第一世界的先进生产经验，好回去建设地狱 GDP。"

"好厉害，你都学到了啥？"

叶红衣翻了个白眼："就记得一句话，要成佛，得绝七情灭六欲。"

接着，她又叹了口气，感到十分无奈："可是地狱就是所有七情六欲的汇聚之地啊，要怎么绝七情灭六欲？"

小沙弥沉吟片刻，忽然摇摇头："这是不对的，七情六欲乃是人之根本。佛所谓绝七情灭六欲，绝的是私情，灭的是私欲，唯有大爱才得永存。"

叶红衣茫然："听不懂。"

小沙弥一本正经地解释："意思是说，世人只知爱己，不知爱人，但佛不然，佛爱众生，一如爱己。"

叶红衣勾勾唇："小和尚，那你是佛吗？"

小沙弥双手合十："这是我的一个理想……"

"那你爱世人吗？"

"我正在努力……"

"我也是世人，你爱我吗？"

小沙弥眨了眨眼，目光在叶红衣身上游移，乍一触到她那奔放的低胸装，顿时脸颊通红。

叶红衣放肆大笑。

6.

叶红衣发现这小沙弥脸皮薄，逗起来特别有趣。

她把不爱吃的小麦饼咬一个小缺口，趁没人注意时就塞进金乔觉的手里。小沙弥脸一红，然后纠结片刻，念叨一声阿弥陀佛不能浪费粮食，便低头吃饼。

她在路遇教习菩萨的时候，会顺手拉住小沙弥躲到一旁的灌木丛里，等到教习菩萨走远再钻出来。她满意地看着小沙弥被她牵着手一动不动，脸色通红，不敢抬头看她。

这样的游戏，叶红衣总也玩不厌。

那一日，叶红衣照例用言语挑逗着小沙弥。小沙弥眼观鼻鼻观心，时而无奈地看她一眼，行至寺道场外，却发现围了许多人。

有一黑衣妇人正沉默地跪在雪白的大理石地面上，神情平淡，怀中抱着一个小小的婴儿。

她平静地看着来来往往的人群，并不说话，直等到辩经的众位大和尚入场，她方才仰起头，死死盯住其中一人。

妇人平静地开口："我只想要你一句话。"

那个大和尚愣了片刻，忽然直直地扑倒在地，痛哭流涕，伸手攥住佛祖的僧衣，含糊不清地哀号。

佛祖长叹一声："去休去休，你既已犯下如此罪孽，如何能容于佛门？"

大和尚磕了头："弟子明白了，弟子这就离去，甘愿永受轮回之苦。"

一场风波就此平息，叶红衣却没了进入道场听经的兴致。她回头看向那个黑衣妇人，所有人都沉醉在梵音的美妙之中，唯有她孤独地起身，抱着小小的褓褓，在雪白的大理石地面上踽踽独行，仿佛一方洁白的信笺，滴落了一团扎眼的污渍。

远远地，小沙弥追上那黑衣妇人。他从袖子里摸出了几颗金锞子，又解下身上的僧袍，最后连手上的菩提念珠都给了她。

妇人道了谢，沉默离去。

叶红衣伸手拉住金乔觉的胳膊，他没有避让，只是眼睛红红的，不说话。

"这妇人命苦，不知她未来要如何生活。"金乔觉抽了抽鼻子。

"你看看那些佛陀，他们只谈修行，不谈凡人。那个大和尚，他甚至没看一眼自己的孩子，这就是你们佛门的大爱吗？"叶红衣讥讽道。

金乔觉摇摇头："不是的，不应该是这样的。"

"你还想成佛吗？"

"我自修我的佛。"

叶红衣忽然很生气，狠狠掐住金乔觉手臂内侧的软肉拧了一把，气冲冲地走了。

7.

叶红衣醒来的时候怔怔出神，一时竟不知道自己到底是地狱里的无毒鬼王还是寺里的留学生，只有金乔觉那双黑亮的眼睛在脑子里晃。

她坐起身，捂着脸长长地叹息，她怎么就把这一段忘了呢！

她闭着眼睛，慢慢接着梦境回忆，那时候的她并不知道自己作为地狱之主，是天生的佛，本不会有七情六欲的。

但金乔觉不是。

金乔觉不顾一切地爱上了她，他对她说："我自修我的佛，你就是我心里的佛。"

但佛门容不下这样的佛，金乔觉被打入轮回，经受十世劫难。

那天，金乔觉盘膝坐在轮回台上，漆黑的眸子里满是毫不掩饰的柔情。熊熊烈火燃起，他的脸藏在火焰的后面，唇角的一点笑容被火焰扭曲。他的神情平和且绝望，像极了那一日踽踽独行的妇人。

叶红衣虚虚地伸出手去，试图抓住点什么，却什么都没抓住。她听见自己发出了一声难以描述的嘶吼声。

回忆戛然而止，叶红衣匆匆起身，踉跄着飞奔出去。

8.

地狱十八层。

这里是混沌，是虚无，连那一盏如豆的灯光都被湮灭在这虚无之中。

在这虚无之中只有两个身影。

地藏盘膝而坐，目光温柔得像三途河上的波光。

"我回来了。"

那虚空深处的身影终于走出来，与叶红衣毫无二致的一张脸，却布满了狰狞的裂痕。

"金乔觉，你回来做什么？"

"你是我的佛，我自然是要回来的。"地藏直视着她，伸手拂过她破裂的面容。掌心拂过处，裂痕纷纷愈合，只是不消片刻，又碎裂如旧。

地藏固执地一遍又一遍抹平那些伤痕："我度尽地狱，不是为了成佛，只是为了见你。"

叶红衣笑着，眼泪却滚落下来："我就在外面。"

地藏摇摇头："那不是完整的你，我知道你在这里。"

叶红衣终于走了进来，她终于看清了那张从来看不清的脸，那是她自己的脸，一张破碎的脸。

地藏回头看她："地狱已空，你愿意被我度化吗？"

叶红衣一步一步走近，两张一模一样的脸，流着一模一样的眼泪，最终化为同一个叶红衣。

那一天，不该有七情六欲的叶红衣有了七情六欲。身外化身，一念成魔，在寺里的道场上大开杀戒，被众神佛打入了十八层地狱。在无尽的虚空之中不断地湮灭，又一次次地重生，无间地狱，这是众神对她的判决。

而剥离了所有有关金乔觉记忆的叶红衣，无知无觉回到了地狱，继续作为地狱之主，凌驾于众生之上。

9.

"金乔觉，你不是说，度尽地狱，你就会成佛吗？"叶红衣把啃了一口的小麦饼塞进地藏手里。

地藏的耳尖微微发红："没有度尽。"

"还有谁？"

地藏抬起头，看进她的眼里："还有我。"

和亲

◇ 灵魂厨娘

1.

"这届和亲的公主不行。"

可敦挤着羊奶，眼睛在侍女递过来的一张劣质宣纸上瞄了两眼，漫不经心地下了结论。

那张宣纸上写着几行娟秀的字：

穹庐为室兮旃为墙，以肉为食兮酪为浆，居常土兮心内伤，愿为黄鹄兮归故乡。

前些日子，南边王朝来了一位和亲的公主，叫作成君。她长着一副弱柳扶风的模样，来了之后整日里茶饭不思以泪洗面，再不就是写点像上文一样凄凄惨惨的酸诗词。作为阿布可汗后宫地位最高的女人，可敦觉得自己有必要提携一下后辈，于是擦了擦手，就走进了成君公主的帐篷。

成君公主依然在哭，也不知道哪里来的那么多眼泪。可敦看了半天，发现她都哭得快脱水了，这姑娘的皮肤还是那么细嫩水滑。

沉吟片刻，可敦矜持地开了口："姑娘，你用的什么护肤品？"

成君公主的眼泪僵在了脸上。

"母妃从小就教育我，女人的脸，男人的心，都是经不住时间考验的东西，所以要时时刻刻注意呵护。我从五岁起，母妃就每日给我敷牛奶面膜，每七天做一次全身护理，这样才能远离痘痘、暗沉、雀斑……"

一说起护肤话题来，成君公主终于不再哭哭啼啼。她仔细地净了面，拿出一个精致的青瓷盒，盒子里是黑色的药膏，打开之后一股药香扑鼻而来。

成君公主伸手挖了一些，均匀地抹在脸上，一张白玉似的脸蛋转眼就变得黑漆漆，只剩一双眸子楚楚可怜地眨着。

"这是我来之前，御医给配的修复面膜。草原上风沙大，这几天我皮肤干了许多。"

可敦下意识地摸了摸自己被草原上的风刮得起皮的脸，半晌，艰难开口："我能试试吗？"

2.

半个时辰后，可敦和成君脸上都敷着面膜，趴在垫子上，两个侍女尽心尽力地帮她们做按摩。

"姐姐，这侍女的按摩手法是我母妃亲自调教出来的，舒服吧？"成君公主扭了扭细腰，细腰下面隐隐约约露出半个挺翘的小屁股。可敦咽了咽口水，内心羡慕。

享受了半天，差点忘了正题。可敦清了清嗓子，决定来进行一点女人之间的谈话。

"成君公主，你还年轻。我跟你讲，女人，是要有自己的事业才行的。你知道女人的事业是什么吗？"

成君公主沉思片刻："减……减肥？"

可敦摸了摸自己腰上的肉，一口气憋在了心里。

谈话最终也没顺利进行下去，不过可敦和公主的关系倒亲近了许多，时不时一起敷个面膜、做个按摩啥的，聊天内容也渐渐变得丰富起来。

草原苦寒，东边部族今年又遭了白灾。成君公主来的时候，阿布可汗连人都没见到，就匆匆去了东边应对灾情，个把月都没回来。

这天，公主正拿着一把匕首在可敦脸上比画着："姐姐，你这眼睛生得好看，我觉得这上挑眉最适合你了，很能衬气质。我帮你修个上挑眉行不？"

可敦摸了摸近日光滑了许多的脸，微笑道："你决定就好。"

帐篷外突然传来一声通报："报告可敦，大汗回来了！"

可敦漫不经心地摇了摇手："回来就回来呗，等我修完眉再去见他。"

忽然感到眉间一疼。可敦一抬头，就看见公主正红着眼圈发呆，手中的匕首也失了准头，把她的眉角划了一道浅浅的伤口。

可敦叹了口气："这是咋了？"

"扑通"一声，公主跪得惊天动地。

"姐姐，我有一事相求！"

可敦眼神一沉，整了整衣襟，半晌才道："起来吧，大汗也不是强人所难的人。你不愿，他不会强迫你的。"

公主眼睛亮了一下，有些诧异地抬起头："姐姐，你知道我——"

"哪个姑娘对自己的新婚之夜没有期待呢。跟一个不认识的男人第一次见面就要洞房，换谁谁也不乐意。"

公主的脸"唰"一下红了。她垂下眼帘，倔强地咬住嘴唇，不知道藏了什么情绪。

可敦笑了笑："其实大汗长得还行，不骗你。"

公主又咬了咬唇，忽然下定决心似的，脱口问道："那姐姐爱他吗？"

可敦眯了眯眼，看着帐篷外的天光，良久才道："什么才叫爱呢？"

没有等到回答，可敦便整理好衣服，去迎接阿布可汗了，留下公主一人独自坐在角落里，不知在想些什么。

3.

见到阿布可汗之后，公主才知道他长得不只是还行，应该算非常英俊了。

他不是南边王朝常见的那种公子哥儿式的英俊，而是独属于草原的一种英俊。被风沙磨砺过的脸庞棱角分明，一双眼睛亮得像天上的鹰隼。他身量极高，穿着一身银丝软甲，彪悍劲爽，带着一种不可直视的威严。

公主掀开帐篷的门毡偷偷看了一眼，正看到可汗扬眉长笑。不知怎的，那鹰隼一般锐利的目光似有意无意地冲着公主的方向扫了一眼，吓得她慌忙掩上了门毡。

晚上的时候，可敦来找公主。

"听下面人回报说你没吃晚饭——哎哟，你这是咋了？"可敦话说到一半时，被眼前的公主吓了一跳。

之前口口声声教育她做女人要精致的公主，这会儿身上乌七八糟套了一大堆衣服，头发蓬乱着，脸上被胭脂画得跟萨满法器似的……

"我说过，你不愿意，可汗不会强迫你的。可汗你也见到了吧，其实长得还行，你试试处处？"可敦循循善诱。

公主睁着小鹿一般湿漉漉的眼睛，直勾勾地望着她，忽然又跪了下来。

"姐姐，我有喜欢的人。他说过他会来带我走，所以我——"

话未说完，可敦第一次有些不耐地打断了她："他不知道你来这里会遇到什么吗？万一可汗不是个好说话的人怎么办？"她突然冷笑了一下，"你就要用你手里那支簪子自杀，为他守节吗？"

成君公主下意识地后退了两步，藏在袖子里的手微微发抖。半晌，她苦笑了一声，抬起手来，果然握着一支锋利的金簪。

"哗"的一声，门毡被人粗暴地掀开。

醉醺醺的阿布可汗长腿一跨就走了进来，成君公主下意识就把金簪凑到了脖子旁。

谁知阿布可汗看都没看她一眼。他猿臂一伸，把可敦扛在肩上就往外走。

可敦怒捶了他两拳："喝多了，发什么疯！"

阿布蒲扇一样的大手在她屁股上轻轻拍了一下。他的声音不甚清醒，带着醉酒后的浓浓鼻音："乖，别动。将军们都扛着舞女走了，我不想扛那些小姑娘，找了你半天……"

4.

次日，可敦和公主再见面的时候，两人都有些尴尬。她俩对视了半天之后，到底是皇家的教育起了作用，公主笑得温婉："姐姐和大汗感情很好，让人羡慕。"

可敦笑了笑："嘿，什么感情不感情的，在一起快十年了，习惯了。"

公主体贴地叫来侍女给她们两人做按摩，可敦决定趁机来进行一点女人之间的谈话。

"成君啊，昨天说得匆忙，但我还是想再跟你说道说道。你那个心上人，他是个什么人？"

公主抿了抿唇，犹豫了半天还是开了口："他是丞相家的嫡长子。原本，太后是要将我许配给他的，可是没想到丞相前些日子得罪了我父皇，正赶上和亲这事，我父皇一怒之下就把我嫁过来了。我母妃不是什么得宠的后妃，我无依无靠，纵使再不愿意，也只能……"

她说着说着又哭了起来，可敦忙劝解道："唉，别哭别哭，哭多了皮肤不好。你这皮肤花大价钱保养的，哭坏了多可惜。"

公主抽抽噎噎我见犹怜："其实，姐姐不说我也知道。他让我等他，大抵他本身也没有太大把握了，可是爱情就是这样，明知不可为而为之。我一介女流，什么也做不了，可却也不想任由自己的爱情被现实所践踏，纵使是死，我也——"

听到公主习惯性地停顿了一下，又开始酝酿眼泪，可敦忙不迭地再次打断她："别哭，别哭！"

公主擦了擦眼泪，勉强一笑："让姐姐见笑了。"

可敦却叹了口气，难得正色道："你问我知不知道什么才是爱，其实我真的不知道。但是，我大抵是见识过真正的爱情的，或许可以告诉你，让你参考一下。"

"你还记得十年前来和亲的柏华公主吗？"

成君公主诧异地瞪大了眼睛："姑姑？她不是、不是嫁过来没多久就病逝了吗？"

可敦却微微笑了一下，露出一丝缅怀的神色。

5.

"不是的，她没有死。

"她来和亲的时候，跟你一样，饭食吃不惯，衣服穿不惯，又赶上草原冬天，一场病接着一场病。

"那时候可汗刚刚继位，手底下很多人不听话，也没空考虑娶老婆的事情。后宫就柏华公主一个人，可汗几个月也回不来一次。

"公主身边有个贴身侍卫，是南边王朝一位高官家的二公子，十年前也算文武双全，名满京城。为了公主，他放弃了大好前程，来给公主当个贴身侍卫，也不怎么说话，只日日守在她身边。

"或许你要说，他俩这样有些不堪，可其实公主身边的侍女都知道，他们没有一丝一毫越轨的行为。他们克制守礼，从不把感情宣之于口，只是默默尽着自己的本分。

"幸好可汗不是个会强人所难的人，要不然柏华公主估计就跟你一样拿簪子自杀了。说起来，你们公主自杀真是没点新意。

"后来，战事激烈，可汗亲临前线。柏华公主本想趁着王帐守卫薄弱之际与那公子浪迹天涯去，可是公子却突然失踪了。

"公主万念俱灰，绝了出逃的念头。没想到，两个月后，可汗却把重伤的公子带了回来。

"原来公子跟随可汗上了前线，数次救了可汗的命。最后一次甚至用自己的身体帮可汗挡下了致命一箭。

"可汗问他要什么赏赐，他这才将他和公主的事情说出来。可汗欣赏他的坦荡，便成全了两人，对南边王朝借口说公主病逝。"

可敦含着笑沉浸在回忆里，良久才看着成君公主道："坦坦荡荡，不求回报。不能在一起，便守她万全，能在一起便不顾一切，这应该就是爱情吧。至于你的心上人，任由你一个人独涉险境而不闻不问，只给你一个空口白牙、虚无缥缈的承诺，我想大抵是当不起爱情二字的。公主，你还小，不要白白误了自己。"

成君公主怔怔发愣，半晌才道："这些事情，姐姐是怎么知道的？"

可敦眨了眨眼："我就是柏华公主的贴身侍女。"

"那你和可汗——"

"公主走了，没带我。我无处可去，连只羊都不会放，自小只学会了如何伺候人，干脆就去伺候可汗了。说是伺候，其实大多时候只是在一旁陪着。"可敦忽然笑起来，眼角有些细纹，却怎么看怎么都流露出幸福的滋味。再说起可汗的时候，连称呼都变了。

"阿布从小吃过不少苦，也不习惯人伺候，大多数时候我都只是在他身边陪着他。说起来好笑，那时候我才十七岁，贪睡，明明是陪他熬夜处理政事的，结果每次都比他先睡着，还占了他的床，害他没地方睡。"

成君公主"扑哧"一声笑出声来："那后来呢？"

可敦耸耸肩："后来阿布说，你总睡我的床，害我没地方睡，这怎么行。不如你嫁给我，当我的可敦，跟我睡一张床好了。"

成君公主笑出了眼泪，笑着笑着却又哭起来。这回不待可敦开口，自己擦了眼泪："姐姐，我真羡慕你，也羡慕柏华姑姑。"

可敦离开之后，成君独自一人在帐外吹了许久冷风，直到一只灰隼扑棱棱落在她的肩头，她才回过神来。

6.

开春的时候，战事又起来了。

公主近日来神情恍惚，可敦心下奇怪，便去找她谈心。

刚走近公主的帐篷外，就听见里面稀里哗啦响成一片。进去一看，迎面一个花瓶砸了过来。

可敦忙伸手接住："公主，这个可贵了。"

公主一看可敦，咬着嘴唇不说话。

"怎么了这是？"

可敦四下一看，发现几案上有几张轻薄的丝绢，上面写着字。

一张张看过去，可敦沉下了脸。

原来公主与那位丞相家的公子一直以灰隼传信。前面几张写的全是些装模作样的甜言蜜语，最后一张却拐弯抹角地询问公主王帐的方位和兵力部署。

"那天，你说我和他之间算不上爱情，我心有不甘。恰好又收到了那封信，我就想，他是不是一直在骗我，只是想利用我。"

可敦摸了摸她的头发，没说话。

"我就试探了他一下，又暗地里托人打探，这才知道原来他早就已经娶了妻……"

成君公主惨笑一声，却没有哭。可敦有些诧异，成君的眼神太奇怪了，与过去那个只会哭哭啼啼的娇弱公主简直判若两人。她模模糊糊地想道，或许，成君本就不是个柔弱的公主。

忽然帐外号角长鸣，可敦神色一凛，匆匆走了出去。

原来是敌方一支奇兵绕过可汗的大军，想要直取王城。王城兵力不足，可汗带着亲兵亲自出城迎敌去了。一时间全城戒备，人心惶惶。

深夜，有人匆匆来报，神色惊慌。

可敦赶到中军王帐，一眼就看到浑身是血的阿布可汗。

"可敦，我军守卫本就薄弱，如今可汗重伤的消息已经被一些人知晓，军心有些不稳，怕是——"

"你怎么样了？"可敦努力控制住自己发抖的声音。

阿布可汗吃力地伸出一只手，抓住可敦的手："瞎担心什么，不过是多流了点血，暂时不能乱动而已。"

可敦松了口气，却听御医道："大汗失血过多，虽然暂时止住了血，没有生命危险，但是伤口过大，不宜移动，更不能再次出战。"

"带我上城楼！"

"不行，你不能去！"

可敦讶异地扭过头，一眼看见一身劲装的公主。

"你现在上去，非但不能安稳军心，反而坐实了可汗重伤的消息。"成君公主仿佛换了一个人，俏脸上神色冰冷，黑眸里竟然有股杀伐决断的狠戾。

她说着，就开始动手去解阿布可汗身上的软甲。

可敦吃惊道："公主，你要替可汗上战场打仗？这恐怕不合适吧。"

成君愤怒地瞪了她一眼，迅速将可汗的软甲套在了自己身上。最后伸手抓起满是血污的盔帽，牢牢挡住了大半张脸。

"你，"她随手点了一人，"等下跟在我旁边，别的不用干，只管扯嗓子吼'大汗无恙，给我杀！'就行，听明白没？"

"明白！"

"声音太小，换人！"

"明白！"那人吼破了喉咙。

"很好。"成君拉过那匹足足比她高出一大截的战马，迅捷无比地骑了上去。她的身形比可汗小不少，但是盔甲一穿倒也看不出啥。她脊背挺直，伸手一拉缰绳，骏马长嘶一声，一个漂亮的腾空。

"公主你——"可敦有些蒙。

成君微微一笑，不复娇滴滴的模样："姐姐，不瞒你说，其实我不会什么美容护肤，全靠母妃给我开小灶才从教习嬷嬷那儿蒙混过关，可我这骑射技术却连将军家的儿子都比不过的，也因为这样，父皇觉得我没个公主的样子，自小就不待见我，一道圣旨就把我赶到了这里。不过现在，我倒是挺感激他这个决定的，姐姐放心，我一定帮你守好王城。"

"走！"成君用力一挥手，带着可汗的亲兵风一般出了城。

三日后，敌军后继乏力，被成君公主带人全歼在了城外一百里处。

7.

"报！城外一百里发现汉人的和亲车队，他们遭遇了大批马贼。护送车队的汉人将领阵亡，可汗派去接应的人也受了损伤，请求成君将军支援！"

成君公主一身戎装，站在高高的城楼上，抬起手，铿锵有力地下了结论："都是垃圾！"

说完随手点了两个人，让他们各带一支队伍出城救人。

三年前，成君公主穿着可汗的盔甲，凭借悍勇的骑射技术骗过了所有人。结果军心大振，连连告捷，最终全歼敌军，守住了王城。

那一战之后，成君公主向可汗求了个恩典，她不愿做什么和亲公主，她想做个将军，理由是"女人要有自己的事业"。

据知情人士介绍，当时可敦也在一旁，闻言直接一口茶喷在了可汗的脸上。可汗淡定地擦了擦脸，准了。

于是，成君公主就成了成君将军，领了王城守卫的职务。三年来治军严谨悍勇，多次得到大汗的赞赏。

次日，出去支援和亲车队的人回话："将军，都安顿好了，就是那公主一直哭哭啼啼的，也不肯吃东西，您要不要……"

成君挥挥手："这届和亲的公主不行，我就不见了。估计又是我哪个不受宠的妹妹，被当成棋子嫁过来，你直接带她去见可敦吧！可敦最近坐月子正无聊着，送公主去和可敦进行一点女人之间的谈话好了……"

死亡预订

◇ 贺兰邪

我不会把你交给警察，他们保护的是问心无愧的好人，而你不是。

1.

凌晨，贾真打开手机，进入奇宝 App，找到了最近体验的产品。

他想："这世上没有什么事情能够难倒我，有钱就有解决的办法。"

无痛死法，新型体验，只须点下预订按钮选择好死亡时间，执行者就会带着你的死亡产品找到你。你只需要沉睡一个月，一个月之后将醒来，重获新生。友情提示：单身人士打八折哦！

贾真记得自己第一次看见这个产品时，冷笑道："假的，这世上没有什么东西值得相信。"

如果不是它突然跳出来，出现在自己眼前，他根本就不会去看。

后来，这个神奇的"死亡预订"让他躲过了一劫又一劫，让他不得不信，这世上确实存在着"奇迹"。

点开聊天对话框，客服发来信息。

"你好，贾先生，我探测到你最近心情不佳，若是十分想死，我可以助你一臂之力，体验一次死亡。"

他第一次看见这句话时，觉得有些好笑。如今再看，觉得有些毛骨悚然。可是转念一想，他现在真的需要一次死亡，唯有死亡才可以掩盖他那件事情的过失。

2.

贾真是一名记者。从业以来，从一个实习生摸爬滚打那么多年，才终于有了今天的地位。因为他敢说别人不敢说的真话，又能够在第一时间里拿到最佳新闻，所以微博和公众号上都有一大批粉丝。

前些天他在公众号上，发表了一篇文章《天堂里多了一位小画家》，半小时内阅读量就达到了上万。

文章中的"天使"其实是他曾经采访过的一位女孩。女孩叫西西，今年十岁，人生才刚刚开始，却因为一场可怕的疾病，年轻的生命便停止了。西西的哥哥为了帮她治病，早已倾家荡产，从最开始的小白领到现在只能沦落街头。

贾真知道了这件事后，特地为兄妹两人做了一期专访。后来才得知，其实这个名叫陈良的年轻人并不是西西的亲哥哥，他们是表兄妹。西西的父母在西西很小的时候就因为车祸去世了，从那以后西西就一直住在陈家。陈良为了照顾西西，一个人又当爹又当妈。

贾真将这个新闻发出来时，登上了微博头条。善良的网友们为其筹款，只求上帝别夺走这个女孩年轻的生命。

陈良说："西西最大的愿望就是可以开一个属于自己的画展。"

此事登上热搜后，西西的画感动了数万网友，仅仅五天时间爱心捐款就达到 14 万。

然而就在这时，西西死了。她拿着自己最爱的那幅《闭嘴天使》，走上医院楼顶，从十八楼一跃而下。

陈良跪在西西小小的尸体前，失声痛哭。

"最帅哥哥和最美小画家"再次登上了微博头条。贾真为了纪念这个女孩，便在公众号里写下了《天堂里多了一位小画家》。

文章的尾声写着：西西是个好孩子，希望她去了上帝身边后，能够继续画画。我们仰望天空时，一定能够看见她画出的笑脸。

贾真看着阅读量噌噌上涨，心中十分满意。

正在这时，有一个人的留言引起了他的注意。

"贾记者，不知道你仰望天空的时候，看见的是钱，还是西西的哭脸呢？据说，从十八楼跳下去的人，她会从十八层地狱爬上来找你呢！"

看见别人揭开自己内心最为恐惧的东西时，大多数人都会选择去责骂对方。

贾真也不例外，他噼里啪啦地敲着键盘回复："你这个人嘴巴怎么如此恶毒。逝者已去，你再胡说八道，小心我为你写一期专访。"

人人都知道贾大记者的专访十分厉害，能够让你登入云霄成为众人仰望的对象，也能让你跌落谷底被万人唾弃。

对方立马回复道："是吗？那我求之不得呢。我这里可是有贾记者你的第一手资料呢。当初你和陈良谈交易的时候，我可为你记录得清清楚楚。"

贾真面色煞白，端起水杯猛喝一口，又回复道："你说什么胡话！乱讲些什么没有证据的东西！"

"证据？原来贾记者也是一个讲证据的人啊，我还以为你的新闻都是胡编乱造的呢。不如这样，我们来打一个赌，七天之后你若不肯在公众号里写明西西死亡的真相，我就让你登上那天的新闻头条。"

3.

贾真知道这个世上有太多的喷子，他们蛮不讲理，所以不需要去理会。他一日三餐过得自在得很，完全忘记了这个人的存在。

直到第三天，他的手机收到一张照片。照片上有两个人，一个是他，另一个则是陈良，他们坐在一间豪华的餐厅里，把酒言欢。陈良完全不像一个刚失去亲人的人。

对方问："贾记者考虑得怎么样，还是不愿意对所有人说出真相吗？你真的想让我把全部视频发出来，助你登上头条，成为一夜爆红的网红？"

真相……

这世上所有的真相都是一场酷刑。

他为陈良写的新闻，把陈良塑造成了一个"最好哥哥"的形象，出现在众人面前。

可是陈良根本就不是什么小白领，只是一个街头骗子，为了谋财，将目标放在了流浪女孩的身上。陈良把流浪女孩西西带回家，抚养了一年，对外宣称西西是自己的表妹。周围的邻居看见他对自己的妹妹如此照顾，都相信了。

万事俱备，只欠东风。西西的病越来越严重，陈良更加悉心地照顾她，处处作秀给旁人看，甚至扬言倾家荡产也要实现妹妹的愿望。

贾真之所以知道陈良的底细，是因为在他还没有成为有名的大记者时，就与陈良合作过了。两个人自导自演了一出好戏，那出《记者独闯黑心商家老巢》的新闻让贾真一时小有名气。

以至于后来两个人再度相遇时，陈良问贾真："贾记者应该不会揭穿我的真面目吧？"

贾真没有说话，他知道陈良是个无赖，但是没想到他这么无赖。

陈良说："事成之后，拿了捐款，我六你四，从此我就消失在你贾记者眼前。否则，我就将你那些肮脏的交易告诉别人。"

两人为了各自的私欲，再度合作，一个需要钱，一个需要掩盖之前的事情。

贾真甚至在心里想，如果奇宝 App 可以买凶杀人，那他就可以让陈良在这个世上永远消失了。

只要陈良消失了，那他就可以不和这个人渣合作。如果不合作，就不会遇见如今更大的威胁了。

那个神秘人竟然想让他主动认罪。如果真按他说的去做，这几年来的努力，不就白费了吗？

贾真捏紧手机，点下了"死亡预订"。

他输入了时间，正好是七天后——神秘人规定的日期。

只要在这个时间里，他抢先死在神秘人发出新闻的时间之前，他的死亡就会掩盖过这些新闻。

这是他之前用烂的招数，屡试不爽。

"您好，您预订的死亡日期是 2017 年 10 月 9 日。我们的死亡执行者会在这一天找到你，并且杀了你。这个死亡预订，是没有任何痛苦的，只会让你沉睡一个月。一个月后当你醒来，你周围的人会不记得一个月前你的死亡，也不记得你死亡时发生的新闻。"

"请问你确定死亡吗？"

贾真点了一下——确定。

订单提交，执行者接单。

他躺在床上看着手机里的那张照片，咧嘴一笑："你拿什么跟我斗呢？我会让那些愚蠢的网民，全部忘记这桩事情，你也会不记得我。"

等到风头过后，他再复活，那些热心的网友早就去关注其他的新闻了。而他，已经是过去式。

他点了一支烟，看着窗外的夜色阑珊，吐了一个烟圈，颇为感叹。

"死亡啊，其实是可以逃脱的。"

4.

2017年10月10日，一个视频登上微博头条。视频里有一个中年男人，上衣被人脱光，五花大绑在神像前。他的双眼被白布蒙着，嘴张着大叫，却没有声音。

所有人都以为这只是个作秀视频，直到视频到了19秒时，有一个男人的声音出现。

"你们好，欢迎你们观看今天的直播。"

冰冷的声音再次响起："今天想跟大家玩一个游戏，你们现在看见的是C市大名鼎鼎的记者贾真。贾记者本人可谓刚正不阿，曾经报道过好几个大新闻，相信你们有些人对他的名字十分耳熟。他就是前几天微博热搜

《天堂里多了一位小画家》的原作者……"

网友们这才反应过来，原来是他啊。

贾真听到这里时，发现有些不大对劲儿，他预订的死亡日期是10月9日，现在说话的这个人应该是死亡执行者。可是从前那些执行者不都很低调吗，为何今天的死亡执行者有些不一样？

"你究竟想干什么？你再这样，我就向你们老板起诉你不敬业了！"贾真有些不耐烦，这个执行者的话也太多了。要是耽误了他的正事，这次死亡就白死了。

男人笑了笑说："你刚才说的那些话，我听着不太满意，所以我把声音给屏蔽了，网友只能看见你滑稽的表演。从现在开始，你如果想活命，那就要哭得更凄惨一些，哭得让我满意，回答的问题也得让我满意，我就可以让围观的网友选择，救你一命。"

"你说什么！你是不是疯了，难道我这次给你的钱还不够吗！"贾真怒吼道。

"哈哈哈，贾记者真会开玩笑。你什么时候给我钱了？那14万爱心捐款，不是被你和陈良私吞了吗？"

此言一出，贾真面色煞白："你……你不是死亡执行者！你是那个威胁我的人？"

5.

一个身穿黑衣的人，从幕布后走出来，他戴着一个"V字仇杀队"的面具。那可怕的笑脸，突然出现在众人眼中，众人这才知道这次直播真的不是玩笑，而是一场精心策划的谋杀。

而这群呆愣的网友，全都是这场谋杀的见证者。

笑脸男走到贾真身边，对着屏幕外的网友们说道："现在，在你们的屏幕上有一把'流言刀'。一会儿我会让贾真记者再为大家讲几个真实的故事，他如果讲得好，劳烦你们多送几把'流言刀'。

"流言刀越多，就代表贾真记者越接近死亡。所以，请你们谨慎送刀。"

他伸手拍了拍贾真的肩膀："贾记者，现在可不是什么演戏的时间，我需要你真情流露。若是你不肯将你做过的那些肮脏事情全部说出来，我就将它们全部放在你眼前的大荧幕上，让网友们多为你送几把刀子。"

贾真拼命地扭动着自己的身体，他等待了那么久的死亡执行者竟然没来，来的居然是他的仇人。

他冲着视频外的网友凄惨地吼道："杀人啦，杀人啦，你们这些看视频的人难道就不会报警吗！"

笑脸男直言："贾记者看见西西受辱跳楼时，不也没有报警吗？"

"她是自杀，我没有逼她。"贾真吼道，"这与我无关啊！"

"与你无关？"笑脸男沉声问道，"当初陈良找到你，想要用钱收买你，让你将他的事情写得可怜一些，你那个时候怎么不说与你无关？你收钱的时候，特别开心啊。"

言毕，笑脸男伸手扯开了贾真脸上蒙着的布条，重见光明的贾真看见了笑脸男手上拿着的那两张照片。

他与陈良的两次谈话，竟然都被这个人偷拍了！

事情到了这个份儿，贾真只好将这一堆烂事全推到陈良身上。

"是，当初我找到他的时候，我本来想把所有的事情都写清楚。他根本就不是西西的哥哥，西西只是他捡回家的一个女孩。因为西西有先天性心脏病，陈良假扮西西的哥哥，帮她举办爱心捐款。他跟我说，捐款收到的时候，西西就会死，到那时我和他就可以分这一笔捐款。"

贾真咽了咽口水，继续说道："我当时因为十分缺钱，也就没有管那么多，答应了陈良。但是我没有想到，西西竟然真的会在收到捐款后跳楼自杀……"

说到这里，他慌张地对着视频外的网友们喊道："即便是要死，陈良也应该死在我前面啊，他才是罪魁祸首！"

他假装可怜地看着笑脸男，只要把这些脏水泼给陈良，再为警方定位到笑脸男的位置拖延一些时间，他就可以获救了。

"你不应该放过他，他是最该死的。我有错，但是你不能杀我，应该把我交给警察，让法律来判决。"

6.

笑脸男看了一眼手机，冷笑道："恭喜你啊，贾真记者，你的流言刀已经有 37089 把了。"

"我为你订下的数量是 6 万，这 6 万正好是你从西西那里拿走的爱心捐款数目。只要流言刀达到 6 万，我就会杀了你。"

贾真吓得浑身发抖，他像疯了一样对着网友们大喊道："你们不能做一个法盲！他杀我，他也有错，把我交给警察，交给警察！如果你们再继续投票让我死，那就是和凶手同流合污，你们每个人都是凶手！"

话音未落，笑脸男拿出一封信，扔在了贾真面前。

"你可记得这封信是谁写给你的？"笑脸男问。

他当然记得，这封信是西西交给他的。只不过这封信他还没有看，西西就已经跳楼自杀了。

"记者叔叔，你好。我曾以为我的人生一片黑色，是我的哥哥照亮了我的世界，可是我不知道他才是真正的恶魔。倘若我活着时没有灵魂只剩躯壳，那他就是夺走我灵魂的恶魔。那长达一年的黑暗生活，我将带着它走向地狱，希望记者叔叔能够把那些钱，送给需要的人……"

读完这封信，笑脸男看了一眼贾真："西西一直以为你可以救她，直到后来，她才发现你和陈良其实是一伙的！她不知道，这个看似善良的贾真记者，背地里早已干尽了丧尽天良的坏事。"

贾真替自己辩解道："不……我不知道，我是受了陈良的威胁。如果我知道陈良虐待西西，我肯定不会帮他。"

笑脸男继续追问："贾记者，你还记得西西死前拿着的那幅《闭嘴天使》吗？天使的翅膀被人用绳子绑住了，网友说绑住她的是疾病，其实不是疾病，是陈良。闭嘴天使的下体有血，不知道你有没有认真看。"

贾真瞪大双眼："这，这怎么可能……"

一个女孩下体有血，又被人捆绑，绑住她的人，又是个男人。这意味着什么，意味着陈良不仅是个惯骗犯，还是一个禽兽！

年幼的西西被他如此虐待后，竟然选择了闭嘴。

"如果这是真的，西西为什么不告诉我？"

笑脸男反问："告诉你，你又把这个事情写出来，装模作样地感慨一番，最后仍然弃她于不顾。你是不是又看见了商机？贾真啊，你的良心到底值多少钱？"

贾真被这段话噎住了。

"西西应该不止一次暗示过你，她害怕被陈良虐待，所以只能暗示你。陈良为了不被发现，他是不是跟你说过，西西脑子有毛病喜欢胡言乱语，让你看见什么都别信。"

一番话说完，笑脸男又拿出手机看了看："马上就快到 6 万了，贾记者死前还有什么故事没有说？"

贾真大声吼道："不，我不能死啊，你们这些没有用的废材，只知道看新闻，只知道在心中感慨，却不知道救人，报警很难吗？"

笑脸男走过去，拿着刀，在他的脖子上轻轻划了一下。

"贾记者，我想试试你的脸皮到底有多厚，所以一会儿流言刀每增加一把，你要是说不出以前的故事，我就会用刀帮你在脸上画一朵花。"

7.

"贾记者真是好文笔，白的写成黑的，黑的写成白的，你不去当个作家真是可惜了。"话没说完，贾真的脑门上多了一刀。

贾真痛苦惨叫，他想起来了。

"两年前，有个职场新人差点被上司玷污，你当时写了一个什么新闻标题？让我想想，你写的是《公司新人为博总裁青睐，竟在办公室脱衣》……

"当时这个新闻上了热搜，许多网友都在骂现在的女生怎么那么不检点，竟然穿得如此暴露，这不是勾引人是什么。所有人都说这女生风骚放荡，一面之缘都未有过，网友就可凭空断案，这难道不是贾记者的功劳吗？"

笑脸男用刀拍了拍贾真的脸："你当着所有人的面说清楚，那个女生究竟是不是在勾引总裁！那个女生最后是怎么死的！"

"割腕自杀……"贾真忍着痛说，"临死前把自己的脸划烂了。"

正在这时，笑脸男突然将脸上的面具扯下。那张面具下竟然是一张丑陋不堪、满是刀伤的女人脸。

只是这一幕，网友并没有看见，她背对着网友，正对着贾真。

"你……你不是死了吗？"

女人没有理会他，看了看手机上的流言刀数量。

"嗬，投票居然停止了。看来警方已经压住投票，要来救你这个人渣了。好可惜啊，我不能用这把流言刀将你慢慢凌迟。"

女人拿着刀走向贾真，人们都在等待着她的下一个动作。正在这时，直播画面变得一片漆黑。

8.

警方看到这里时，已经定位到笑脸男的地址。

等到他们赶往那个目的地，发现贾真早已死去一天。

法医看了一眼墙上的日历："今天不是 10 月 10 日吗，这上面怎么是 10 月 9 日？难怪刚才看视频的时候，总觉得哪里不对劲儿。"

刑侦队长看了一眼贾真的尸体说："那个人从一开始就没有想让他活命。视频直播是假的，其实是提前录制好的，我们看见的并不是第一直播。"他指了指桌上的电脑，"你们还记得吗，当时视频漆黑一片时，他说了一句话。"

"我不会把你交给警察，他们保护的是问心无愧的好人，而你不是。"

众人沉默了，在来这里之前，他们早已查过视频里笑脸男说出的那几条新闻，也查过近几年来贾真写的所有新闻，造假成分简直令人发指。他的假新闻害死了许多人，他自己却一次又一次逃过了法律的制裁。

"他究竟是怎么逃脱的？"法医问。

队长拿起贾真的手机，看见一个奇怪的 App。里面有一个死亡预订的交易，已经结束了。

您的死亡订单于 2017 年 10 月 9 日已结束。

死亡预订新增项目"买凶杀人"，先到先得。

几分钟后，他们算是明白了这个 App 便是贾真用来逃避死亡的宝贝。

法医问队长："队长，贾真这次是真的死了，还是假死？一个月之后，他还会不会复活？"

队长笑了："这种假东西你也信？即便是他假死了又复活，你我也不会再记得这个事情了。眼下最重要的是找到凶手。"

不会再记得，因为这世上永远不缺新闻，只缺一颗干干净净的良心。没有良心的东西，不管死多少次，都不会有人记得。

你的头上有个白框

◇ 银针一朵

1.

"咻——"

学校门口旁的三棵树下，我吹了个口哨，示意郑洁可以开唱了。

郑洁哭丧着脸，苦巴巴地望着我，向我求情能不能换个别的惩罚项目。我表情严肃，摇了摇头，表示拒绝。郑洁是我的好朋友，之前在烧烤摊撸串的时候，郑洁和我打赌赌输了，所以她现在必须得满足我的一个要求，而我的要求是：她得在学校门口高歌哀曲二十分钟，非特殊原因下不能中断。

郑洁皱着眉头，咬了咬牙。我估计她是在想下次一定要让我好看，接着她就开始唱起来，歌声委婉，曲风幽怨。在郑洁唱歌的同时，她的头上开始冒出来一个白框，里面用宋体写着几个字：疯子唱歌。我开始打量周围，在郑洁唱歌的同时，我们的身边时而经过几个人停下来围观，在打量几眼后，又都加快脚步离去，恐生意外。

在郑洁唱了好一会儿后，我掏出手机，打开学校的论坛。果然，论坛上开始有人发帖说学校门口有一个人在高声唱歌，说不定是个疯子，并附上了照片，让大家小心一点，帖子下面也有不少人跟帖回应表示认同。我收起手机，耸了耸肩，一边示意郑洁别停，一边抬起手，轻点了一下郑洁头上的白框，将"疯子唱歌"几个字删掉，重新敲入一个新标题："忧郁青年失恋后醉酒悲情歌唱。"

又过了一会儿，我再次打开论坛，看看他们对郑洁唱歌这件事的讨论。果然，一些后来者在帖子下面开始了一种新的揣测：认为这个人应该是失恋了，所以才在这里耍酒疯。接下来也有不少人认同。

之后，我又尝试性地修改了郑洁头上白框的几个标题："女子唱情歌向另一男子表白""女子大冒险失败，被迫唱情歌"。果然，舆论的走向又随着我的每次修改而变得和之前不同，我终于收手，示意郑洁不要再唱了。

郑洁接过我递给她的水，大口地灌了一口之后，恶狠狠地骂了我一句。我冲她笑了笑，随后认真地说道："还别说，唱得挺好听的，不开玩笑。"郑洁听后愣了愣，不置可否，撇了撇嘴，和我一起回烧烤摊，吐槽道："下次你别栽我手里。"

烧烤摊上，我开始给朋友们说一个老套的笑话："晚会下午要彩排，导演打电话给邓紫棋的经纪人：'下午紫棋来不来？''不了吧。'经纪人回答，'我还是擅长下跳棋。'"

除了郑洁外的朋友都迷之尴尬之外，只有郑洁哈哈大笑起来："哈哈哈。"朋友们愣了，问道："这也好笑？郑洁你的笑点在哪里？"

郑洁微微低下了头，我想，她应该是细思了一下，觉得这个笑话确实是不太好笑。郑洁没注意到的是，这时我在一旁幽幽地叹了口气，心里想着我今晚的实验得到的结果：

我的生活确实被微博化了。

2.

事情得从一天前说起，当时我正刷着微博，看着热搜上的一条社会热点新闻。这条新闻有意思的是，当时关于这个新闻微博的评论下面全部都在撕×。我大概了解了一下撕×的原因，评论里有知道事情真相的人，在怒斥这个无良的新闻媒体起一些容易让人误解的、引导错误舆论的标题，因为这个新闻媒体的这一举动引导了一群不明真相的无知喷子大军被蒙蔽，让他们逮住机会开始攻击无辜的人。

我刷了刷，也不想参与。这个时候，我的手机突然卡了，紧接着微博闪退，我想重新打开，发现微博的图标从我的手机里消失了。再之后，我就发现自己的生活中出现了一些不对劲儿的地方。

比如说，我会看到每个人头上出现一个小的白框，上面写着他在观测者眼中目前做的事情的第一印象。打个比方，如果郑洁正窝在被窝里，如果别人觉得她正在看小说，那么她头上的白框里就会写着小说；如果别人觉得她在睡觉，那么她的头上的白框里就会写着睡觉；如果某件事是由很多人一起参与的，那么在每个人头上的白框中，又会牵出一根线和其他共同做这件事的人的白框相互连接，并且生成一个相对大的白框，里面写着在观测者的眼中他们正在一起做的事情的第一印象。

紧接着，我发现我能修改这个框里的内容，也就是说，我能修改别人对于某件事的第一印象。在今晚唱歌的时候，别人对郑洁的第一印象是疯子唱歌。在我修改之后，他们对于郑洁的印象又变成我修改的那些文字，但是这毕竟是个第一印象而已，他们如果意志坚定，通过自己的观察，也可以得到别的结论。只是，他们在观察的时候，会先入为主地带着我给他们的那个观念，相当于有一层带有浓重的主观色彩的心理暗示的作用。这样一来，他们观察的侧重点和由此得到的结果可能就会和实际产生很大的偏差，慢慢地偏离了真相。我想了想，这应该就是和微博的标题党引导舆论的功能一致。

这是我生活中的其中一个不对劲儿的地方。在我被改变的生活中，还有着另一个不对劲儿的地方，也和微博有关：微博的互推。

简单地说，就是如果我在生活中昧着良心夸了一个人，我会在接下来强制性地得到那个人的挽尊，就像段子手转发时常说的哈哈哈一样。这几天，我每次在夸完郑洁之后，又和郑洁说一些烂俗的笑话，她都会笑得捧腹，所以，这也是之前郑洁不明所以夸了我一句的原因。这个时候的我，也和所有得到了特殊能力的小青年一样，夜里失眠忍不住地想：我能用这个干什么？

3.

李达停下车，从自己的车内探身而出，对着车窗玻璃微微整理了一下自己的着装，确保自己的形象没有因为车程的颠簸受损，之后满意地点了点头。正在他得意之际，一个老头从他身边经过，突然摔倒在地上，昏迷不醒。而在一旁的灌木丛旁等候李达已经好久的昏昏欲睡的我，在观察到了这一切的时候，也终于开始摩拳擦掌起来。

"碰瓷？"李达看着摔倒的老人，愣了愣，一时慌了，不知道该怎么办，他起身欲走。

我望向李达的头顶的白框，目前的观测者只有我一个人，所以框内只写着我对于他这件事的第一印象："偶遇老人摔倒发愣。"在别人过来之前，我连忙将他头上的标题删掉，开始写入我的新标题："小伙撞倒体衰老人欲逃逸。"

事实上，我跟踪李达已经有好几天了，每天就等着机会黑他，这次终于找到了机会。至于要黑他的原因嘛，我掏出手机，给郑洁打了个电话："你快让席慕过来。""好。"

这就是我这么做的原因。席慕是我的暗恋对象，肤白貌美，我从很久以前就开始暗恋她，但是席慕却深深地喜欢这个叫作李达的家伙。我实在不懂这个家伙到底哪里好了。要说长相嘛，我转过头去看了看李达的脸，眉阔眸星，皮肤光洁无瑕……好像确实是比我帅一点；要说财力嘛，我看了看李达的车，价值不菲……好像确实也比我有钱；不行，反正他不如我。

另一边，李达没走几步，突然发现周围人看他的眼神不对劲儿，好像都是在用……谴责的眼神看着他。甚至有个路人已经掏出电话，这是要报警？李达无奈，只好倒退几步，又回到老人身边，将老人扶了起来，并掏出手机拨打了120。

眼见周围围观的人中有几人欲退散，我急了起来，又开始修改李达头上的标题，将之前输入的都删掉，输入了："小伙拨打120，假装肇事人不是自己。"

这下，之前想离开的几个人脚步又稳住了，继续用猜疑的眼光看着李达，人们越围越多。谁知，这时老人竟慢慢地苏醒过来，望着围观的群众，有点发蒙。有好事者上去问道："老人家，是这个小伙子撞的你吗？"老头的神志好半天才恢复过来，费力地说道："我记不太清了，我也不太记得是这个小伙子撞的我还是我自己摔倒的。不过，好像更像是我自己摔的。"

　　李达这下放下心来，觉得自己洗脱了罪名，却发现，人群并没有散开，反而越围越紧。原因在于，我再次将他头顶上的标题修改为："小伙撞倒老人，搀扶老人的时候威胁老人不要声张！"

　　李达没办法了，掏出手机，拨了一个电话。显然，这应该是个打给亲密人的求助电话。这个时候，我只要等待席慕过来就行了，到时候围观者的舆论在以讹传讹的传播下会越传越悬，而她在听到李达的舆论后心目中的李达的形象也会大打折扣。如此多来几次，李达的美好形象也将在她的心目中破灭，这样的话，我就有机会了。

　　我在一旁幻想着自己以后美好的生活，想着席慕以后痴迷自己的样子不禁傻笑，又回想起小时候和席慕相处的画面，那时候的我帮席慕教训了一个欺负她的人，席慕那时看我的眼神就如同看着一个大英雄一般。大英雄？我突然发愣，我现在这样，真的是大英雄吗？

　　我将目光重新投向李达，李达在人群的围堵中窘迫不堪。他极力解释，但是没有人信他，局势开始越发混乱，场面逐渐控制不住。我突然有些惶恐，内心开始感到些许不安。我觉得用这样的手段追求席慕似太不道义了，即使通过这种手段让席慕移情别恋到我身上，我这一辈子估计也一直会愧疚不已。就算席慕爱上了我，她爱的也不是一个真实的我。

　　我将李达的标题重新修改为："一个极力辩解的被冤枉的老实人。"人群才终于开始逐渐散去。

　　之后，我掏出手机，重新给郑洁打了个电话："你别让她过来了，我把舆论"撤掉"了。""行。"郑洁长吁了一口气，在那边回复我，似乎为我的选择有点开心。

　　我也笑了起来，突然笑声一凝，想到了一个问题，连忙问道："刚刚有人给席慕打电话吗？""没有啊，怎么了？"郑洁在那边疑惑地问道，却没有得到我的答复，因为此时我被眼前的画面惊住了。

我看到是另一个女人来接的李达，他们举止亲密，一起上车离去。在他们即将离去的时候，我才回过神来，掏出手机，拍下照片。

4.

"这个李达，脚踏两条船，真是太可恶了！"我狠狠地扒了一口饭，气愤地和郑洁说道。"席慕完全被蒙在鼓里，更为离谱的是，席慕在他心目中的地位竟然不如那个女的，太可恶了！"我又补充道。

"我们得让席慕发现这个渣男的真面目。"我再次和郑洁说道，又顺便夸了郑洁一句，"你比以前漂亮多了。"郑洁羞涩地低下了头，我不以为然。事实上，我之所以夸她，是为了用那个互推的功能，想让她在席慕面前多夸我几句。

"所以，我们得行动起来。"我将筷子径直地插入饭中，表决心。

"我们该怎么做？"郑洁重新抬起头，问道。

"我们直接去和席慕说她肯定不会信，毕竟我和李达是情敌关系，所以计划是这样的。"我缓缓说道。

我向郑洁介绍了我所有的能力，之后和她说了我的整个计划。计划是这样的，我仍然每天跟着李达，只是我不再去恶意黑他，因为这样我过不了自己这一关，所以我现在开始改变人们对于他做某件事的关注点，不同的关注点对于一件事的影响也是非常大的。

比如，"被拐女成最美女教师"那个新闻。如果你关注的是最美女教师，那么你可能会觉得，这个女孩在逆境中仍会坚持，但是如果你关注的是被拐，你才会发现这件事背后所揭示的"不以为耻，反以为荣"的社会现象。

在昨天的事件中，我发现李达在老人摔倒后，并没有实施救援，反而是想避嫌，尽快脱离，这说明他是一个自私的人，而脚踏两条船又说明他没有责任心，所以李达这个人是有不少缺陷的。我每天跟着他，改变同学们对他的关注点，这会让他的缺陷无限放大。之后，我再在学校论坛里讨论关于他的事。经历了这件事的同学会群起响应，致使校友们都了解了他的缺陷。当然，最重要的是让席慕知道。

当我觉得这些缺陷积累得差不多，李达"小有名气"的时候，李达在席慕心中的印象分已经被减去不少。我再爆出那个他脚踏两条船的消息，让他遭到众人唾弃，席慕也终于知道了真相。

"行，就这样吧。"郑洁微微垂着眼帘，点了点头。

计划很成功，在我不断"纠正"关注点的行动下，李达所有的缺陷都暴露出来了，虚荣、滥情、自私、没有责任心。李达的骂名在学校论坛上呈几何级般扩散。李达现在走在学校也会被认出来，被大家施以鄙夷。

最后，我将自己偷拍到的他和小三的照片发到了网上，这下，论坛上彻底沸腾了，李达犹如过街老鼠，人人喊打。我在网上观望着，期待席慕看到这一切之后，了解了李达的真面目，然后和李达分手。虽然这样的方法有些残忍，但是于公于私，对她和我都好。

但是让我没想到的是，有个叫冰蓉的网友站了出来。她声称李达快要崩溃了，求大家放过他。但是网友们都说，天作孽犹可恕，自作孽不可活，渣男不可原谅。那个叫冰蓉的网友在这个时候又发声了，声称她就是席慕，她就是当事女主。其实自己才是插足者，她威逼李达和自己在一起，不然自己就自杀，所以李达才会脚踏两条船。

网友们都开始质疑起这个"席慕"的身份，只有我知道，她确实是席慕，但是我也知道，她说的一切都是假的，她在为李达开脱。网上的舆论瞬间改变了风向，都骂起席慕来，而我对于网上的舆论也无能为力。我匆忙打开微信，给席慕发了信息过去：

"你疯了吗？你到底在干吗？！李达脚踏两条船，他把你当备胎！你还护着他？"

"这些事情我查实后会处理的，但不是现在，他很崩溃，我得帮他。"

"这样一个自私、没有责任心的人值得你这样吗？"

"不用你管！我就是喜欢他！"

"不用你管"四个大字出现在我的手机屏幕上，我一时有些恍惚，突然沉默了。这时，席慕又发信息过来了：

"对不起，刚才我太激动了。"

5.

"你恨她吗？"

郑洁在我身边坐着，转头问了我一句。"有什么好恨的？"我笑了笑，"她又没有错，她爱得热烈，她爱着她心目中的李达。我现在很理解她了，她是个备胎，我又何尝不是个备胎。既然如此，我又有什么权利来指责她呢？"

我顿了一下，又说道："只是，我不明白她为什么不相信自己眼前的证据。我做的这一切都是为了让她看清李达，为什么她还是没看清呢？"郑洁听后幽幽地叹了口气，问道："你喜欢她吗？""喜欢。""你说你喜欢她？你什么情况下喜欢她的？你喜欢她什么？你了解她吗？你所谓的喜欢她，真的不是年少时的跟风吗？"

郑洁一连串的问题砸来，我一时竟不知道怎么回答，又或者说我回答不上来。"只因为网上的舆论就改变自己对一个人的认可，就抛弃一个人，那不叫爱。她爱李达，所以才想自己去查实。"听到这里，我突然沉默了，掏出手机。

"决定了？"

我点了点头，在论坛上发帖，声称之前的一切只是为了让自己的ID获得关注度的一系列炒作，女主完全是为了拯救男朋友才给自己背的锅。之后，我自言自语地说道："即使我并不是真正地爱她，但是我毕竟'爱'了她这么多年，还是不忍心看她被舆论折磨。"

我开始等着舆论对我的攻击，或许是我决定放下一切，决定放下席慕了，突然一下子感到无所适从，开始给郑洁讲笑话。她没笑，我一拍脑袋，才想到，我忘记在讲之前夸她了。我连忙夸了她一句，又讲了一个笑话，谁知道，她竟然还是没笑。这下，我彻底愣住了。

还没来得及细想，我的手机就开始发出一连串叮叮声的提示音：有很多人回复我的帖子。我打开手机，准备迎接网民们的审判。让我意想不到的是，在我帖子下的评论中竟然没什么人骂我，大部分人是在说我有情有义。我呆若木鸡，看了一眼手机，又看了一眼郑洁，一脸讶异。郑洁看我这副表情，"扑哧"一下笑了起来，说道：

"我有一种能力，能改变网上的舆论。之前你在网上黑李达能这么顺利，就有我的功劳。而刚刚你的这件事，我也引导了一下舆论，所以事情就变成现在这样了。"

她话说到一半突然沉默起来。过了一会儿，她突然问我：

"如果说你所做的一切，你引导的一切舆论，都是为了让她看清李达，那我所做的一切也是为了让你看清席慕。"她停顿了一下，目光炽热，一字一句地问我，"现在，我想问你，你看清席慕了吗？"

她说完便低下了头。我彻底愣住了，一时没回过神来，她这句话是什么意思？难道是说……？我抬头，发现她头上的白色方框内出现了几个大字：爱慕我的人。

我有些不知所措，很多往事一下涌上我的心头。我想起在我酒后痛诉席慕无情的时候，她的关心与黯然；我想起在我心烦意乱时冲她乱发脾气时她的无理由包容；我想起当我获得篮球赛冠军时她那自豪和崇拜的目光……我一下想起了很多事。原来很多时候有些事情并不是没有痕迹，只是你下意识地忽略了它。

我低头，开始仔细地端详她的样子。此时，昔日的她和现在的她迷离地重叠在一起，这些时光的剪影成了她最美的装扮，盛夏的光影打在她的身上，斑斑点点的她看起来美极了，我一时竟看得入了迷。这时，我才意识到，这么多年来，我竟从未真正地看过她。

我突然明白了为什么之前我互推的能力会失灵，是因为我从来就没有什么互推的能力。我以前给她说笑话，她会笑，纯粹是因为她喜欢我，所以我说再烂的笑话她也觉得好笑。

也许是我发愣的时间太长了，郑洁抬头瞪了我一眼，跺了跺脚。我如梦初醒，痴痴地点了点头。随后再次抬头望去，郑洁头上白框内的内容已经变了：

我爱慕的人。

上楼

◇ 邱雷苹

1.

月黑风高杀人夜，虫鸣蛙叫贼盗天。老七向来是信祖师爷的，每逢行事前总会看看天。今天确实是下手的好天气，几天没有开张了，希望今晚捣的会是一个好窝。

他对自己的判断还是颇有信心的，那栋老楼现住的人本来就少，顶层的六楼那间，自己蹲点了三天，都没有发现有人出入的痕迹，想来主人一定是出了远门。看门的材质和阳台外圈的装潢，这家人定是穷不到哪儿去的。

进楼前他看了眼时间，凌晨3点。小区内静谧一片，他想注意一下保安室，却在出入口都没有发现。想来可能这里是片拆迁房的缘故，人都快搬完了，物业差到没有保安也完全可以理解。

只是这个小区也太安静了，几乎没有一个人家是亮着灯的。若说奇怪吧，不得不承认这个环境实在是太适合偷盗了。老七拍了拍自己的脑袋，邪门了，自己一个做贼的，这么好的条件求都求不来，想这么多干啥？

他把一枚壁虎样式的护符放在手心捏了捏，暗道一句祖师爷保佑，自己做这个营生也实在是被逼无奈，还望行事顺利。他最后望了眼身后，昏暗闪烁的路灯将窄狭的路映得模糊不清，一片乌云盖住月亮，眼睛便再也看不清楚远处的景物了。

他深吸了一口气，进楼。

他早就想好了要走楼梯。他生性谨慎，尽管这栋老楼有摄像头的概率无限接近于无，前几天，他仍是冒充水管工，将每层楼都仔细查看了一遍，每个角落都确认完毕。

楼道内依旧是一片寂静。这种安静像一股凝固住的气团，将四周的空间包裹住，给人以莫名的压迫感。不过老七的心理素质也是过硬，入楼以后便正式进入了工作状态。他谨慎地走着便步，悄无声息地上行着。

将行至三楼处，视线忽然暗沉了下来。他抬头一看，三楼至四楼的灯兴许是坏了，中间的两段楼梯完全笼罩在黑暗之中。他皱了皱眉，花了一小会儿时间习惯了黑暗，待目光能看清楼梯的棱角后，再一次动了起来。

他一边走着一边苦笑，这栋楼连有没有人都不知道，自己这样刻意压抑声息和步伐到底还有没有意义。若不是他再三确认了六楼那间房只是暂无人居，并没有搬迁的记录，此刻一定有些灰心。

可一想到主人仍可能早就把贵重物品转移走了，他心里还是免不得一沉。做这营生，操作和运气缺一不可，若真是这样，自己也只能认栽，另寻下家。

就这样胡思乱想着，他看到了四楼的灯光，心里莫名有了些底，加快脚步向上走去。

可上了四楼发现，五楼那段楼梯又是没有灯光的。他咒骂一声，这灯坏得也够邪门的，一楼隔一楼，当玩钢琴块呢？

果不其然，过了五楼以后，上面又是亮着的。

他点了点头，接下来才是正经事，摸了摸袋里的工具，在上最后一层楼的时候他已经做好了开锁的准备。正当他从裤兜里摸出一串极细的钢丝条和弹簧状的金属，抬头正视前方，视线刚刚高过最后一阶楼梯时，他发现自己遇到麻烦了。

这里不是顶楼。

自己的左手边，一道楼梯向上铺展而去。

而这一段楼梯，暗无边际。

2.

应该没记错楼层数吧？

老七惨笑着咧了咧嘴，随后开始向上狂奔。

他听说遇到这种情况时反应必须要快，要朝一个方向拼命地跑。于是咬了咬牙，也没顾上可能会惊醒熟睡的人，撒了腿便再次提速。

一暗，一明，一暗，一明，一暗，一明……

忘了是第十九次通过那扇印着倒"福"的门了，老七急喘着气，终于虚脱般朝楼梯上一坐。他又细想起刚才那个理论，发觉太不靠谱，再猛一回忆，敢情是以前爱看鬼故事的小侄子奶声奶气对自己说的。

如此处境，饶是久经贼场的老七，也不知道该怎么办了。

这时，楼上传来了脚步声。

老七心里猛地一抽，完了。我老七做了一辈子贼，没想到最后没栽到人手里，倒栽进了这种事里。他与自己告别前，还不忘擦了擦手心那枚壁虎护符，心想升天以后得做做榜样，保佑保佑干这行的后生，自己头顶的祖师爷貌似有点不太给力。

等等，那种东西也会打手电？

老七瞪着眼睛，看着一束手电光从上面扫下来，而后皮鞋踩地的声音也渐渐清晰起来。随着一个光头从阴影中走出，老七悬着的心霎时间放下。

"兄弟，你这整的是哪出？"

探出脑袋的光头朝老七的脸晃了晃手电，一脸狐疑："大半夜的，你四五楼跑上跑下的，练折返跑呢？"

原来这楼里还住着人，刚才的样子全被看到了。

见到活人的喜悦飞快被压了下去，老七的脑子飞速运转起来。这光头是从楼上下来的，自己瞄准的601那户一定不住人，那他就是602的住户。

贼界有几条铁则，第一条便是绝不二次偷盗。而自己这番已经暴露在目标邻居的视线之下，简而言之，这个自己眼中的肥窝已经是没戏了，必须想个办法开溜……

老七心里苦得要命，这要编个什么理由好？

"我上六楼找我朋友，可，迷路了……"

"迷路？"光头看着老七，饶有意味地笑了笑。

老七尴尬点头。

"有毛病。"光头有些不耐地瞪了他一眼，走到他前边。见他发愣，又是一瞪；"走啊，我给你领路，总行了吧？"

走了四五圈下来，光头开始沉默。

见刚才那种情况没有散去，老七反而有点庆幸。目前保安已经把注意力转移到了眼前的异象，沉默不语起来，而不是怀疑自己邻居朋友的身份。

但他冥冥之中忽然感到一种更大的恐惧。照理来讲身边有人相伴，对于未知事物的不安本应减弱一些，但他感觉这种恐惧来自别的地方。

更可怕的地方。

"拿着。"沉默的光头忽然把手电递给他。老七借着手电，觉得光头整个人脏兮兮的，身上也有股多日没洗澡的怪味。

可下一秒，他就没想那么多了。

他看到了光头瞬变的那张脸，几乎就要抑制不住惊骇，瘫倒在地。

那是张愤怒到扭曲的脸，他根本想象不到一个人有多愤怒才会露出那种表情。

光头开始咧嘴狂骂，说着许多老七根本听不懂的脏话，听得懂的话骂得更是难听至极。他就这样对着空无一人的楼道嘶声狂吼，对着空气发泄着自己的暴戾，脸上青筋暴露，比鬼还恐怖。

老七在光头的吼骂声中忽然有些恍惚，然后便有种头晕晕、天旋地转的感觉，空气中仿佛有一团烟雾般的东西逐渐消散。待他晃了晃脑袋定睛一看，上方的楼道再不见了永无止境的楼梯，而是显现出整个老楼的顶层——六楼。

那个光头扭头看他，露出有些歉意的表情："刚才我的声音是大了点。我听说，遇到这种情况就要拼了命去骂。大男人嘛，阳气足。"

老七对刚才那张狰狞的脸无法忘怀。他颤着手把手电递还给光头，勉强露出一个笑容，心里琢磨着同样都是听说，别人的听说就可靠许多。

但那种愤怒和震天的骂声，让老七许久都处于恍惚和惊悸之中。

倘若真的有鬼，能被他不同寻常的戾气骂退，真是一点也不奇怪。

"这种事情也真是玄乎了。"两人上到六楼后，光头皱着眉感慨，忽然想起了什么，"你是找你朋友？601 的？"

"呃……对。"老七忽然想起还得解释这茬，头又大了几分。

"你是他什么朋友？"果真，光头闻言又露出狐疑的表情。

"远方的亲戚。我不是本地的，几年没见了，这次过来主要就是……"老七一边说着，一边露出窘迫的表情。

他自认自己的演技发挥得还可以。

"噢，理解，理解。可他已经离开几周了，说是出趟远门，你这下是白跑了。"

见光头这么容易就相信，老七一边放下悬着的心，一边假装露出遗憾的表情。

"哎，兄弟，这楼出了这门子事，我都感觉有些邪乎。要不你来我家坐一会儿吧，咱们喝点酒压压惊。看来我也得抓紧搬走了……"

"呃，这么晚了不太方便吧……"老七泪流满面，"你知不知道我是个小偷？没什么事就赶紧放我跑吧！我不想压惊，下次我绝对不跑来这鬼地方了。"

"说白了，兄弟我有点怕……"

"我信了好吧。刚你那副凶相把我尿都吓出来几滴，你说你怕鬼？"

"那好吧。"

"坐会儿就走，绝不多留。"

那人别过了头，脸埋在楼灯外的一片阴影之中，开始摸索起钥匙。

"坏了。"那人一拍脑袋，"说实话，刚才我以为楼道里有人发了心脏病什么的才闹的这动静。出来得急，钥匙带错了……"

他做出懊恼的表情，一面掏出来一把601的钥匙。

"这把钥匙是他出门前寄放在我这里的。我和他也是几年邻居了，让我隔三岔五给他屋子透透气什么的。

"哎，明早我找个开锁的，要不咱俩就先进他屋子里坐坐吧。"

老七迷迷糊糊刚想说出那个"嗯"字，忽然本能地察觉到有什么不对。

他的心忽然沉了下来，一种说不清道不明的恐惧感渐渐如蛇般盘绕上他的心脏。直觉告诉他，该撤了。

"哎，我忽然想起来这儿还有个亲戚，兴许能帮帮忙。兄弟我真的急用钱，得快去找他，先撤了。"

光头挑了挑眉毛："人嘛，总有难挨的时候，只要不偷不抢总会过去的。没事，你进来坐会儿，有什么难处和我慢慢说，我这儿还有些闲钱……"

"不了不了，哪里好意思，我先走了哈。今个儿谢谢了！"

老七不由分说便开始下楼。也许是自己敏感，他注意到那个男人说"不偷不抢"四个字的时候咬字格外重。而且他就是感觉到哪里很奇怪，只是自己方才遭遇太多的事，思绪太过纷乱。只能让数年做贼的经验主导自己的行动。

走过五六楼拐角的时候，他用余光瞥了瞥站在 601 门口的光头，如一具雕像般一动不动。他的侧脸朝向自己，看不清他的表情。

下到五楼的时候，他听到钥匙插入的声音和沉重的关门声，知道那个光头已经走进了 601。

下到了四楼，老七顿住了脚步。

待恐惧的思潮渐渐退去，他终于知道哪里奇怪了。

第一，哪怕一个人再窘迫，能成为他凌晨 3 点从异地跑来，并且事前不做任何联系就向人借钱的理由吗？

这样的话，那个光头为什么会听信自己？

第二，连小偷自己都觉得鬼鬼祟祟的一系列行为，光头在见证之后，还会邀请自己进屋聊天？老七冷静下来，越细想自己刚才的行为越觉得自己是个傻瓜。

第三，奇怪自己成这样了，还愿意借钱？

那个光头有问题，带错钥匙这个解释本身也很奇怪。

他做了一个让自己惊讶的决定，他想上楼。

他也不知道为什么，可能只是一股莫名的热血。他虽然是个小偷，但感觉自己已经被牵扯进了一件极不简单的事件中去。那个男人太奇怪了，为什么这样拼命诱导自己进入 601 室？

他咽了咽口水，在四楼稍做停顿，犹犹豫豫地再次反身上楼。

又一次。

情景重现，无论怎么走，也走不到六楼。

这一次老七再也不敢放大自己的声音了。在悄无声息地走过四五次这般循环过后，他的心猛地凉了下来。

自己还没有注意到那个光头最致命的破绽。

他是怎么知道自己刚才是在做"折返跑"的？

他最后给出的解释是自己在 602 听到楼下的动静，以为有人得了急病才急忙下楼查看。那么在他的视角里，只能听到楼下单纯的脚步声，为何能给出折返跑如此形象的比喻？

这栋楼里有监视。

自己在白天已经查看过，这栋楼里绝对没有普通小区居民楼通用的那种摄像头，那么可能性便只有一个。

那个男人在这栋楼私自装了监视器，并能够取得自己一切行动的视野。

那么，他此刻也知道自己再次上楼了。

但无论如何，此地都不宜久留。自己再次上楼绝对是个错误的决定，哪怕再觉得古怪，也不应该放在今晚解决。

可如今自己又陷进这种循环中，如那个男人所说，在自己的幻觉中开始了折返跑。到底应该怎么办？

老七忽然想到，自己在今天的遭遇过后，从来没有尝试着朝下跑。

朝下跑？

老七隐隐猜到了整个事件的轮廓，今天所有的经历被串联起来了。

他坚定地转身下行。

五楼，四楼。

没有丝毫的阻碍。

三楼，二楼，一楼。

他走出了这栋老楼。

他深出了一口气，将那枚壁虎护符紧贴在胸口片刻，向着明月双手合十。

此刻夜幕深沉，老七头也不回地走了。

3.

秋意渐浓。人声寥寥的小区内，一个瘦削的男子罩着一件卫衣，用兜帽盖住了自己的脸，他在围观两个老人下棋。

"4栋601？"老人思考了片刻，果决地架起了炮。

"小子，你问对人了，这种事也只有我们几个没搬走的老骨头记得了。"

他对面的老人闻言也止住了下落的棋子，陷入对往事的追思。

"那家人确实是惨哟。"老人操着一口苏北口音，幽幽开始了讲述。

老七扯了扯帽子，给两位老头点上了烟，在他们的传述中明白了事情的来龙去脉。

601 那户人家起先是一家三口，但也不知道为什么，特别招贼。一年里警察就来了三趟，都是入室行窃。

"我们这样又破又穷的小区，小偷就专门挑那些防盗窗贵的人家下手。人警察都说了，贼真想撬你窗，这种东西根本没用。实在不行，别人还可以走门进来。"老人叹了口气，补充道。

老七心下一凛，这也确实是自己下手前的动机。那家人的防盗窗装得特别好，从阳台望去可以隐约看到大房间里的吊灯，也是很值钱的，想必同行稍一打量，也能得出和自己一样的结论。这么一间屋子确实在这个小区里是鹤立鸡群的存在，况且本身物业也确实差。

老人接着讲了下去，而表情也开始凝重起来。

有一天，这家又进贼了。这次行窃的估摸是个新贼，下手不利落，还紧张，翻窗进去的时候闹了些动静。

就这么一点小动静，却把他们八岁的小女儿吵醒了。那小女儿直接跳了起来，直喊有贼，有贼！那小偷一紧张，也不知道要跑，摸出把匕首就冲到床前。等她父母醒的时候，女儿的脖子已经被抹了。

随后便是彻头彻尾的悲剧。她妈冲上去拼命，肚子被小偷连扎了好几刀。她爸醒得最慢，来不及拖住她。就那么一会儿工夫，自己的妻子、女儿全死在小偷手上。

她爸被激了血性，赤手空拳就把那个小偷制住了。后来好像是被刀扎进了胳膊。小偷冲劲儿过去以后知道自己闹大了，甩脱了压住自己的那个男人，头也不回地就溜了。

"挺好的一家子。那小女孩我天天见着她放学回来，秀气得很，真的可惜了。"老头说着说着也有点感伤，摇了摇头。

"后来呢？"

"小偷当然是逮住了，被判了无期。她爸伤心过度，这房子自然是不住了，也不知道去哪里了。

"后来传得就有点邪乎了。有人说在晚上听到 601 里有动静，一会儿说有哭声，一会儿说有脚步声，还有说听到惨叫的，怪瘆人的。不过那会儿动迁的人多，没多久那栋楼里的人差不多就全搬走了，现在估计也就剩一两家了吧。再过一个月就干净了，到时候水电、煤气都会停掉。"

"老大爷，那栋楼的 602 住人吗？"

"这我哪儿知道呢。反正那栋楼晦气，住这儿的都不怎么愿意靠近。"

老七点点头，把整包中华烟都给了他们。那俩大爷看上去很满意，笑呵呵对着年轻人道了谢，不紧不慢又下起棋来。

老七心里已经有了个大概。他止住了颤抖的手臂，看着小区门口的告示牌拨通了物业的电话。

"你好，我交费。"

"啥？你好你好，你是哪户的呀？"话筒那头听到有人自愿交费，又惊又喜，仿佛捡了天大的便宜。

"4 栋 602。"

话筒里沉默了一会儿。

"兄弟，我们是没怎么管事，你也不用这么耍我们。那家 602 早不住人了。"

"对不起。"

老七放下了电话，他惨然一笑，知道了自己要做什么。

七天。

一连七天，他身着脏兮兮的工作服，就躲在4栋正楼下的垃圾房隔壁。那是一处狭小的空间，以前有专门的垃圾工人住在这里，负责日常的收垃圾和清理工作。

第八天晚上，他终于等到了。

凌晨2点，一个熟悉的人影，探头探脑从4栋里迈出，径直走出了小区。

老七赌对了，他每天的白天都在休息，晚上则一刻不停地监视着4栋的动静。

此刻，他明白，自己的时间不多。

到了四楼，他深深吸了一口气，迈步上楼。

永无止境的循环，果然再次出现了。

那一刻，老七哭了。

他把那枚壁虎护符恭恭敬敬地放在手心，在楼梯中间直直跪下。

"谢祖师爷保佑！

"晚辈小七子，这就替你们主持公道嘞！"

他流着眼泪，气沉丹田，怒吼道：

"破！"

幻影散去，他上至六楼，撬开了房门。

两秒后，他呕了一地。

尽管已经被处理过，房间内仍弥漫着强烈的腐臭味和血腥气，遍地都是包装袋和矿泉水瓶罐。老七强撑精神瞅了一眼，全是类似压缩饼干的包装。

一间虚掩的房门里透出灯光。

他打开房门，电视屏幕上是一到六楼的监控。

而一边有数个不透气的包装袋，不用看，老七也知道装的是什么。

老七闭上了眼睛，对着那几个包装袋，扑通一跪，连磕十几个响头。

随后，他拨通了报警电话。

4.

老七因偷盗未遂而被拘禁入狱，他交代了自己之前的一系列罪行，并发誓以后永不为贼。

那户人家仅活着的父亲，也就是那个光头，被判了死刑。

"他们不是喜欢偷嘛，那我就等着他们，来了以后，一个也别想走。"录口供的时候，光头没有任何表情。事实上，他对这个世界早已没有任何眷恋。

支撑他活下去的只是无穷无尽的恨意。

那种恨意杀死了活人，连那些活人死后的墙也一并破除。

在他房间内共找出四具尸体，皆为尝试入室行窃的小偷，在撬开房门进入后都被一击毙命。

老七作为本案最大的功臣，在束手入狱后只提了一个要求。

"请帮我好好安葬他们的尸体。

"我出狱后，第一件会做的事情就是走到他们的墓前保证。

"我老七，今后只下楼，不上楼，堂堂正正做个人。"

盗火

◇ 邱雷苹

1.

王择林在龙息山当护林员到现在，这几天遇到的麻烦比这辈子遇到的都多。

短短三天，已经发生过两次规模巨大的森林火灾。最近的空气湿度并不低，基本可以确定是人为纵火。

上头下了尽快找到罪犯的死令，加派了不少人手。于是龙息山脚下自己那个冷冷清清的小木屋就热闹起来了。

巡山的人手增加到六队，每队工作四小时，采取的是轮流值班制度。一旦发现蛛丝马迹，第一时间就要对机关进行汇报。

王择林心里憋了口气，自己看守龙息山十几年，从来没有出过这档子事。现在全城的焦点就在自己负责的这座大山上，怎么也得把纵火犯找出来。夜班的三个巡山轮次他都带头领路，可以说是铆足了干劲儿。

这天夜里，他和几个陌生的巡山员例行巡山，走得已经是有些深了。

冬季的龙息山昼夜温差极大。此刻的山中弥漫着刺骨的寒气，巡山的一众人边走边不住地打着哆嗦。

王择林走在最前，一面领路一边咒骂着冻人的天气。要知道搁在往常，他只要随便捣捣糨糊往山上兜一圈，就能靠着木屋里的那个炉子偷懒打盹。

所有的事情都是那半路杀出的纵火犯整出来的。

虫子早早蛰伏，山林中只有凛冽的风声和脚步踩碎细树枝的声音。一行人借着月色吐着白气，警惕地注意着四周的动静。

就在这时，王择林闻到一股似有似无的焦味。他眼力极佳，循着气味上前几步，将手电的亮度调到最大，找到了焦味的源头。

不远处的地面上，散落着几个烤焦的树果。

众人上前查看，王择林摸了摸树果，还有温度。于是他猛地把手往下一压，示意众人收起动静，同时把手电光灭去。

所有人都看见远处闪烁着微弱的火光，他们心下一震，知道遇到正主了。

他们在王择林的指挥下把脚步声压到最低，不紧不慢地向那处火光靠近。有两个同行带着猎枪，此刻也悄悄地上了膛。随着距离越来越近，他们做好了随时开火的准备。

小心地拨开最后一片树丛后，他们这辈子也忘不了自己看到的景象。

那是三只猕猴。

它们围着一个在风中看上去随时会熄灭的火堆，将树果穿在树枝上，正一脸兴奋地烤着火。一只猴子见火势衰减，还很娴熟地往火堆里添了一把干草。它做这个动作时就像剥香蕉皮一样自然。

巡山的人们望着这一幕时不禁嘴角抽搐，而王择林的神情更加复杂，久久陷入了深思。

不过有一点，当看到猴子发现人们，受到惊吓逃跑后，他们明白，看来事情比想象中还要麻烦得多。

2.

可以这么说，整个人类文明的起源都是从火开始的。

有了火，人类可以加热食物，由此肠道的长度得以缩短，因为消耗的能量不再像吃生食那样多。而牙齿和肠道的缩小也导致了能量从这些部位转移到大脑，可以说，人类的大脑很可能是从火的使用后得到了进化。

有了火，人类对大型动物首次有了驱赶和防御的武器，捕猎的效率也得到了提高，在自然界中的地位渐渐向顶端靠拢。

自那夜守山人王择林和众人发现，连日的森林火灾的始作俑者竟是开始学会生火的猕猴，之后消息便扩散开来。各式各样的动物学家被召集到靠近龙息山的某个县城，讨论应对的办法。

有国外的机构发来警告，必须在最短时间内将龙息山的所有猴子尽数剿灭。

否则难以想象已经拥有生火技能的它们会进化到什么程度，对人类社会将会造成怎样的危害。

比如，龙息山山脚下那座全国最大的变电站。

比如，以龙息山为源头的规模可怕的原始森林带。一旦这些猕猴开始繁衍扩散，人类将其全歼的把握就会无限降低。

上层当机立断，派遣特种部队进驻龙息山，发现任何猕猴当场射出麻醉枪，先进行捕捉，再分类区分是否拥有生火技能。

这个方案颇为折中，因为仍然有一大部分专家认为拥有生火技能的也许只是极小部分的猕猴，数量甚至无法达到总数的十分之一。

毕竟猕猴在灵长类动物中智力只能算作中等偏下，学习生火这样复杂的技能并不简单。

抓猴行动第一天，整座山林鸡飞狗跳。

3.

老王读书不算多，可他怎么也想不明白：为什么几只猴子学会了生火，就一定要把它们都弄死？

龙息山的猕猴都很调皮。他一个人巡山的时候，野生的猕猴就会朝他扔树枝、扔小石子。他一度也被这些小畜生弄得头大。

要追吧，自己拼了老命也摸不到在树上荡来荡去的它们一根毫毛；不追吧，它们就不停地怼你、怼你。

可有那么一次，巡至山中的他突然气短，血压升高，直接就昏迷在半山腰处。要知道那可是夏季，大小蛇虫遍地，还可能遇到野猪、野熊。

先别说自己醒不醒得过来，光是独自昏在山间几小时，运气不好就要被判死刑。

他也忘不了，是几只猕猴蹲在他身边，不住对他脑袋敲敲打打、揉脸摇身。它们或许是真的想救人，或许只是觉得好玩。

可它们的举动确实把老王从鬼门关里拉了回来。

从那以后老王就与这座山上的猴子熟络得很。他巡山时经常会带上些桃子、香蕉，见到小猴就扔给它们，对各种调皮捣蛋的猴子也不气不恼。

时间久了猴子倒也记恩，再也不朝他扔东西了。见他就凑上来要吃的，有些胆子大的小猴，还敢骑在他肩上摸他光溜溜的脑袋玩。

老王看到猴群生火的那刻，心里就隐隐知道，如果它们都将以生火为罪名被除去生命，自己很可能就是将它们带入深渊的那个人类。

他不止一次在猴群面前生过火。有时候他巡山累了，就会就近取一些燧石，用火绒草搭出火堆，烤着猎来的兔肉或是煮起从河边叉来的鱼吃。时间久了，那些猴子便也不再惧怕火焰，反而围在他旁边静静地坐着，饶有兴致地观察着他的举止。

老王觉得有趣，便把燧石和火种塞到它们手中，看它们拙劣地模仿自己的动作。每逢猴子们被迸出的火星烫得怪叫时，他就会在旁边哈哈大笑，替它们掸掸身体。

他做这些行为的时候只是觉得好玩，从来没有想过会有那么一天，猴子们真的学会了生火。

于是就有了他眼前的一幕，一批又一批全副武装的士兵进入了常年无人的龙息山。他们得到的命令是对所有视野中的猕猴发射麻醉针。

起初一两天，王择林看到的是一只只中了麻醉针、瘫软如泥的猕猴被抬出山林，由专门的货车运往一处。

他听说了，政府要拿它们做实验，想知道它们为什么能掌握生火的技能。

而后几天便不一样了。

抬出来的都是死猴。

很简单，麻醉弹的射程太近了。猕猴都意识到了威胁，开始往山林的更深处逃窜。这样一来，人类想接近到其百米范围就变得无比困难。

在这样的情况下，便只能用狙击枪。一枪一个，中者毙命。

这天，王择林再也按捺不住，拦在准备进山的士兵面前。

"你们真的准备把整片山上的猴子都杀光吗？"

那两个人互相看了一眼，低头不语。王择林被周围的人拉开，人群没有理会这个老巡山人的悲愤和怒号。他们或许会对这一具具尸体泛起恻隐之心，却不会终止这场无止境的屠戮。

他们只看到那个叫王择林的老守山人，那天之后就这么痴痴地望着森林，不吵不闹，沉默了一下午。

第二天，这个守了一辈子山的老东西，消失在所有人的视野之中。

4.

王择林是在深夜出发的，走上了一条再也不能回头的路。

他把自己裹得严严实实，背上了厚重的登山包，抄起用了十几年的拐子，从一条无人知晓的小径独自上山。

冬夜的能见度低，他不知道还有没有士兵逗留在山中除猴，可他知道这些野外经验有限的士兵，在黑夜的龙息山基本什么都做不了。

他知道自己走上的会是一条漫漫长路，会很冷，也会很孤独，但他也知道一个道理。

自己做过的事，后果就要自己承担，和这些猴子无关。

他要拯救这些猴子。日复一日孤独的巡山路上，不知不觉中他早把它们认作了自己的朋友。

他一刻也没有停歇，向着绵延的大山深处不断地前进、前进。那些猴子不会躲避他，他会把它们带到龙息山尽头的那片原始森林中去。

一路的行进中，先是有一只、两只猴子，随后越来越多的猴子发现了这个老朋友。它们已经隐隐明白自己的种群遭遇到危机，但仍毫不犹豫地给了这个老朋友完全的信任，跟随在他的身后。

像是受到了招引一般，几天之后在老王的身边就围了整个猴群。离原始森林的入口已经很近了，这里早就没有任何人类活动的痕迹了。远处的枪响声越来越少，他坚信，自己正引导着猴群朝正确的方向行进。

他依旧和以前一样，与这群猴子嬉戏、玩闹，互相取乐。

与许多人猜测的相同，只有极少数的猴子会生火，而且还需要很大的运气。见到那几只猴子笨拙的手法他总是忍俊不禁，再给它们做一个正确的示范。

他还做起火把，自己挥舞起那团燃烧腾跃的精灵时，他能看到猴群中一双双闪闪发光的眼睛。

王择林不断前行。

晴天时，他会用干草编成草帽顶在头上，那些猴子也有样学样，结果弄了一顶顶鸟窝一样的四不像。他捶地大笑。

观云辨天，当感觉雨天来临时，他会用芭蕉的大叶配合树枝，花上几小时做好几个小棚屋。猴子们围在他身边，静静地蹲在棚屋下听淅沥的雨声，眯眼休息。

晚上睡觉时，他只需要在大树间放上他自带的简陋吊床，有猴群在，他丝毫不用担心安全，总能安然入睡。

他原来怎么也想不到，这些日子竟成了他后半生为数不多的快乐时光。

在妻子病故、自己独自守山之后，他一度以为自己就要孤独地在这座山下老去死亡，却未曾料想到自己能有这么多朋友的陪伴。

这个没读过书的将老之人绝对不会意识到，自己正在走向一条无比接近神的道路。

一条比古往今来任何人类个体都更接近神明的道路。

这个猴群中个别极聪慧的猴子已经能够熟练地生火，甚至还能举起火把，吃起烤焦的面包虫。

它们开始学着使用王择林经常使用的简单工具，尝试着搭建棚屋，因为它们发现，不被雨淋的感觉很不错。

王择林每每用完火焰后都会及时将火种熄灭。他也会大声呵斥并惩罚随意用火的猴子，发现工具的正反搞错的时候，他也会耐心地手把手给它们纠错。

他先前还担心猕猴们不愿舍弃自己原来的栖息地，跟随自己前往广袤的原始森林，可踏入森林后才发现，自己的忧虑完全多余。

猴群早就把他奉为领袖，也意识到身后人类不断的追击，几乎整个猴群都跟随王择林踏进了那片森林。

在那入睡的第一夜，王择林闭眼前还告诉自己：余生这样度过，倒也不坏。

可到了半夜，一阵撼天动地的轰鸣声响彻天际。

5.

王择林怀揣着不安的心，拖着身体走到一处视野开阔的高台，愣在那里。

山脚下的变电站爆炸了。

黑烟浓重地弥漫在泛着火光的天空之中，时不时还会闪出几阵灼眼的强光。几抹燃烧的碎片如流星般划过夜空，坠向四处。

而龙息山的方向也吸引了他的目光。他转过头去看，心里又是猛地一沉。

那是场尚未成形的森林火灾，可他知道等到相关的补救措施就位需要不少时间。这次火灾最终的规模和造成的破坏不会亚于前两次。

仅仅一晚，自己走过的土地便已是一幅末日的景象。

猴群被爆炸声惊起，一时间森林变得喧哗而嘈杂。而王择林只是望着一团团将整片天空映亮的火光，露出沉重的表情。

那一晚是龙息山的噩梦，也是举国的噩梦。

变电站爆炸的财产损失不可估计，伤亡人数至少有数百人。当地直升机和消防车的储量显然不够用。

火势几乎是到了第二天中午才完全止住，而在当晚发生的龙息山的火灾，也是发展到了空前的规模才被扑灭。

事后对起火原因的调查表明，始作俑者正是从龙息山逃跑的猴子。或许是逃亡之中对人类的报复，或许是对火焰威力的无知，但人们的确发现了在废墟中遗留下来的几乎变成炭灰的火把。

至此，龙息山的猕猴事件开始真正被全国乃至全世界重视起来。政府正式展开了"盗火者行动"，准备投入资源对"盗火猕猴"进行最后的通牒。

经过中外相关专家的讨论，目前支持率最高的方案是直接以龙息山为中心，计算猴群可能覆盖的区域，投放核武器。

不惜以毁灭整座山林为代价，也要将这群走上进化之路的猴子扼杀在摇篮里。

并且，对于已捕捉的猕猴其生火动作的研究，人们发现它们绝不是自然习得，而是有人传授。

于是每个在场的人都回想起那个不知所终的巡山人，原本龙息山的守卫者——王择林。

此刻，在龙息山与原始森林的交界口，一夜没有合过眼的王择林呆滞地前行着。十几个小时里，他的脑海中不断翻滚着举目之处充斥的火光、爆炸声、断枝声、惊叫声，这些声音和图像一刻也没有停过，暴烈地在他的脑海中回荡着。

是自己造成这一切的吗？

他从没想过猕猴会从自己这里学会生火，哪怕学会了，他也并不觉得这有什么。他不明白人类为什么要把猴子赶尽杀绝。

他出发的理由很简单，哪怕错了，也绝不是猴子们的错。

学会了生火，为什么就都要去死？

既然灾难的源头是自己，自己就有理由担负这一切。就算真的是罪恶，也应该由自己来背负，而和猴群无关，它们没有做错任何事。

有了火，就可以在刺骨的冷风中取暖。会做棚子，就不用在冰冷的大雨中瑟瑟发抖。

它们没有错，它们没有错，它们不应该去死。

他不断告诉自己这句话，蹒跚着前行。他想走得再远一点，这样在他身后的猴群便更不容易被发现。进了森林就像水汇入大海，它们只需时间适应，便能生存繁衍下去，就不会死。

王择林不停地走着，可他只是个普普通通的人。

一辈子巡山的经验让他具备在野外生存的能力，但不能让他免受疾病的侵袭。

心境无比低落的王择林吹了一晚上的冷风，白天不断地行进，已经让他的身体和精神都达到了极限，他发烧了。

王择林靠在一棵粗壮的大树上，唇色发白，浑身不住地战栗。他感觉累极了，连架个吊床的力气都没有，什么都做不了。

只会把事情搞砸。

他教会猴子生火之后，植被繁茂的龙息山接连不断地发生大火。猕猴们被人类屠杀，为了报复，引爆了变电站。

是啊，自己认为猴子没有错，但潜意识里还是一直在逃避那个事实。

一切罪恶的源头都是自己。

他感到眼皮逐渐沉重起来，浑身麻木得没有知觉。他喃喃告诉自己，睡一觉就能恢复，又盼着一睡过去便不再醒来，也算是种解脱。

半睡半醒之间，他恍惚看到猕猴们无助地围在自己身边，对虚弱的自己不知所措地面面相觑。

他想到，如果自己真的犯下了滔天的罪孽，可这些天孩子们的陪伴确实是真的。

他喜欢这些猴子，不想让它们毫无价值地死在人类的枪下。

无论怎样，唯独保护它们，一定是对的……

他这么想着，渐渐抵抗不住袭来的困意和寒冷，沉沉睡去。

6.

温暖，游走在四肢躯骸中的温暖。

王择林睁开眼睛，一个大火堆在眼前烧得正旺，几只猴子正往当中添着干草和枯枝。

他打了个哆嗦，肩膀上传来一阵压力。他费力地抬了抬头，一只小猴子与他对视，它的手中捧着几个树果。

王择林与这只小猴子特别熟，它学什么总是特别快，王择林便给它起名叫聪聪。

见它把树果扔到自己的面前，他摸了摸它的脑袋，支起身体。忽然听见远处有嗡鸣的声音。

他暗叫不好，抬头看去。

果然，火堆升腾起的灰色烟雾浓烈地飘浮在半空。

这于外界看来一定非常清晰，尤其现在处于敏感时期，人类一定会对龙息山附近的动静尤其关注。

不出意外，那种嗡鸣声便是直升机迫近的声音。

王择林心里猛地一沉，情势一下子变得紧迫起来，时间不多了。

他用尽全力支撑起身体，对着猴群大吼：

"走!

"走啊!"

望着不为所动的猴子，他对它们扔石头，不停地跺着泥地，对它们大喊大叫。

猴群不明白他的意思，它们以为他一定是又感觉冷了，用这种方式取暖，便加快了动作，想让火堆燃得更旺些。

王择林心急如焚，有一瞬，他想到了龙息山上的猴子曾经像他现在一样扔着石头，抓耳挠腮。这两个物种间互不相识，彼此作弄。

他没来由地笑了。是啊，自己可是人类，扔石头这种方式太掉价了。

对不起了，我的朋友们。

他扯开登山包，取出猎枪，朝天连开三枪。

"都给老子滚！

"有多远滚多远！进了这片大林子，就再别回头！"

猴群听闻枪声，受本能驱使，炸了锅一般四窜而逃，向森林深处拥去。

到了这时王择林才恍然，不知不觉，原来有那么多猴子跟随着自己。

可今日便到此为止吧。

两分钟后，直升机的绳梯中缓缓降下一个人。他取下望远镜，凝重的面容中隐隐夹杂着怒气。

"王择林，你知不知道你在做什么？"

"我把它们赶跑了，你们就不好杀它们了。"

"你赶跑了一群会生火的猴子！"

"人也会生火。"

"那你知道，你在山上的这几天都发生了些什么吗？"

王择林没有回答，他感觉累了，刚才一番折腾，耗尽了他全部的体力。他费力地喘着气，感觉天旋地转，坐回了树边。

"王择林，怎样也不重要了。

"三天，三天里包括龙息山在内，这片区域会被核武器摧毁。到时候什么都没有了。

"上级给我们的命令是这三天内如果不能把这里的猕猴灭杀到五十只，就彻底放弃这整片区域。"

王择林先是微微一愣，随后惨笑了起来。

"我还是低估了你们这些人，以为把它们放跑就行。"

"王择林，上来吧，法庭会对你做出判决。"

王择林一直笑。他忽然对那人摆了摆手，眼角笑出了泪花。

"我不走了，跟人处，我现在怕。

"我留在这里，死在这里。"

那人似乎明白了什么，沉声道："想救它们，就要杀它们。"

王择林对他言语中的含义视若不见，依旧摆手："你们走吧。

"做一场人，没什么意思。"

那个人沉默了一会儿，丢下了一个背包。

"毒气弹，剂量够了。"

王择林望着那个背包，似笑非笑。

"再问你个问题。"

王择林瞥了那个背包一眼，叫住了正要上直升机的那人："杀到五十只为什么就没事？"

"我们统计过，可能被你传授生火技能的这个猕猴族群一共有三百五十到四百只。低于五十只的话只会对人类造成局部威胁，不会有演化威胁，达到这个数目，再使用核武器就得不偿失了。"

王择林点了点头。

直升机飞走的前一刻，也不知是说给谁听的，王择林喃喃自语：

"它们没有错。"

那个人走进机舱前，身体微微一震，没有回头。

"嗯。"

7.

王择林生起了火，今晚的天气很好，可以看见许多星星。

他静静地坐在一处，等待着什么。

黑夜中的那缕火光仿佛神圣的招引，几只猴子先小心翼翼地探出脑袋。王择林笑着对它们招了招手，它们便放心地凑到火堆边，放心取暖。

然后，其他猴子陆陆续续返回这里，它们发现自己的领袖又变回了平常的样子，便欣然在此驻足。

王择林抱着那罐毒气，都是熟面孔啊，有好几只自己都叫得出名字。

火光映亮了周边的树林，他粗粗扫了一眼，觉得数量应该是够了。

哪怕不够，也没有别的办法了。

这些猴子对即将到来的命运浑然不知，它们盘踞在火堆旁或不远的树上，如以往的每个夜晚一样，守护着自己的神明。

这个家伙教会了族群许多东西，它们不再怕凛冽的风，不再怕倾盆的雨，会用树枝做各种有趣、有用的东西。

所以它们还想跟着这个家伙，学更多的东西，这样就可以保护自己，保护他。

一只小猴探头探脑地落在王择林的肩头，他看清了，那是聪聪。

可他这次不如以往那样和蔼，而是猛地站起，打落了它捧着的树果。

"滚，不许你再出现在这里！"

聪聪愣着不动。

他伸脚向这只小猴踹去，后者连躲都没有躲，怪叫一声被踢倒在地。

王择林对着它发出一声咆哮，脸色狰狞。

猴群已经尊他为王，它们领会了首领的意图，纷纷对小猴子发出威胁的低吼。

聪聪知道自己没有资格贪恋这片火堆，它拖着脚步，消失在夜色之中。

王择林又坐了一会儿，感觉时间差不多了。

他站起身来，环顾四周，对着猴群低语。

"不是你们的错。

"对不起，不是你们的错。"

猴群听不懂人话，只是静静围观着他。或许，它们也正尝试着去听懂人话。

"我老王读过的书不多。但我也想过，会不会有那么一天，你们也会和我一样，会生火、会打猎、会说话。我妻子死得早，没有孩子，我就想，真成那样了，我王择林倒也挺厉害的。

"我还是没想明白为什么，但我大概明白了。咱们人类啊，心眼太小。

"变电站、森林大火，其实这些根本都不是事。刚才有个后生和我说了，那只能算局部威胁。我琢磨了半天，大概想明白了啥叫局部威胁。

"我觉得他们是怕呀。你们从会生火造屋开始，慢慢变得和人一样了，造汽车、造飞机，还会打仗。真有那么一天，人类可能就完蛋了。说白了，他们不想给你们机会。"

"万物之长，气量够小吧？"他干笑了两声，"还是我王择林气量大。我那时候就想啊，许多人都说这世界有神、有佛祖，会不会就是人类还啥也不懂的时候，有个像我这样吃饱了撑的死东西，东教教这个，西教教那个。然后有一天，哗，火生出来，一切都开始了。"

"嘿，都说了我读书少，都准备死了，怎么还研究起这种事情来了？"

他慢慢坐下，很自然地打开了毒气罐，俯身对着泥土微微一拜。

"对不起，不是你们的错。"

他望向远方，忽然有些邪气地笑了笑。

"聪聪，扔了核弹咱们都得完。可这下一整，他们说你这种崽子就只有局部威胁。

"要不，你给我争口气呗。"

他把打火石从口袋中掏出，在生命的最后一刻，朝天空抛掷而去。

"我王择林，干了不少错事啊。"

森林的这个夜晚，无比静谧。

极远处，一只落单的小猴独自行走，忽然仿佛觉察到了什么。

回望身后，那里一如自己出生后的无数个夜晚一样，毫无光明。

它握紧了手中的火把，忽然感觉自己的眼角有些湿润。

总有一天，它会明白那个东西叫作眼泪。

假如我被困在同一天

◇ 邱雷苹

1.

"磊磊，妈担心你。"

打开门的时候，我看见母亲的眼窝深陷，目光中蕴含着无限的倦意和疲惫，为我披上了外套。一旁的餐桌近一月未动，菜罩上已蒙了一层淡淡的积灰。

一连两天外面都下着雨。借着微弱的晨光，她消瘦的双颊又让我心中的痛楚增多了一分。

"没事，工作真的还可以。你就在家等我，晚上回来给你带饭，午饭记得要吃。"

"别累到自己……"她的眼角似乎又泛起泪光。

我别过身轻轻一叹，不让她听到，视线不自觉地瞥到父亲的遗像上，鼻子一酸，只觉一股悲伤又从心中涌起。

无言地拍了拍母亲的肩膀，拎伞出门。

我忽然感觉有些怪异，觉得这情景莫名有些熟悉。

喇叭声此起彼伏，一辆黄色出租车的司机将头伸出窗外，大声咒骂眼前一辆行至小区门口便莫名不动的轿车。

"开啊！别人不用上班嘛！"

我的心轻微一沉，试探性地走到那辆不动的车前。

车里的那个人果然头趴在方向盘上，睡着了。

我头皮一炸，整个人完全清醒了过来，任我反应再慢，也明白过来我遭遇了怎样匪夷所思的情况。

从今天醒来到现在，所有的事件都是和昨天重复的！

坐在公交车上，熟悉的司机，熟悉的拎着一大包海鲜、惹众人躲避的大妈，熟悉的不小心将手机掉在地上的少女……这一路，我感受着生平从未有过的慌乱。

在我下车后，看到这家咖啡厅的门帘又正好被那个女孩拉开的一刻，我使劲儿捏了捏自己的脸，告诉自己必须相信这不是梦境。

我被困在同一天里了。

2.

我是一名还在念大一的学生。一个月前，我的父亲因为车祸去世，在我患轻微精神分裂症的母亲收到死亡通知书，昏厥过去的那一刻，我知道这个只靠父亲一人维持收入的家庭彻底垮了。

我只能辍学打工。在被判定失去劳动能力的母亲面前，必须自己扛起照顾这个破碎家庭的重伤。

可我发现自己却无用至极，毫无征兆地离开熟悉的环境后，我可笑地发现，自己连端个盘子都端不好。

我知道它在大概一秒后会掉下，尽管我极力地避免，可手仍是止不住地一滑。

一声哐当巨响后，我懊丧地看着破碎的碟盘，明白本就不多的日薪又得扣掉不少。

"嗨，大学生。"身后的领班不屑地冷笑一声，"快收拾好吧，等一下客人多起来，就别再犯错了。"

当我沉默地收拾碎片的时候，一双精巧、白皙的手又一次出现在我视野里。是那个一早拉开门帘的女孩，同我一样，她也是在这家咖啡厅打工的。

"要托着下面，拿着边很容易拿不稳的。"她自然地帮我收拾盘子碎片，又冲那领班的背影比了个鬼脸，"凶死你，凶死你。"

我的脸有些涨红，含糊地应了一声，同她一起收拾好之后便又各自工作了。

我是一个极不善交际的人，尤其是没有和女孩子相处的经验。她对我似乎很好奇，总在干活儿之余大大方方地盯着我看。她的眼神很澄澈，一头长发自然地绾起，面容很是清秀。

我总回避她的目光。我还清晰地记得昨天我与她的交流仅限于两句话。

现在是午休时分，我知道那最后一句话就要被她说出口了。

"你知道吗，你看上去很孤独。"她托着腮，坐在我的对面。

"嗯……还好……"我不知道怎么接话。昨天我与这个女孩的所有对话便到此为止。

哪怕到现在，我仍处于一个恍恍惚惚的状态，这一切超出了我的想象。

发生过的事情，一件也没有改变。

那一刻我不知道为什么有一种强烈的倾诉欲，哪怕是一点，我也想有些许改变。

所以我主动抬头，问了她：

“为什么？”

她噘了噘嘴，思索着说道：“不知道，有种很深很深的孤独感。你明明和我一样大，我却觉得你怪可怜的，好像和这个世界一点关系也没有的样子。”

她顿了顿，补充道：“像一个孤独的旅行者。”

“孤独的旅行者……”我回味着她的话，忽然想起什么，说道，“刚才，谢谢你。”

“没什么的，我觉得你这人挺怪，挺可爱的。没事还会脸红。”

被她那么一说，我的脸确实又红了。

我知道了她叫程溯，也告诉了她我叫石磊。

“好多石啊，你父母一定希望你坚强一点。”她笑着说。

我勉强地笑了笑。

这一天，除去我与程溯的对话，没有发生任何改变。

一样的归途，一样的风景，一样的人。

3.

傍晚我拎着两份盒饭和从咖啡厅顺来的点心走进家门的时候，母亲依旧坐在沙发上发呆，昏暗的黄灯照在她苍老的面容上。

这一个月，母亲天天都保持着这样的状态，只有在我回家的时候，眼神中才会露出一丝欣慰。

"妈，吃饭啦。"我调整了一下表情，笑着把晚餐端到桌子上。

"辛苦吗？别累到自己。"她投来慈爱和关怀的目光，微微坐起身同我一起收拾。

我知道再这样进行下去，又是和昨天一样的对话。

我沉默了一会儿。

"妈，我交到新朋友了，是一起和我在咖啡厅打工的女生，她人很好。"

"女孩子。"她微微一笑，"你从来不和女孩子打交道的。你说好，就一定是很好的女孩。"

我的脸轻轻一红："就普通朋友，多说了几句话……"

"磊磊。"

她收起笑意，有些认真地凝视着我。那一刻，我觉得她的眼神中蕴含着许许多多的东西，仿佛这一个月中所有压抑和隐藏的情感，在这一刻她的眸光中喷薄而出。

"妈感觉你长大了。"

我觉得她说的话有些突兀，也不知用意。吃饭的时候我一直在思索，之后忽然有些明白过来。

自那以后，自己的内心中或许是多了一些以前没有的东西。这也许就是成长吧，必须要舍弃什么，必须要承担什么。

那整整一晚，我都没有合上眼睛。尽管知道自己已经冥冥中被一股力量控制，我仍希望明天起来会是新的一天，又或许这一切本来就是一场梦。

"如果是梦，就让它是一个月的长梦吧。"我祈祷着，闭上了眼睛，终于沉沉睡去。

4.

"磊磊，妈担心你。"

一样的口吻，一样的神态，这于我而言却是比死亡更残酷的宣告，意味着我的人生就在这儿停顿，没有过去，没有未来，只有这永无止境的循环。

我像个幽灵一样失神出门，在那个司机的叫骂声中愈行愈远。

"你看上去很孤独。"

我想到了那个女孩对我说的第一句话。

"像一个孤独的旅行者。"

旅行者……是啊，在岁月的长河里，我会不会将要永远独自一人……永远。

"老天，如果这是你的意愿的话，为什么不干脆点让我死了算了？"心中莫名升起一股笑意，在一瞬的蔓延后便再也抑制不住，我像个疯子一样在街上狂笑。

"我的家已经变成这样，我的生活已经如此落魄，你还要用这样的方式来玩弄我吗？"我笑着笑着以手捶地，引来无数行人的侧目，他们捂着嘴，用一种看白痴的表情看着我。

"那来吧，来吧，哈哈！"我再也按捺不住心中那股滔天的悲凉和孤独，疯癫又蹒跚地向一个陌生的街道走去。

我是一个孤独的旅行者。自那以后，我的生活便只是在这个城市的各处无所事事地晃荡。

我不必为生计苦恼，不必为明天的困顿担忧。既然如此，那便就这样做一个时间的幽灵吧。

忘了有多久，忘了看过多少风景，忘了路过多少一脸漠然的陌生人。

一天又一天，我迷失在钢筋水泥砌成的迷宫里，游荡徘徊，像一个与世界无关的第三者，看着这世界在一天内种种的生长和毁灭。

可我渐渐发现，某种程度上可以成为我归宿的，还有两处。

无论多晚，我都会回家。以我母亲现在的身体和精神状态，我不敢离开她片刻，我知道，自己已经成为她意志力崩毁前的最后一根支柱。而每晚感受到的她熟悉的关怀和爱意，是我在这个世界拥有的为数不多的温暖。

如果就这样永远陪着她，也没那么坏吧。灯影盖过她的长发，我望着她，这样想着。

还有一个地方，是那间咖啡厅。

"你看上去很孤独。"

我已经数不清这是多少次了，但我面对她，已经不再窘迫、害羞。于她，我是一个陌生人；于我，她已经是一个我无比熟悉的老朋友。

那一刻我已经领悟了她话语中所有的含义，于是淡然一笑。

"是啊，我很孤独，你完全想象不到的那种孤独。"

"看你的眼神就知道。"她有些悲伤地说，"你遇到麻烦了吗？"

"嗯，很大的麻烦。"

"可以告诉我吗？"

"你不会相信的。"

"不会的。"她认真地看着我，"你给我的感觉你是个能让人完全放下心来相信的人。"

完全没有任何预兆，我甚至都没有任何觉察，一滴眼泪就从我的眼眶中滑落下来。我抹了抹眼睛，一脸惊讶地望着自己的掌心。

原来我是那么渴望与人倾诉这份孤独。

当我触及她的疑惑和关切的眼神时，心中仿佛有什么感情决了堤一般，汹涌地奔腾而出。

我把所有事情都告诉了她。她的手自始至终按在我的肩膀上，静静地聆听这一切。

"没有什么是永远不会过去的。"她恬淡一笑，没了之前嬉皮笑脸的样子，与我一同沉浸在悲伤的情绪里，"也许是你自己还没有做好迎接明天的准备，老天多给你一些时间呢。"

我与她那双认真看着我的眸子对视，对自己的落泪开始有些不好意思起来。

"我相信你。"她读出了我的心思，"任谁都不好受的，我知道。"

她托着腮，忽然又变出一张活泼的笑脸。

"今晚一起去看星星吧。"

我愣了愣，想到了在家的母亲，犹豫片刻后点了点头。我取出手机，和母亲交代自己要晚归并提醒她按时吃晚饭。

不知为什么，我想和这个女孩待的时间再长一些，哪怕只是一点点。

"雨天也能看到星星吗？"

"看得到的，那是我的秘密基地。我去那里的时候，有乌云也会给我让道。"她神秘地说。

我捏了捏鼻子，发自内心地欣然一笑。

5.

这里确实看得到星星。

废弃塔楼的顶端，晚风拂过我们仰躺着的狭小平台。从这个角度向夜空看去，尽管不明显，仍是可以寻到稀薄的云片后，密布其上的斑斓繁星。

"你刚才说过，老天让我无数次困在这一天，是为了多给我些时间准备？"

"是呀。"她扬了扬眉毛，披肩的黑发随风轻摆，"每个人都会有这样的时刻，感觉走不动了，害怕明天到来，就该停一停再走。"

"害怕明天？"

"你的爸爸走了，你担心不能照顾你的妈妈，担心这个家。而且你说过——"她调皮地对我笑笑，"你到处逛遍了仍觉得孤独，就只能找我，说明你需要一个支撑，我说对了吗？"

我回想起自己的所作所为，沉默着点了点头。

她又拍了拍我的肩，投来一个柔和的笑："我说过的，一切都会过去。"

"嗯。"我应了一声，又开始沉默。

两人无言，便开始看星星。

暮色有些浓重，我只能看见她脸庞的棱角，还有那双清澈的眸子，正无比认真地观望着星空。

我只感到，看着她，心里就觉得很安心、很幸福。

我取出背包里的口琴。见她有些惊喜，我做了一个噤声的动作，指了指夜空，开始吹琴。

时间在曲声的流转中减缓了脚步，她随着曲调轻声哼唱。高高的塔楼上，两人就这样默契地消磨着时光。

"明明调性很欢快，可就是让人感觉很无奈、悲伤……"她说道，"可你吹得真是好听，自己学的吗？"

"从小我爸教我的。"我望着星空的视线有些迷离，"这首歌的歌名叫《你不知道的故事》，是一首诉说暗恋的曲子。"

她若有所思地眨了眨眼。

我深吸了一口气。

"程溯，我喜欢你。

"你知道吗，全世界只有你让我感觉到，我自己是存在着的。

"我听说过一种理论，微观世界的粒子在被确切观测到之前，它的存在是任意的，可能存在于这里，也可能存在于那里。

"有时候我会想，自己会不会就是这样的粒子，在这个世界上是可有可无的存在，没有任何人会观察到我，会给予我存在的意义。

"只有你，无论多少次，都让我无比强烈地认识到，我是存在的。"

她听了我的话琢磨了片刻，忽然有些无奈地笑了起来。这样的笑让我有些紧张。

"石磊，你花了多久喜欢上我？"

"忘记了……快一年了……"

"那我够花痴的。"

毫无征兆地，她把头埋进了我的胸膛中。我感觉有一块坚冰一样的东西，在我的体内彻底融化开来。

"我可是见到你第一面，从看到你的眼神那刻起，就喜欢上你了。"

"从现在开始，照你刚才的说法，我可已经把你盯紧了。"她笑着说，"不管是时间还是老天，都弄不丢你。"

"答应我，不要害怕明天，一切都会过去的。"

我搂紧了她，那一瞬我再不遮掩，哭得像个孩子。那一晚，乌云散去后，繁星下的塔楼顶端，一对男女许下了这样的约定。

"你吹琴吹得那么好，明天我们就去找一家好些的酒吧，你吹琴，我唱歌。就这么说定了。"

"我在明天等你。"

我破涕为笑，沉声应道："好！"

6.

那一天，回到家后，我和母亲说了许多话。

说过的，没有说过的。

我说我交到了女朋友，她是一个很好的人。

我说："你知道吗，爸教我的口琴原来有用处，我有了自己想要尝试的事情。"

我说："一切都会过去，我们都会好起来的。"

她笑着听我说完了一切，神情变得前所未有的祥和。

那种眼神，是一种把一切的一切都彻底放下，安心和释怀的眼神。

"小磊，妈终于放心了。"她说，"一切都会过去的。"

"你长大了，真的长大了。"

我点头，微笑着与她告别，进入我的房间。

我告诉自己，明天会是新的一天。无论如何，我都将无所畏惧。

我有我的家人，我有我心爱的女孩，我有我热爱的事情。

翻篇儿吧。

第二天，阳光透进了我的屋子，静悄悄的。

是晴天。

我明白，自己的新生活开始了。

打开房门，母亲正坐在椅子上等我。她一如既往地为我做好了早餐，只是似乎有些疲累，趴在桌子上打起盹来。

我为她披上一件衣服。

却发现她的身体已经没有了温度。

衣服滑落在地。桌上是一张白色的字条，就放在精心准备的早餐边。

我颤抖着手，把它捡起来。

"小磊：

这是妈为你最后准备的一顿早餐了，对不起。

原谅我，我真的无法承受了。我忘不了你的爸爸，忘不了曾经那样美好的家。我承受不了那样的痛苦，我已经过不下去了。

我一直在等你。我知道，我们都陷在了同一天。我明白，是因为我每天都能看到你的变化，你越来越坚强，眼神中的幸福越来越多。

这是我们两个人的分岔路口。迈过这一天，迎接你的是希望，迎接我的是死亡。

我一直在等你，等你成长，等你的心灵再坚固一点，等你失去了我之后也不会崩溃，也会好好地活下去。

在这之前，妈会陪你走完这段孤独却必须要走的路。

见到昨天的你，我知道，是时候了。你很棒！你一定撑得住，妈知道，自己很自私，但我真的不行了，对不起。

结束这个时间循环的方式只有两种。

一种是蜕变，一种是死亡。

小磊，你真的很棒，妈为你自豪！你一定要活下去，一定要过得开心。答应我，伤心的时候就要大声哭出来，开心的时候也要用力笑出来。请替我们好好地活下去。

你是我最亲爱的儿子。

最后，祝你在新的一天一切顺利。

—— 爱你的妈妈"

五两银子

◇ 大树之苗

1.

师父常说，他曾有一百次契机退出江湖。离隐退最近的一次，金盆都已经备好，几千个武林豪杰瞅着他，他却缩回了伸出去的手。

我问师父："金盆真的是金子做的吗？"

师父说："那可不，真的是金子。"

我说："我不信。"

师父微微一笑："之所以我还在江湖中，是因为江湖需要我。"

我说："我不信。"

师父信誓旦旦地说："你咋都不信，你对我有意见？"

我说："师父，我五岁的时候你就这么说，但我今年已经十八了。"

师父说："哦，原来你都十八了。好吧，今天我就告诉你，我此生最大的秘密。"

他看着荒庙的穹顶，沉重地说："我有一桩大仇，非报不可的大仇。"

我说："你说快一点。"

师父说："这个江湖，有人欠我钱。"

我跳了起来，把窝窝头扔在地上："师父你含辛茹苦养我成人，这血海深仇我责无旁贷。不过等要回银子了，你得帮我张罗娶个媳妇。我觉得城北瑶天宗的圣女就很好，你觉得我要花多少银子才娶得到？"

师父迟疑了一会儿："可能不太够。"

我问："万把两总有的吧？"

师父点头："差得不多。"

"差得不多是差多少？"

师父想了想，脸色有些为难。他抠了抠裆下，伸出一只手摇了摇。

"五千两？"

师父说："五两。"

我说："师父，你虽然捡了我又养了我，但说到底，我也不是你儿子，你也不是我儿子，你的仇我不见得要掺和进去。"

春天还很冷，荒庙漏风。师父裹着破棉絮，缩在佛龛下的草席上，月光从墙壁的缝隙中照在了他的身上。

"你真的十八岁了？"他问。

我说："真的。"

师父说："太好了，明天我们就去长安。"

我说："为什么要去长安，我们去过川蜀，去过江南，又去过塞上，你总说，这里钱好赚，那里吃得饱，但是去哪里不一样呢？我就要待在这座边城，哪儿也不去。"

师父说："我这仇，不报了心里没法踏实，我会死不瞑目，到时候就会化成恶鬼。我就跟着你，你怕不怕？我就天天晚上来找你，你怕不怕？"

我说："你是不是神经病？"

师父愣了愣："我得报仇呀，那个人在长安，他欠了我五两银子。"

2.

从记事起，师父就带着我东奔西走。

这个老头子教了我一套不知道好不好用的剑。可对于他，我所知甚少，除了神神道道的疯话，他的武学传承、出身门第和过往经历，我都一概不知。

为了所谓五两银子的仇，我跟着师父离开了边城。四月出发，到达长安时已经八月。

长安城，城墙如巍峨大山，街道干净得让人想打滚。

师父拉住我，责怪道："你这是要做什么？"

我说："我累了，想躺一躺。长安城真好，随便一条小路，看着都比我们那个荒庙舒坦。"

师父说："你在边城，可以随便躺，但你在这里，只能站着。"

我说："师父，你这就不对了，你看你把我拉起来，自己却躺下了。"

师父把脸贴在长安城地面的青石砖上："你不要跟我斤斤计较，为师老了，为师站了一路，你没看到吗？"

我盘膝坐在师父身旁。身侧的主道上人群熙熙攘攘，他们的神态不同于边城的人，没有风餐露宿的苦色。

我仰头看向鳞次栉比的屋檐，屋檐的上空是一望无际的蓝天。

我说："师父，长安城真好。我才刚来，可我已经喜欢它了。"

师父说："天底下谁不喜欢长安城呢？"

我看向一个方向，那里有一方屋檐，翘得很高，在阳光下显得金光灿灿。

我问："那是哪里？"

师父瞥了一眼："那里是皇帝住的地方。"

我说："皇帝我知道，我还知道皇宫里有太监，还有很多女人，每个女人都是很好、很漂亮的。我想，可能跟瑶天宗的圣女一样漂亮吧。对了师父，太监真的没有小鸡鸡吗？"

师父没说话。

我去看他，他保持着脸贴在地面的姿势，睡着了。

3.

师父来到长安，只干了一件事：听戏。

穿过朱雀大道，北坊聚集了我从未见过的新鲜玩意儿。坊市一个角落里，搭了高高的戏台子，身着戏服的伶人，在戏台上花枝招展，轻歌曼舞。

师父看戏的时候，有点不像师父。他抿着干瘪的嘴唇，白胡子微微动弹，眼睛也微微在动。

我很不齿，说："师父，你居然看女人看哭了。"

师父说："感动，很感动。"

我说："师父，你哪里来的看戏的钱？"

师父说："还记得你那把剑吗？你十岁的时候扬州老李头给的那一把。"

我说："记得呢，这里不是不能带剑吗？我就把它藏在城外落脚的那个寺院里了，但我肯定不能告诉你藏在哪里。你老是打我那把剑的主意，如果被你知道了，你没准要拿去当了，你……"

我说不下去了，因为师父的脸上露出古怪的笑容。

他说："好徒儿，等我报了仇，要了债，给你买一把好的。"

我一脚踢断了一条木凳："你还我剑！"

师父连连摆手："胡闹啥，听戏，听戏。"

我们身边的人群轰然散开，只剩我和师父孤零零地在场间。戏班管事大喝了几句有人闹事，片刻间，数十个壮汉从戏台后冲出来。

我说："师父，我好像惹麻烦了，咱们快跑吧！"

我转头去看，身边的师父早已经没了踪影。他的背影挤在大门方向的人堆中。我跟上去的时候，师父却突然停步了。

人群如水一般四处散开。师父的面前站着一个老妪，一身华服，眉间有种说不出的威仪。

老妪的身子不断颤抖，脸色哀戚，她抖着手指指向师父："你……"紧接着，眼泪从眼中流下来。

师父只是哼了一声。

不知何时，看戏的看客已被遣散得一干二净，偌大的戏场只剩下寥寥无几的人。我想，瞧这阵势，没准是遇到那个仇人了。

我走出一步，说："老人家你好，看你的衣服，肯定很有钱。你别推脱，我又不傻。你欠我师父的那五两银子，是时候还了。大家都是江湖中人，恩怨必报，有债必偿。我算了算，这么多年过去，五两肯定不止当初那个价了，你就还五百两好了，他日江湖相遇，咱们还能做好朋友。"

师父一掌摁住我的脑袋，将我推到一边："你认错人了。"

"扑哧"，老妪身后传来一声轻笑，那一声笑像一道惊雷一样，炸在了我的头顶。

一个少女走出来，白衣白裙，背上负着两把长剑。她捂住嘴看了眼老妪，接着就板起脸，大声道："真是个赖货！"

她佯装生气，可是上翘的嘴角却依旧像是在笑。

可能是她的衣服料子实在高贵，我觉得有些腿软，觉得她在发光。

4.

老妪的声音颤抖着，她问师父："你今年有五十吗？"

师父说："四十六。"

我心想，师父这模样何止是四十六，六十四恐怕都不止了。

老妪神色更悲，又问："离你封剑那年，有十八年了吧？"

师父冷笑："我封剑？我什么时候封了剑？"

老妪哑声道："这么多年过去了，你还回来做什么？"

师父保持冷笑："我生在长安城，长在长安城，我的兄弟、朋友大半都在长安城，你却问我回来做什么？"

老妪说："可是长安城已经是那个人的长安城了。"

"我同意了吗？"

她沉默了一会儿，突然看到我，看了好一会儿，问师父："他是？"

师父点头："他是。"

老妪神色复杂，又问："他还不知道？"

师父点头："他不知道。"

老妪拉过身侧的少女："桃儿，这是为师的故人。你带这位少侠去坊市逛一逛，我跟他的师父有事商量。"

那个叫桃儿的少女扬起下巴，冲我道："喂，你过来。"

我说："小仙女你好，虽然你生得美丽，但我不能过去。你看我身边这个老头子，你看到他的印堂发黑了吗？我前脚一走，他后脚可能就会被人打死。偏偏他又是我师父，我只好留下来，你说是不是？"

师父狠狠瞪我："好徒弟，为师什么时候死过？"

我对老妪说："我来长安不久，人生地不熟的，请老人家留个名字。如果我回来找不到这个糟老头了，起码能知道该找谁报仇。"

老妪脸色一滞。

师父哈哈大笑，冲我竖起大拇指："你厉害，天底下敢说找长剑门门主报仇的，也就你了。"

长剑门，长安城畔天下无敌的长剑门。

我的双腿有些打战。老妪看着我，有些惘然："跟他爹一点都不像。"

师父脸色沉下来，狠狠推了我一把："人家姑娘在等你呢，为师没教过你，不要叫姑娘等吗？"

5.

出了戏园子，桃儿就问："你师父是谁呀？"

我说："我猜是你师父的老相好。"

桃儿娇喝："你怎么净瞎说！"

她顿了顿："看我师父的反应，你师父一定是个很有名望的江湖前辈。他们说起了你的父亲……"

桃儿盯着我："你的父亲是谁呀？"

我说："好姑娘，我没有父亲。不过如果你觉得我不错，就去跟你师父说，不要为难我家那糟老头了。我们选个好日子成个亲，生个胖娃娃，你说好不好？"

桃儿"扑哧"一声笑出来："你这人真猥琐。"

我说："那是当然。"

桃儿说："我师父是个很好的人，不会为难你师父的。"

我说："哦。"

桃儿又说："你想去哪儿玩？长安城有很多好玩的地方，你想看把戏吗？想吃好吃的吗？"

我说："都可以呀，但是我没有钱。"

桃儿气鼓鼓的："你这是哪里的话，你师父跟我师父有旧，那我跟你也就是朋友。远来是客，怎能让你花钱？"

我说："那怎么好意思，长安最贵的酒楼在哪里？"

桃儿怔怔看着我，有些难以置信。

黄昏，太阳落得快尽了。八仙楼二层一个凭栏的雅座，桃儿看我吃完了一席的菜。

她试探地问："饱了吗？"

我已经撑得想吐，只好点头说饱了。

她明显松了口气，又盯着我笑，两只眼睛像月牙一般。黄昏的光映在她的脸上，绯红一片。

我说："你真的很好看。"

桃儿喝了一点点酒："本女侠自然好看。"

我说："是的。"

桃儿说："刚才你一个劲儿地吃，我看得出来，你心里有事。"

我说："然而并没有。"

桃儿问："江湖上好玩吗？我除了陪师父来长安听戏，几乎都在长剑门内。师父她常说，如今武林凋敝，盛世无江湖，但我想江湖还是有的，我想那里一定很美。"

我问："长剑门难道不强盛吗？"

她叹道："长剑门的规矩可多了。我觉得江湖中人应该像你一样：什么胡话都敢说，很自在，像是什么都不怕。"

我问："最近二十年的江湖，有没有过这么一个人，他在退隐时，金盆都已经备好，宾客都已经落座，他却突然不洗了？"

桃儿皱起眉："哪有这样的怪人？等等……"她睁大眼睛，"莫非你说的是我的小师叔？"

我说："大概是的，他老人家还好吗？"

桃儿摇头："我从没见过，师父也只是偶尔提过一两次。在封剑大宴上，小师叔踢翻了金盆。他本就冠绝长剑门，要遁走谁也拦不住，此后也再没有过消息。"

我笑着说："他本不想隐退，莫非是结了一桩非退不可的仇吗？"

桃儿笑起来："说出来吓死你，但我知道你在打听长剑门的消息，我偏不说了。"

我问："你在长剑门算厉害的吗？"

桃儿仰起脸："我是长剑门第六代弟子的大师姐，你说我厉不厉害？"

我说："女侠，我从小到大打过十七个土匪、二十五个流氓，从来没见过高手。你借我一把剑，我们打一架好不好？"

桃儿眉峰一扬："你真是找揍，在哪儿打，东坊的演武场？"

我指向客栈的屋顶。

屋顶，长安城尽收眼底。夕阳在远处一个檐角上，一千一万户的屋檐全都跳动着的余晖，像一片波澜壮阔的汪洋。

桃儿在屋脊上蹦蹦跳跳了一阵，偏过头，语声低缓："十年未见，你我之仇终究要做一个了结，可叹，可叹。阁下小心了。"

我想人倒是长得不错，怎么脑子不太好使？

桃儿身法轻盈，举剑刺向我。

我侧身让过，扬剑上撩，桃儿的剑囊时间脱手而出。

她怔了好一会儿，默然捡剑："你这一式是长剑门的剑招。"

我说："可能是的。"

桃儿又沉默了一会儿，看我的眼神很复杂："我知道你师父是谁了，我也知道你是谁了。"

暮色已沉，酒楼下隐约有些喧哗，长安城亮起星星点点的灯光。

在这个位置，我能看到城里最高的那栋建筑。在来长安的那一天，它的檐角似乎耸立于云端，金光灿灿。

我说："你那师叔是跟皇宫里的那人结了仇，对吗？而且还跟我有关，对吗？"

桃儿轻叹了口气。

我说："女侠，想麻烦你一件事情。"

夜里起了风，吹得桃儿衣裙飘飘。她郑重点头："请说。"

我伸出手："你借我五两银子，好不好？"

6.

回到戏园，师父安然无恙。

长剑门主忧心忡忡地站在一侧，她招呼了桃儿，向我点了点头。

师父看了看桃儿，又看向我，揶揄笑道："这个小姑娘，比瑶天宗的圣女好看不少吧？"

桃儿冲师父施了一礼，说："谢前辈抬爱，不知那个瑶天宗圣女是谁？可是您徒弟的意中人吗？"

我说："是啊师父，瑶天宗圣女是谁？我听都没听过。"

师父笑了笑："可能我记错了吧。"

他看了老妪一眼，拍了拍我的肩膀："该回了。"

出城后，夜路深沉。我们寄居在长安城西北面的寒钟寺，穿林过河，师父走在前头一言不发。

我说："师父，我今天才知道原来我真是见识短浅。"

师父说："哦？"

我说："师父，今天桃儿带我逛遍了长安城，我才发现，其实长安也就这个样子，就是有钱人多，徒儿很是自卑。师父，咱们在寒钟寺歇一宿，明日就回边城，好不好？"

师父沉默不语。

我说："师父，你当掉了我的剑，你总还是得赔我一把，可我偏偏就爱老李头造的剑。我们很久没去过扬州了，不如南下扬州看看，好不好？"

师父默不作声。

我说："师父，我今天跟桃儿借了五两银子，这账我是赖定了。我这么穷的江湖人，她既然肯借，自然也存着白送的准备。而且我觉得，那个长剑门主，就算不是欠你钱的仇人，也脱不了干系。五两是少了点，好歹也算两清。咱们去扬州吧，或者回边城，反正不要待在长安了，好不好？"

师父终于停步："你怎么不借五十两？"

崎岖山路走到这儿，寒钟寺已经近在眼前。他转身直视我："那个老婆娘说了那么多，你不好奇你的父亲是谁？你不想知道我来长安做什么？"

我把银子递给师父，师父没接。

我有点生气："要到钱了还不走，留在长安找死吗？"

师父手指寒钟寺破败的山门："你知道吗，二十年前，这里有一个老和尚，佛法高深，义气深重，喝酒、吃肉百无禁忌，一身武力，天下可排第二。"

我说："都已经荒了，老和尚肯定是死了，难怪鬼气森森。此地不宜久留，师父，我们快离开这里吧。"

师父说："你知道他为什么会死吗？"

我说："人总会死，跟我们又没有关系，赶路才要紧呢。"我去拉师父的衣袖，师父岿然不动。

师父说："跟你说一个故事。"

我说："我觉得有点困，恐怕已经听不动了。"

师父沉默半晌："你知道吗，二十年前，江湖不是现在这个模样。那时候年轻剑客辈出，游侠儿纵马高歌快意恩仇，哪里是今天万马齐喑的样子。"

我说："长剑门不还是很强吗？我今天跟桃儿切磋了一番，一招就给打趴下了。我再也不想跟她打架了。"

师父似笑非笑地看着我："是吗？"

我看着师父的笑，突然语滞。

"天子脚下，岂容武夫酣睡。那人也就念这么点旧情了，可若不是长剑门早堕落成朝廷对江湖示恩的门面，那点情分如何能保住它呢？"

我说："师父，你说的是什么？我听不懂。"

师父叹了口气："我们身后跟了多少人？"

我说："十八个。"

"你可知道是什么人？"

我看向夜色。

在离寒钟寺十里地的那片密林中，那群人就已经尾随在身后。我辨得出其中一人的脚步声，很轻，像漾在嘴边的笑。

"他们来了。"

师父话音刚落，十几个人从黑暗中跃出来。师父摇头，笑出声："这个年头，暗夜杀人原来都不用蒙面了？"

"师弟，你不该来长安的。"是老妪的声音。

我走出一步，说："老人家，你一定是误会了。我们师徒都是好人，什么都不准备做，而且马上就离开长安了。"

我拿出银子，冲着低头站在老妪身侧的桃儿扔出去："桃儿姑娘，虽然我欠了你五两银子，但是你这么劳师动众来讨要，未免有些不够朋友。现在我把钱还你，咱们青山不改，绿水长流。"

我伸手去拉师父，师父站成一座山，拉不动。他的眼中爆射出慑人的光，仰天长啸："老朋友们，都别来无恙啊！"

我说："既然是老朋友，可是要为我们送行的吗？林深夜暗，请留步。"

长剑门主长长地叹了口气，她凝视着我说："你跟你的父亲，真的一点都不像。"

我正要说话，师父突然一掌劈向我。

7.

我醒来时，是在一张绵软的大榻上。

一个服饰华丽的女人坐在身旁，四十岁左右，头上戴满了簪玉，每一件看起来都很值钱。

女人伸手抚在我的胸口，眼眶通红，泣声道："我儿啊！"

我避开身子："男女授受不亲。"

我转头去找师父，师父不在。我置身的屋子很大、很堂皇，桃儿和老妪站在榻畔，更远处，几个宫装女子欠身候着。

我问："我师父呢？"

我问的是桃儿，桃儿撇过脸，不答。

我问："我师父呢？"

老妪面无表情，不应。

我说："你们别想骗我，我师父虽然不知道为什么打晕了我，但是就凭你们，就凭你们几个破烂招式，能留下他？"

老妪开口："他走了。"

我松了口气，身侧的女人却掉下眼泪："他终究觉悟了，他终究把你还回来了。"

门外一个尖锐的嗓子吊了一个长音："皇上驾到。"

一个中年人走进室内，鲜亮的黄袍上绣满龙纹。

中年妇女起身，老妪和桃儿敛容，屋里的人齐刷刷跪了一地。

中年人在离我一丈外站定，探身问："你……这么多年来，还好吗？"

我说："你好，我还行。"

中年妇女扯我的袖子："快叫父皇。"

皇帝和颜悦色，连连摆手："不急，不急，让孩子缓一缓。"

他上上下下打量我："你刚成年对吗？很好，这很好。这些年来，委屈你了。"

我说："父皇你好，你长得这么威严，一看就像我爹。"

皇帝哈哈大笑。

中年妇女却吓坏了，赶忙低头认罪："孩子被他带走这些年，必然没学过礼数，陛下勿怪。"

皇帝连声说不怪，搀扶起老妪："有劳长剑门主了，虽说没有擒获那个逆贼，但带回了朕失散多年的儿子。长剑门，当赏。"

老妪再次下跪谢赏。

我看着老妪："老人家为何要跪？"

中年妇女脸色惨变，眼神示意我住嘴。

我说："老人家让我怎么说你好。你好歹天下第一宗门的掌门人，江湖人中，我还没见过下跪比你还勤快的。"

皇帝冷哼了一声："江湖？江湖难不成不是朕的江湖吗？"

我说："爹您别气，我就随口一说。你为什么要站得这么远呢？你过来，让我好好看看你不好吗？"

皇帝倏然变色，脸色无比阴沉。

我笑了笑："爹，你站得离我太远啦。"

皇帝怒喝道："放肆！"

顿时，殿门外传出一阵铁甲碰撞声。黑压压的士兵冲进殿内，拔刀围住我。

中年妇人失声道："你这是要做什么？"

皇帝脸色阴晴不定，死死盯着我："朕如何能知道……他是我的儿子？刚出生便落到那疯子手里，竟还能活到今日？你看他的性子，有几分像朕？"

中年妇女挡在我的身前，惨然道："这么多年了，我们的儿子终于回来了，你怎么竟不信？"

皇帝冷喝道："妇人愚见！"

他用手指向我："他跟着那个疯子十八年，谁知道学会了些什么？朕但凡走近一步，你敢说他不会跃起杀朕于榻前？"

我浑身都使不上力气。在被士兵押走的时候，我看到长剑门主拦下了那个自称我母亲的人，我看到皇帝在长剑门主的耳畔说了几句话，我又看到了一道目光。

桃儿看向我，她的嘴角终于不再上扬。

8.

我被关在一座牢房中，吃回了窝窝头，睡回了草席，像极了居住过的无数座破庙。不同的是，我的身上缚上了重重的铁链。

狭暗的牢狱中，我确定了很多事情。

师父跟皇帝有仇，他抢了皇子，那个皇子极有可能是我，皇帝却并不信。

可是我不明白的事情更多。

师父为什么要这么做？为什么要打晕我？等待我的命运会是什么？

三天后，我被押进一座大殿。

皇帝高坐在龙椅上。

"你不肯跪？"他问。

我说："长安城的地板太硬，我只想站着。"

皇帝似乎要发作，长剑门主负剑匆匆赶进殿内。她弯下腰："陛下，他果真来了。"

皇帝挥手屏退我身后的士兵："好，好，那疯子竟真对你有几分情分，他逃亡多年，到头来竟自投罗网。"

我笑着说："爹，我想明白了。你让长剑门主散播消息，说你要害我，然后在皇宫中设下陷阱，等我师父来赴死，对不对？你解开我，我看那个老头子不爽已经很久了，我完全可以配合你。"

皇帝阴阳怪气冷哼一声，双手摩挲着龙椅，转头看向长剑门主："能确保万无一失吗？"

长剑门主躬身道："八十个人，无一不是武林好手，加上陛下三千禁军兵士，他若执意闯宫，必将插翅难逃。"

我说："门主你这就错了，我师父这几年又练成了一桩神功，实在太丧心病狂了，一瞪眼，剑气从眼中射出来，对手的脖子就断了。"

皇帝脸色惊疑不定，厉声喝道："可有此等神功？"

长剑门主身子更低："陛下请安心，他已经老了，他绝对无法再拿起万人敌的剑。"

我说："我话已经说到位，你们不信，吃了苦头别怨我。"

皇帝沉思了半晌："别忘了，他当年掳走朕的皇子时，朕的千余将士送了命也没拦住。你们长剑门，怎么就教出了这么一个怪物？"

长剑门主又跪伏到地上："江湖是陛下的江湖。长剑门，终究也是陛下的长剑门。"

皇帝沉默许久，叹了口气："朕知道你还念旧情，可是有剑神在的江湖，朕心甚惧啊！"

9.

"报！"一个尖锐的太监声音，小太监连滚带爬，伏身进殿。

皇帝霍然起身："现在外面情况如何？"

"回禀陛下，那个匹夫已经闯进城门。城门守将身亡，但长剑门左长老拼死刺了他一剑。"

皇帝有些失神："他竟这么快就受伤了？"

我忍住颤抖的声音，笑道："爹你这就不懂了，我师父是要出大招了。"

皇帝神色惘然，又问长剑门主："他跟朕同岁，不过四十六吧？"

"是的，不过这些年他老得很快。"

皇帝来回踱了几步："是啊，他也会老，他也老了。朕最后见他时还是二十年前，还是他替朕追杀叛王，叛王麾下那个天下第二的和尚，叫什么来着……"

"寒钟寺的无忌大师。"长剑门主提醒。

皇帝漫不经心地"嗯"了一声，恢复常态："也罢，也罢，前仇旧怨，今日他一死，就都结束吧。"

"报！"

小太监再度滚扑到殿前，他惊骇地张着嘴，大口喘气。

"说！"

"那个逆贼，他……他斩落了长剑门的四大长老，禁军兵士损折八百余人。"

"他可有再受伤？"

小太监脸色惊惶，浑身战栗，一声未吭。

皇帝坐回龙椅："再去探！"

10.

小太监第三次来时，两道宫门已经失守，师父被剑阵围困。

小太监第四次来时，师父闯过了剑阵，斩掉了全部的武林人士，他身中五箭，正对峙着一千余弓箭手。

我闭上眼，忍不住想要流泪。我的生父站在眼前，我的师父却在刀枪剑林里赶来救我。

这个江湖，很奇妙。

我问："爹，你这么有钱，天下都是你的，干吗要欠我那可怜的师父钱呢？还不多欠一点，还只欠五两？不嫌丢人吗？"

皇帝愣了愣："我何时欠过他钱？"

我不再说话，因为我看到长剑门主卸下身后长剑。

我对师伯说："你要去哪儿？你要去杀人吗？你要去杀你的师弟吗？"

长剑门主长长叹了口气："你是个好孩子。"

她转身朝皇帝跪下："今日逆贼必死，请陛下留这孩子一命。"

皇帝没有应。

殿前又传来动静，小太监短促的"报"声戛然而止，他的身体飞了进来，重重摔在地上。

师父走进殿门，浑身是血，走得很慢。他花白的头发凌乱散开，身上几支箭镞没入体内。他没看皇帝，也没看长剑门主。

他径直走向我，一剑劈断了我身上的铁链。

他咂咂嘴，懊恼道："是我大意了，本以为把你交给我师姐，你回宫还能做个皇帝。他还是不信你啊，也对，也对，能杀兄弟，当然也能杀儿子。"

师父走到一方矮桌前，举起一个酒壶，灌了两口，却没有喝完。

他把酒壶递给我："这是好东西，为师忍痛留一点给你。"

他打了一个酒嗝，龇牙咧嘴："徒弟，我十八年前，从这个宫殿里把你抢了出来。现在把你送回你老子身边，他却不肯要了。你怪不怪我？"

我笑出眼泪，指向师父的剑："你不是说当了吗？你个狗日的老骗子！"

长剑门主拔剑。

师父大笑道："师姐，我今天心里不痛快，我杀了很多曾经的朋友兄弟，我心里很不痛快。左云那几个小子都死啦，长剑门今天就不要再死人了。"

长剑门主浑身颤抖。

皇帝紧着腮帮，狠声道："强弩之末，故弄玄虚！杀了他！杀了他！"

师父欺身过去，剑光只一闪，长剑门主持剑的胳膊便掉落在地。

"师姐，你有交代了。"师父低声道。

他放下剑，对面色苍白的皇帝说："我会活得比你久！"

他问长剑门主："师姐此刻还拦得住我吗？"

他问我："跟不跟我走？"

我说："求之不得。"

我跟在师父后头，走出殿门的那一刹那，阳光扑面而来。

皇宫中尸横遍地，宛如一座修罗场。

11.

石阶上没有其他活人。

我问师父："你年轻时怎么这么糊涂，给那个人卖力气？"

师父说："那人可是你父亲，他年轻时也是个风华绝代的皇子。为师也是被蒙骗了，还跟他一起听戏，一起喝茶饮酒。"

我说："你们两个大男人？恶不恶心？"

师父沉默了一会儿，说："还有你娘，你娘是我的师妹。"

我回忆起皇宫中的那个女人。

我说："师父，我已经明白了很多，可我还不太明白。"

师父的身子晃了晃："故事很长。"

我扶住他，说："不着急，等我带你回了边城，你随便怎么说，我都信。"

"见到你娘了吗？她还好吧？"出宫门前，师父突然问。

我点头。

他转身站定，看向皇城中更深处的宫檐："你娘就住在那边吧？"

我点头。

师父神色怅然，转过身子，缓声道：

"二十年前，长剑门有一对青梅竹马的师兄妹。他们一起听戏，在戏园里结识了一个年轻人。真是个让人心仪的年轻人，全然没有一个皇子的架子。皇子当时遇到了一些麻烦，他的两个哥哥跟他争皇帝的位子。于是他就设定计划，要杀掉两个哥哥。"

师父咳了几声，继续道："年轻人的计划很周密，只漏了一点。他的长兄身边有个老和尚，老和尚喝酒、吃肉百无禁忌，拼着重伤护着长兄逃离了长安城。"

师父脸上露出嘲弄的神色："你说，要杀一个天下第二的老和尚，是不是只能找天下第一的人帮忙？巧了，这个师兄刚好就是天下第一的剑客。"

我无言。

师父继续道："无忌大师在江湖上素来有仁义之名，师妹却来求她的师兄帮这个忙，说皇子允诺过，会给天下盛世，给江湖盛世。师兄犹豫再三，终于远赴东海，这一追杀，就是整整两年。"

我想了想："可是当师兄回来时，皇子登基，娶了师妹，长剑门彻底依附于朝廷，等待师兄的是一场封剑大会，对吗？"

师父深深看了我一眼："天下的盛世，如何能与江湖的盛世并存呢？师兄一日不封剑，那个皇子就始终会有忌惮。即便法令严苛，终究不敢对江湖怎么样。"

我说："是因为那个师兄的剑能杀进皇城，杀到他的龙椅前。"

师父笑道："你长进了。"

"你来长安，是要把我送回皇宫？"

师父轻哼："我没银子给你张罗娶媳妇。你想娶媳妇，得找你的亲爹要钱。跟着我在江湖里飘飘荡荡，总归不是个事情。何况你娘必定很挂念你。"

"你那五两银子的仇呢？"

师父的身子又晃了一下："东海之行后，那个师兄再未见到他的师妹，可是，他的师妹就在出行的前一天，分明问他借了五两银子的胭脂钱。你说，她都嫁给别人了，这钱该不该还？"

我彻底明白了。

这个老头子自始至终都忘不了我娘，那个早已身居妃位的师妹。

"既然皇子与这个师兄有夺爱之恨，又食言承诺，这个师兄刚才分明有机会，为什么不杀了他呢？"

师父笑了笑："因为这个师兄有亏欠。他当年脑子发热，抢了师妹与皇子的儿子收做徒弟，若杀了徒弟的亲爹，会伤和气。"

我心中一酸。

"因为那个皇子总归是师妹的丈夫。"

师父走出皇城。

"因为皇子虽然气量狭窄，但勉强还算个明君。这个师兄是个江湖人，也是个天下人。"

12.

我不禁流下眼泪。我说："师父，像你这样的人，难怪会老得这么快。"

师父神色疲惫："有理。"

他突然暧昧地笑起来："说起来，我给你找了一个媳妇。"

他走到城墙的一处角落，拎出一个少女。少女被制住穴位，不能动弹，只惊怒地瞪着眼。

是桃儿。

"这个小师侄很懂事，偷偷拦住我，告诉我皇宫里布有陷阱。为师很喜欢，把她送给你，你满意不满意？"

我有些恼火，说："师父，你真客气。"

我上前去解开桃儿的穴位，师父在背后笑道："你要是还喜欢瑶天宗的那个圣女，回头自己去，一并娶了。"

他的声音变得很轻："好徒儿，为师还有些经验之谈，你要切记。在这个江湖，别借人钱，别欠人钱，一旦欠债借钱，即便天高海阔、江湖莽莽，你都再也离不开了……"

我说："你真啰唆。"

我拍开桃儿的穴位，转头招呼他。

师父拄剑在地，双目紧合。他面容枯槁，再无气息。

13.

师父是站着死的。

他死前听到的最后一句话，是我说他啰唆。

他死时，长安城突然下起了雨。

倾盆暴雨中，桃儿递来一袋银子："那天晚上，其实师叔跟我师父早有默契。师叔本来以为，你被我师父送进皇宫，那人便不会起疑心，你就能恢复皇子的身份。"

我负起师父。

"却不想他竟想借你来除掉师叔，后来……长剑门要安身立命，也是迫不得已。除了依附朝廷，依附那一位，别无选择。"

我说："你别说话。"

我想，师父来长安是来还债的，还当年欠我娘的夺子之债。可是我娘欠他的，却绝不止五两银子。

他活得太羁绊，背负太多不甘和恨，欠下的和被欠的纠缠在一起，可能到最后自己都快分不清了。但从将我送进皇城起，便只剩天下负他。

然而这些乱七八糟的恩怨情仇，我能去恨谁呢？

我看着桃儿："你看到江湖的模样了吗？"

桃儿把银子递得更近，眼睛红通通的："看到了。"

我说："我不想欠人钱。"

"你要去哪儿？"

"边城。"

雨下如注，师父的血被冲洗到地面。

桃儿说："边城一定比长安好，也比江湖好。等长剑门的事了结，我去看你。"

她将银袋塞到我的怀里："给师叔置一副棺木吧。"

我终于无法忍耐。这算什么呢？这十几年来，师父唯一一次被善待的竟是一副棺材钱，这算什么呢？

我甩开银袋，冲进笼罩着整个长安的水汽里。雨水撞进我的眼睛，痛彻心扉。

14.

又一年，边城的三月草长莺飞。

我将师父葬在荒庙畔。

又过了几年，我在庙旁修筑了一个小屋。

我想，桃儿是不会来了。江湖总是这样，丢失一个人比寻回简单。

有一天，我收留了一个路上的弃儿。

孩子五六岁，冲我磕头："爹！"

我说："你想死？老子还不到二十五。"

孩子挠挠头，很惶恐。他又磕头："师父！"

我说不出话，眼底有点涩。

孩子见没动静，又磕头，怯声道："大哥。"

我说："就叫师父吧，叫师父很好。"

我把徒弟拎到师父的墓前："这是你的师祖。"

徒弟恭敬磕头，很乖巧。

当天入夜时，我说："徒弟，你想不想听故事？你不想听也没关系，反正为师说定了。"

徒弟很迷茫。

我说："你的师祖曾有一百次契机退出江湖，离隐退最近的一次……"

徒弟打断我："师父，江湖是哪儿？"

太监

◇ 大树之苗

1.

宫里都在传：二皇子失心疯了。

这个传言最开始源自一个太监。

太监说："那一日，二皇子出现在太监宿房里，穿着太监的衣裳。手攥裆下痛哭流涕，高声呐喊。"

宫女问："二皇子喊什么呀？"

太监脸色古怪："二皇子喊老子穿越了，老子不是太监。"

宫女："那看来是失心疯了。"

太监："这可是掉脑袋的罪，你可不能跟别人说。"

宫女娇嗔："还用你说？"

两人四目相视，隐晦一笑。

宫女："咱们议论议论二皇子，会掉脑袋吗？"

太监："嘻嘻，不会。"

于是，太监告诉了另一个太监，宫女告诉了另一个宫女。

现在整个皇宫，私底下说的全是这件事。

2.

前段日子，二皇子满面春风，近来却愁眉不展。他在屋内来回踱步，叫来在寝殿扫地的老嬷嬷。

二皇子："本皇子觉得有些慌。"

老嬷嬷吐出瓜子壳，看着二皇子。

二皇子看着老嬷嬷。

沉默半晌，开口："本皇子想要个丫鬟服侍，最好十八岁。"

老嬷嬷继续嗑瓜子。

二皇子："十六岁也行。"

老嬷嬷转身就走。

二皇子："你这是虐待本皇子，我要见父皇。"

老嬷嬷白眼一翻："我的小祖宗殿下，您就消停会儿吧。陛下五年没见过您啦。"

3.

二皇子很确定，他的慌有来由。

这个世界并不如预期般对自己友好：他是皇子，但不知何故没人买账。

当朝局势和自身处境，他一概不知。

一天，二皇子忧心忡忡地玩了会儿鸟，又斗了会儿蛐蛐，信步走进一片宿房，撞见了一场斗殴。

一个小太监被反拧胳膊，摁在地上。

小太监骨头很硬，任凭拳打脚踢，一声不吭。

二皇子掏出一把瓜子，静静地看了起来。

看了一会儿，他开始走神，瓜子碎末呛进鼻腔，忍不住咳了两声。围殴的几个大太监顷刻间作鸟兽散。

小太监匍匐到二皇子脚下。

小太监："奴才谢殿下救命之恩！"

二皇子很意外："哦，别客气。"

小太监："奴才愿誓死追随殿下。"

二皇子上下打量小太监，心头一动，笑眯眯扶起他。

二皇子递过一把瓜子："喏，你吃。"

小太监双手合起捧过瓜子，眼皮颤动，眼眶通红。

论收买人心，看过各种热播宫斗剧的二皇子，还是颇有些心得的。

二皇子问："你进宫几年了？"

小太监抹了把眼泪："回殿下，奴才六岁进宫，已经有八年了。"

二皇子目光灼灼："那你总应该知道些什么吧。"

4.

小太监在说。

二皇子在听。

二皇子："原来大皇子势力这么大，都监国了，有意思。"

二皇子："原来我的母妃那么早就去世了，有意思。"

二皇子："原来皇后联手大皇子欺负老子，有意思。"

二皇子磕了颗瓜子，展颜笑道："本皇子当个富贵王爷，足矣。"

小太监怯声道："殿下，您真的……有病吗？"

二皇子皱眉。

小太监跪地磕头："殿下，您跟大皇子水火不容，因为……您是储君呀！"

一把瓜子抖落到了地上。

二皇子艰难笑道："这不符合礼法吧？"

小太监："当年陛下极其宠爱殿下的生母贤妃，罔顾朝堂争议，立殿下为储君，可是殿下年幼，陛下龙体有恙后，便一直由大皇子监国。"

二皇子走到窗边，又走到床畔，又走到几旁。

最后长长叹了口气："我又有点慌了。"

二皇子看着小太监："本皇子，实在有点慌了。"

5.

宫里又传开了一个消息。

二皇子饮酒消愁，醉后嚷嚷了很多胡话。

一个太监说："你知道吗，二皇子说要打倒封建主义，建立民主共和国呢。"

宫女："封建主义是什么？"

太监："不知道，我只知道二皇子他……"

太监压低了声音："想建一个什么国呢，还能有什么国，想上位了呗。"

宫女冷笑："二皇子还真以为自己是太子呢。"

太监："大皇子听到这番话，恐怕……"

太监比了个抹脖子的手势。

宫女："嘘，噤声。"

小太监拎着两坛酒走过。

宫女："看那蠢货，还以为攀上了一根高枝呢。"

太监冷笑。

停在转角的小太监抱紧了手中的酒坛，咬牙离开。

6.

二皇子钩住小太监的脖子："兄弟，来，喝一杯。"

小太监斟满酒。

小太监："殿下，民主共和国真的有那么好吗？"

二皇子醉眼蒙眬，大手一挥："民主共和国算什么。"

小太监："每个人都不用受欺负，那还不好？"

二皇子："我给你讲一讲共产主义？"

小太监很茫然。

二皇子抱起酒坛，眼神直勾勾看向宫墙的檐角，喃喃道："穿越过来就碰上了不死不休的夺嫡，还偏偏是弱势的一方，真血崩。"

小太监猛然跪地，脖子青筋暴起，声嘶力竭："殿下万不可自暴自弃！"

二皇子被吓了一个激灵，想不到太监也能这么热血。

他定了定神，眼中突然有些缅怀："我精通 C 语言。"

小太监："殿下英明！"

"我经常疯狂杀戮，超神。"

"殿下勇武！"

"我小学得过三次三好学生奖状，我看过无数穿越文，熟知宫斗技术。"

"殿下学识渊博！"

"你懂个屁。"

"奴才屁都不懂。"

二皇子滞了滞，竖起大拇指："好捧哏。"

他站起身，把酒坛扔出窗外，响起哗啦碎裂声。

二皇子轻声道："我若斗不过大皇子，也太丢人了。"

小太监喜笑颜开，眼角乐开了花："殿下酒醒了？"

二皇子："不，我缓过来了。这局我要翻盘，我想赢。"

7.

比对了朝中势力后，二皇子不可避免地有些丧气。

小太监也默然。

二皇子伸直双腿，躺在座椅中，没来由想聊聊家常。

二皇子："你叫什么名字？"

小太监："回殿下，奴才叫小韦子。"

二皇子握住小太监的双肩："请对我多一些真诚，你不要说艺名。"

小太监轻声道："奴才入宫前，娘亲叫奴才小宝。"

二皇子瞪大眼睛："韦小宝？"

小太监："奴才姓名粗陋，可犯殿下的忌讳了？"

二皇子站起身子，呼了口气："好名字。"

二皇子："你真的是太监？"

韦小宝脸色哀戚。

二皇子盯着他裆下看了看，安慰道："不要紧，会长出来的。"

韦小宝："奴才不敢。"

二皇子："……"

二皇子走到窗前。今夜宫里的风很喧嚣，让人心头稍微松快了一些。

他转身冲韦小宝伸出手，笑道："咱们一起努力，做一对千古君臣，怎么样？"

韦小宝浑身一震，脸色拧了一下，低头沉到阴影里。

二皇子："别叫自己奴才，自称我。"

韦小宝抬头，眼中有种异样的光彩："奴才不敢负殿下所望。"

8.

两个月了，二皇子再没有新闻，宫女、太监们都很寂寞。

皇子寝殿的书房内。

二皇子烧掉了一张信笺，揉了揉眉心。

韦小宝："礼部侍郎投诚，殿下麾下总算有重臣了。"

二皇子："你猜他是什么心思？"

韦小宝："搏一搏，单车变摩托。"

二皇子很欣慰。

韦小宝："听说陛下最近病情加重了。"

二皇子点头："时间还是不太够啊。"

韦小宝："殿下不见得会败。"

二皇子默然。

韦小宝："殿下，要不要启动普兰笔？"

二皇子："发音要准，是 PLAN B。"

韦小宝："奴才可以像大侠一样，埋伏到大皇子身边，做一个卧底。"

二皇子摇头："你去了就是送死。"

韦小宝跪伏，以头抢地："奴才愿为殿下赴死。"

二皇子头很痛。

韦小宝脑子灵光，人也机灵，就是血太热。

二皇子："你是我的人，宫里所有人都知道，大皇子也知道，OK？"

韦小宝沉默了一会儿："奴才想试试。"

二皇子挥了挥手。

韦小宝："奴才要试试。"

二皇子暴怒道："试你个头，滚去睡觉！"

次日，二皇子醒来时，睁眼看到的是老嬷嬷。

老嬷嬷嗑着瓜子，不紧不慢地扫地。

二皇子："韦小宝呢？"

老嬷嬷："哦，出宫去了。"

二皇子心头一跳："他说了什么时候回来吗？"

老嬷嬷："我哪知道。"

二皇子跌坐在榻上。

9.

二皇子在门外支了个小凳子，等过了午后，又等到傍晚。

等过了第二天。

眼睛熬得通红，韦小宝还是没有回来。

宫外没有任何大皇子遇刺的风声。

等到第三天晚上。

老嬷嬷扫到皇子的脚下，对他说："让一让。"

二皇子："其实像韦小宝那样的太监，皇宫里一抓一大把，对不对？"

老嬷嬷停住扫帚。

二皇子："其实他就算死了，也没什么，对不对？"

老嬷嬷掏出瓜子。

二皇子："我这人吧，就是重感情，难免会产生错觉，把他当成朋友对不对？开玩笑，我是皇子啊，怎么会真跟太监成为朋友？"

老嬷嬷递过一捧瓜子。

二皇子没有接："困了，睡觉了。"

10.

宫里又出了一个传闻。

太监说："你知道吗，最近二皇子又忧郁起来了。"

宫女问："他又耍酒疯了？"

太监捂住嘴："嘻嘻，他呀，爬到树上唱歌呢。"

宫女："真不嫌臊，他唱的什么呀？"

太监："怪腔怪调的，谁知道。"

另一个宫女接口："我倒觉得还蛮好听。"

该宫女从怀中掏出一个册子："喏，我还抄了歌词呢。"

三人展开抄写本，歌词铺开。

"天青色等烟雨，而我在等你，炊烟袅袅升起，隔江千万里。"

三人沉默良久。

太监："虽然不成格律，但还挺有韵味的。"

宫女捂住胸口，颤声道："满纸深情，不知是唱给谁听的。"

另一个宫女收起抄写本："想想二皇子虽然疯疯癫癫，但跟之前比，像变了个人似的，并不太让人讨厌呢。"

太监："哼，等大皇子登基了，还不是……"

宫女跺脚："以后不许你说他！"

另一个宫女："你说，大皇子真的这么稳妥就能……我可听服侍陛下的姐妹们说，大皇子暗示过陛下几次重新立储，陛下都没给个肯定答复呢。"

太监捂住宫女的嘴："别说，会掉脑袋的。"

11.

时隔五年，二皇子首次被召见，面圣。

穿过弯曲的廊道，来到一处宫殿，殿前早已候着一行人，为首的是个魁梧男子。

魁梧男子阴阳怪气："咦？我好像看到太子殿下了。"

二皇子瞅着他："难得皇兄不瞎。"

大皇子："进这道门，你是太子，我是皇子。出这道门，我是太子，你，庶民。"

二皇子鼓掌："立得一手好 FLAG。"

鼓到一半，眼神凝住了。大皇子的身后躲着一道身影。

大皇子："小韦子，你出来。"

身影伏到大皇子身前的是韦小宝。

大皇子："不是我自夸，我这奴才，真是忠心耿耿呢。"

二皇子不动声色："哦？"

大皇子伸长脖子，炫耀般卷起一个漂亮的舌音：P–LAN–B。

二皇子怔了怔，深深盯向韦小宝，努力辨认。

大皇子："弟弟呀，哦，你还是我弟弟吗？小韦子说，他千真万确杀死过你，还给你穿上了太监服，就要抛尸荒林。你怎么又活过来了呢？"

二皇子如遭雷击。

韦小宝抬起头，平静地直视他。

二皇子："你……"

韦小宝微笑。

二皇子冲过去揪住韦小宝的衣襟："你不是老子的人吗？啊？"

韦小宝一根根掰开二皇子的手指："殿下，请自重。"

二皇子弯身狂笑，笑出眼泪，手指韦小宝："娘炮！"

二皇子："没鸡鸡！死太监！"

韦小宝微笑。

大皇子搭上二皇子的肩膀："弟弟啊，骂街太难看。咱们进殿，等父皇废了你的太子，你再骂。你那些民主主义思想，对咱们大虞朝很危险哪。"

12.

皇帝并没有召人入殿。总管公公捧出一道圣旨，尖声朗诵。

不待念完，大皇子怒然起身："我要见父皇！"

公公："陛下说啦，谁都不见。"

大皇子咬牙切齿，脸色变幻，终于拂袖而去。

公公："太子殿下还不接旨？"

二皇子低声嘀咕："死太监。"

公公皱眉："太子殿下说什么？"

二皇子醒过神："没说你，别这么敏感。"

公公冷淡了："那接旨。"

二皇子："旨上说的什么？"

公公："明日登基。"

二皇子："哦。"

二皇子："什么？"

13.

皇子殿前所未有的热闹，直到入夜时分，筹备登基大典的官员才陆续离开。

这一夜，很多宫女、太监惊惶难眠。

二皇子靠在窗前，神色疲惫。

空荡荡的太子殿一角，老嬷嬷捧着瓜子，好像能吃到天荒地老。

二皇子想跟人说说话。

二皇子："生活就像一盒巧……一捧瓜子，你永远不知道下一颗会吃到什么口味的。"

他期待地看向老嬷嬷。

老嬷嬷："都是椒盐味的。"

二皇子有些失望。

老嬷嬷："殿下能登基很奇怪吗？"

二皇子："不奇怪吗？"

老嬷嬷："殿下是太子，是储君，自然是要登基的。"

二皇子苦笑："我还想再奋斗一下，有兄弟陪的那种。"

老嬷嬷握起扫帚，扫起地来。

14.

黄道吉日，天朗气清。

大典如期而至。

二皇子龙袍着身，站在群臣之前，身边旁无一人。

脚下黑压压跪倒一片，高呼吾皇万岁。

二皇子突然觉得，有些寂寥。

十分寂寥。

二皇子对身边的太监说："老子觉得，没劲儿。"

太监脸色僵了一瞬，神态更恭敬。

他声音高昂："圣上口谕，众爱卿平身。"

这句话回荡在宫墙里，宫墙外传来隐约的躁动声，宫门轰然倒塌。

大皇子在黑甲骑兵的簇拥下，驰马进宫。

大皇子："众大臣听好了，如今逆贼挟持陛下，欲夺大宝，切不可被其蒙蔽。叛乱禁军都已经被拿下，逆贼还不束手就擒！"

二皇子："夸张。"

他的目光扫视大皇子的军队，叹了口气。

二皇子："朕的御林军呢？"

太监："只剩……两百余人。"

二皇子："哦？"

他沉默许久，自嘲般笑了笑，闪身躲进殿内。

二皇子大喝："快关门！叫上那些大臣！"

15.

二皇子坐在龙椅上，椅子很硬。

好像，快到终点了。

二皇子想。

好像，也不是太留恋，也不是太惧怕。

二皇子看着殿内的焚香渐渐剥落，心里竟有些平和。

"咔"，清脆的一声。

老嬷嬷从柱子另一头转出来，吐了口瓜子壳。

二皇子："嬷嬷，怎么哪里都有你？"

老嬷嬷："扫地。"

二皇子："你很敬业，但来得不是时候。一会儿记得躲起来，你是下人，不会太被刁难。"

老嬷嬷："大皇子还没攻进来。"

二皇子："快了吧。"

老嬷嬷："他理应已经攻进来了。"

二皇子霍然起身："殿外出现了变化？"

16.

殿外出现了变化。

数千人的军队，披坚执锐却寸步难行。

挡在他们前面的是两个人。

韦小宝勾臂勒住大皇子的脖子，匕首贴在大皇子的脖颈处。

他的额头青筋暴起，背心汗湿一片，肌肉紧绷，隔着十丈余的白石场地，对峙。

军队黑枪黑甲，森然如山。

韦小宝冲那片山吼："滚！都给老子滚！"

二皇子怔住了。

他的喉头滚了几滚，简直快哭出来："你注意安全！"

韦小宝身体松懈了一瞬，大皇子猛然翻身，卧扑在地。

这一刹那，二皇子好像听到了很多声音。

利箭的破空声。

枯木的爆碎声。

高亢的剑吟声。

以及最后，箭刺入身体的声音。

老嬷嬷的扫帚寸寸破裂，一道剑光冲天而起，斩断了那一瞬射向韦小宝的无数利箭。

可并不是全部。

她眉间煞意大作，剑气铺天，黑甲军的前排纷然坠马。

大皇子的脑袋滚落在地。

17.

失去大皇子的军队很快缴械离去。

韦小宝躺在空旷的广场上，三支箭透胸而过。

二皇子扶起他。

韦小宝艰难地露出笑容："殿下，你错了。奴才是个太监，但不是娘炮。"

二皇子："别说话，你还有救。"

二皇子望向老嬷嬷，嬷嬷摇了摇头。

韦小宝："殿下，奴才杀过你，也知道你不是二皇子，你是个……更好的人。你喊奴才兄弟，还要跟奴才做千古君臣，没人跟奴才说过这样的话。"

二皇子捂不住韦小宝伤口涌出的鲜血。

韦小宝用力攥住二皇子的手。

韦小宝："革命尚未成功，殿下仍需努力！殿下，要建立一个民主共和国啊。"

二皇子:"我试试。"

韦小宝:"奴才在大皇子身边，一直找不到机会。哪怕交代了很多殿下的事，还是不被信任。但是刚才，奴才抓住机会了，奴才是不是很机智？"

二皇子抹了把眼泪:"嗯。"

韦小宝声音越发轻:"奴才是不是很满？"

二皇子:"发音要准，是 MAN。"

韦小宝:"奴才知道了，原来是……"

韦小宝话断在这里，笑容挂在嘴边，身体却沉了下去。

18.

韦小宝葬以亲王礼。

二皇子蹲在灵牌前，老嬷嬷站在身后。

老嬷嬷:"你没有疑问吗？"

二皇子:"请不要耽误太久。"

老嬷嬷:"你是太子，也是皇帝唯一的儿子。因为你年幼，陛下病重，大皇子监国是妥协之策。陛下离你越远，你越安全。"

二皇子:"那大皇子？"

老嬷嬷:"家丑，点到为止。"

二皇子:"你是？"

老嬷嬷:"我与你父皇有旧，受他之托，会护你到登基，清扫一切麻烦。"

二皇子:"辛苦嬷嬷了。"

老嬷嬷看向灵牌："我只失过一次手。"

二皇子添了把纸钱。

老嬷嬷："他其实是个好孩子。"

二皇子："嬷嬷，不要说了，他为我拼命，死了。"

二皇子："嬷嬷，在这个世界上我是他唯一的朋友，他死了。"

闹海

◇ 庄博一

朋友说，这不就是哪吒闹海的故事嘛。我摇头，只要海水不干涸，这样的故事每天都会上演。

1.

时至今日，每遇世间不平事，我仍会想起老厂房的那户邻居。一对父子，一杆长枪，刺破了整个天下的混沌荒唐。

我不确定那段故事是否还讲得明白，没办法，人生太多不确定。我唯一能确定的，大概只有两件事，一是终将来临的死亡，一是再难遇见像他们这般的人。

故事里那对父子是隔壁老王和小王。

老王性子执拗，也因为这脾气闹出不少事端。那个年代乐子少，闲散的时间大家都愿意坐在院里老槐树下，唠嗑乘凉，消磨光阴。大家最爱唠的还是老王那点破事。

老王在工厂做事，属于踏实肯干那类。就是不懂规矩，说话又耿直。认定对的事，谁劝都听不进去。领导有次试着问老王做人这么执着累不累？

其实话里多少都带点讥讽。可老王愣是以为领导在夸他，乐得合不拢嘴。

世上的道理本该是简单的，对就是对，错便是错。老王想不通好好的直路为什么被世人走得蜿蜒曲折。

直到后来手下学徒小张、小刘、小李，一个个成了他的张哥、刘哥、李哥，他终于释怀，顶多笑着嘬口烟骂上一句脏话。

工资几十年如一日微薄，工作永远沉重烦琐，到后来老婆也跟别人跑了。人生的坎坷曲折、悲欢离合，在老王身上发生，人们倒都不觉得奇怪。

好在老王的身边还有小王，不至于孤独终老那般凄凉。

2.

小王是老王的儿子，性子随他爸，也是个牛脾气。

小王打小就喜欢《水浒传》的故事。最快乐的日子是在夏夜里听蝉鸣蛙声，母亲坐在床边读水浒，蒲扇扇动，吹走天真无邪。

后来母亲离开，老王依旧忙碌。小王每天孤独难挨，都会拿起那本水浒，翻开皱褶肮脏的封面，沉浸肆意汪洋的世界。

小王最喜欢书里的林冲，爱风雪山神庙的苍茫，总幻想有朝一日能练成绝世枪法，提着红缨杀他个黑白颠倒出走流亡。

那段时间，小王每天都缠着老王，软磨硬泡，死皮赖脸，想要一支林冲那样的枪。少年心性，老王也有过。巧的是，年轻时的老王，也是耍枪的好手。

这是小王第一次求老王，老王真上了心，破天荒请了假，昼伏夜出。也不知从哪里搞来一丈黄花梨、半块玄精铁，支起家里久未开火的铁炉，打开尘土封盖的木箱，大锤小锤，长镊短镊，一应器物，准备齐全。

粗削细磨，雕纹涂蜡，火烤炉熔，日夜流转。小王醒来看见长枪的那天，老王没在家里，他一早便骑车回了工厂。

长枪平放在桌上，桌面还摆了一碗满满的酒，像极一场仪式。老王以前和小王说过，世上每个侠客都有件生死与共的兵刃。小王很开心，提起红缨，自己也算侠客了。

估摸小王不记得老王的后半句话。侠客之所以会和兵刃生死与共，大多是因为孤独，孤独到只剩这些个破铜烂铁相伴终老。

小王庄重极了。这是他第一次喝酒，也是他第一次触摸长枪。少年热血，只觉此刻有酒有枪，这世上便哪儿都去得。

3.

院子里的花开了又谢，树绿了又黄，日子便这样过。小王练着枪，老王上着班。

一日午后闲暇，小王在老王面前挽了个枪花："我耍枪时有没有禁军教头的风范？"

老王给了小王一脚，说："学谁不好学林冲，自己女人都护不住，也就名号唬人，有啥用。"老王忽然想到自己，脸色铁青，住嘴不语。

不过小王没想到老王那里。他想不明白，女人有什么好。好汉们行走江湖，来去如风，呼啸山林，天高海阔，踏浪而歌，带个娘们不知会有多麻烦，还不如牵条狗来得潇洒。

老王回过神来看到小王不说话，以为伤了他的心，拍了拍小王的脑袋安慰："臭小子你也别灰心，其实你也算是天赋异禀。"

"爹，我就知道，是不是我骨骼惊奇百年难遇，心性坚毅异于常人……"

"这倒不是。"老王摇了摇手指，从口袋里取一根皱褶的香烟。

"那……难道我们家本是武林名门望族，为躲避仇家归隐山林，此刻到了收回武林霸权的时候？"

老王点燃香烟，45度仰望天空回忆着往事说道："你娘当年怀你花了三年零六个月……"

"砰！"

小王把枪尾狠狠地戳在地上，大喊老王浑蛋。他觉得老王一定不是自己的亲爹，世上没哪个亲爹会这样戏弄自己的孩子。不，这不仅是戏弄，简直是侮辱。

老王却站在原处，安静地抽着烟，好似什么也没发生。眼看小王负气地踹开大门离家远走，依旧是无动于衷。

老王发现小王像极了年轻时的自己。

孩儿啊，其实这枪法如人，人够直，枪法便直，枪出如龙，雷霆万钧，气贯云霄，横扫千军。可惜这尘世处处掣肘，你枪法越是厉害，便越是容易伤着自己，刚则易折。逼上梁山，千里流放，古往今来这些个豪侠谁又逃得过这结局。

4.

看见柳眉儿第一眼，小王便把所有不愉快通通抛到了脑后。

陈塘关这么个小县城里，从没有出现这样的美人儿。

小王看到美人儿胸前一片雪白，看到那火红绫罗绕身，看到那盈盈一握的腰肢和那修长娇媚的身姿。她就像一团炙热的火焰，一眼面红心跳，再一眼发烫起火。火苗便在心里扎下根，是天雷地火，是干柴烈火，是攻心毒火。

"姑娘，你……你在找人吗？"泡妞这方面，小王确实没经验，他老子也没教过。小王是看这女孩左右张望，觉得大概能帮上些忙，硬着头皮上前搭讪的。

也许是人群嘈杂，把小王的声音掩盖。柳眉儿神色冷淡，依旧向街道远方张望。

虽说泡妞这事小王没啥经验，但好在厚脸皮这一重要技能，他算是无师自通。

小王拨开人群，硬是挤到柳眉儿面前，理好衣衫，清了清嗓子："打扰了姑娘，在下王小侠，陈塘关人，我看你像是遇到了难处，不知有啥能帮忙的吗？"

柳眉儿看到小王，一声惊雷炸响在心尖，冷若寒霜的面庞骤然起了红晕。她红唇轻启，欲言又止，一双眉目在小王身上兜兜转转。

小王只觉春江水暖，流光溢彩，目眩神迷间，慌了神。

千言万语化作一声叹息在柳眉儿心头晕开。我便说，这天下再大，我总有法子找得到你。

柳眉儿探出手臂，捉住小王的衣领把他扯到身前。

她压抑住心中冲动，红唇挨着小王的耳畔轻声道："奴家柳眉儿，从南城来。本骑赤兔一路北上，也不知这马进城时发什么疯，撇下我跑了起来。

奴家初来此地，人地两生，不知少侠能否帮我寻回赤兔，奴家感激不尽。"

酥胸抵着心口，小王清晰地感知到心脏扑通扑通跳动的声音。眼前的世界也只剩下这抹红色，红得妖艳，红得耀眼。

柳眉儿轻轻把小王推开，眼神里百世韶华，那是浓郁纠缠的贪恋，更是消散不去的哀愁。

这些都是小王难以读懂的。

他挠了挠脑袋，尴尬地干笑两声："柳姑娘莫急，且在此处等着，小侠我……这就替你寻马去。"

小王在人群间穿梭，逢人便问："有没有见过这匹毛发鲜红的宝马？"

许是老天眷顾，许是精诚所至，小王路过一道小巷时听见了口哨声。他循着声音走进去一瞧，竟真寻得了赤兔。

只见那赤兔马此刻安静地趴在地上，脑袋倚着台阶，颇为享受地晒着太阳，像条狗似的。它看小王过来，一下有了精神，直起身子，用头不停地蹭着小王的胸口，把小王痒得哈哈大笑。小王总觉得，这马该是在哪儿见过。

小王骑着赤兔马提着红缨枪，回到和柳眉儿约定的地方。他觉得自己此刻应该帅得一塌糊涂，因为街边好多少女都在热情地尖叫。应该发条朋友圈的，小王默默想着。

前面人群骚动，像是发生了争执，等小王靠近些才看清。

是陈塘关有名的官二代李不二，他正带着随从围住了柳眉儿，一脸贱笑："小娘子来陈塘关穷游吗？来哥哥家里玩好不好，哥哥家里有的是钱，想要什么哥哥都能给你……"

小王看急了眼，赤兔马也急了眼，连助跑都没，直接蹬腿越过了围观群众。

"哪里来的小王八蛋，还骑着马，你知不知道在城里骑马是违章？"李不二回头看到小王骑着马，先是惊讶，紧接着破口大骂。

小王也不答话，纵马就冲，枪花舞动，腾走如龙，寒芒乍泄，风吟马啸，一个照面过去，李不二和他那些随从就已倒成一片。

柳眉儿把手伸出，高高举起，眼含笑意地望着小王。

自古美人配英雄，承欢走马江湖路。赤兔奔驰而过，小王伸手一握，轻轻一扯把柳眉儿带上马背。尘土飞扬，人们眼里只看到火红光影远去，渐渐模糊。

"王小侠，你喜欢我吗？"

"喜欢，我喜欢得很，也欢喜得很，我想起一首诗，我要读给你听。"

"好，我最喜欢听人读诗，你快读。"

"骑最快的马，爬最高的山，喝最烈的酒。"

"……"

5.

一开始老王是拒绝的，本来自己一个人开开心心吃着火锅唱着歌，傻儿子哐当一下骑着匹马带着姑娘就闯进家门，屁大点院子忽然就变得拥挤起来。三人一马，你看我，我看你，谁也不说话，气氛着实尴尬。

"我女人。"小王率先打破沉默，费了半天劲儿从马上爬了下来，又小心翼翼地将柳眉儿抱了下来，也不看老王，拉着柳眉儿径直坐到饭桌旁。

柳眉儿涨红了脸，低着头大气不敢喘，手被小王握着，心里却紧张极了。时不时，还抬眼偷瞄老王几下。

老王也不知道该说些什么，冲着两人点了点头："好，回来就好，刚好一起吃火锅，自己怪没意思的。"

也不知这傻儿子哪辈子修的福，捡回这么个天仙似的姑娘回家做媳妇。老王心里隐约觉得不安，可看着眼前的这对年轻人，又觉得这幕似曾相识，往事如昨。

罢了，年少轻狂，谁没有过呢。

老王出神的工夫，赤兔马凑了过来，一口把老王筷子上刚蘸完酱的牛肉给吃了。

赤兔马得意地看着老王，柳眉儿尴尬地看着小王，小王赶忙又夹了块肉，递到老王的碗里。老王的脸绷不住，一下笑了出来，小王和柳眉儿也跟着一起笑。本来沉默的饭桌逐渐活络热闹起来。

树影婆娑，乌云聚合，天色忽然暗了几分。大概是陈塘关的雨季要提前来了。

"爹，要下雨了？"

"嗯……你们先吃，我去收衣服。"

6.

生活在继续，日子却有了很大的变化。家里多了个女人，一切都变得井然有序起来。院里枯萎的花草重焕生机，凌乱的屋子也变得简洁干净，柳眉儿的手很巧，每天的饭菜精致可口，花样百出，老王小王每天一到饭点，就会准时坐到餐桌旁，像一对顽童拍着桌子齐声喊饿，赤兔马也在一边嘶嘶地叫唤，不仅叫还伸舌头，不得不说，这匹马真的很像狗。

老王在一天午后把小王叫到身边："儿子，别再练枪了，好好过日子吧。"

"为什么啊老头？侠客是我的梦，怎能有了温柔乡就忘记英雄梦。"小王拿抹布仔细地擦着红缨枪的枪身。

老王点了支烟，又一次忧郁地 45 度望向天空："臭小子，你真当侠客那么好当，这世界黑白颠倒，你要是当了侠客，每日行侠仗义就要累死，而且无证执法，碰到哪个背景硬的，一不小心是要蹲号子的。"

"最重要的是，豪侠们没有家，他们只有梁山。"

小王不服气，可他又说不过老王，只能闷头耍枪。

老王叹了口气不再多说，背着手就上街遛弯去了。他听说隔壁跳广场舞新来了个领舞，每次跳起《最炫民族风》都能引起老头们的一阵尖叫，今天厂子休息，正好可以去一睹风采。

7.

一日柳眉儿上街买菜，遇到件怪事。

虽然在街头被尾随不是第一次，可被和尚尾随绝对是头一遭。而且这和尚俨然一副得道高僧的模样，法相庄严，佛光普照，实在是想不到。

"大师，你……迷路了？"柳眉儿猛地回头，和尚还想躲，可实在反应不过来。

"咳，"和尚掸了掸袈裟，双手合十，颔首行礼，"贫僧来寻小王施主，还劳烦女施主带路。"然后不再言语，只等柳眉儿引路。柳眉儿困惑地点了点头，饶是她古灵精怪，此刻也是摸不着头脑，只得默默带路。

"眉儿你可回来了，我要饿死了。"赤兔马一叫唤，小王便知道柳眉儿买菜回来了，连忙跑到门口开门迎人。

小王打开门，看到了柳眉儿，也看到大和尚。他一边把柳眉儿迎进家门一边用眼神问询，柳眉儿耸肩表示她也不知道情况。

小王恍然大悟，赶忙说道："大师，我家信基督的，别费劲儿传教了。"边说边要关门。

和尚也不客气，侧身钻进小王家里，顺手帮他把门关上。

"阿西吧，臭和尚，你弄啥？"小王震惊地望着面前这位和尚。未承想这世上竟有如此厚颜无耻之人，不禁感叹往日年少轻狂，涉世不深。

和尚理好袈裟，又恢复了法相庄严，佛光普照，大师风范："小王施主，昨日我夜观星象，发现紫微式微，天煞明亮，天狼耀星光……"

"说人话。"

"你要倒霉了，穿没穿红内裤……"

小王低头瞅了一眼："穿了啊……"

老王听到外面有动静，出来观望，倚着门框一边嚼大葱一边听他们扯淡。

和尚见小王不听，硬是要把自己推出门外，忙把手中的九环锡杖往地上一震，口喧佛号："阿弥陀佛。"

小王退了两步，还真被和尚唬住不敢妄动。

"小王施主，你可还记得那七尺二寸混天绫！"

"混什么玩意儿，没听过。和尚你到底要做什么？"

"你们这些年轻人，看事情太表面，你不记得混天绫是因为你早被斩断神识，可如今你与其朝夕相处，神识早晚会归位，此事已然违反天道，必有大祸将至的。"

"你说我和混天绫朝夕相处，在哪儿呢？我怎么没见着啊？"

"唉，施主你……"和尚看了眼小王身旁的柳眉儿，又抬头望了望天，"罢了，灾因已种，恶果将至。眼下只有施主入我佛门，斩断尘缘，尚有一线生机可得。"

"滚蛋滚蛋，你以为你是法海啊，收我为徒，去雷峰塔当雷锋啊？"小王听大和尚胡言乱语，心烦意乱，终是把他推出门外。

只是关门那会儿工夫隐约听到和尚念叨："人生如梦亦如幻，如露亦如电……"

柳眉儿脸色苍白，默默走回屋里。老王倚着门框不说话，不知道在想些什么。院子里安静得只剩下午后蝉鸣，沉默像张无形的网，让小王喘不过气。天气燥热，赤兔马也热，热得伸舌，热得淌汗，汗的颜色是鲜红的，像血一样鲜红。

8.

老王从院子的一处地里刨出一罐陈酿，招呼小王在桌边坐下。

老王递给他个酒杯："臭小子，这酒的味道你还记得吗？"

"嗯……你送我枪那天，酒就在旁边。"小王兴致不高，有一句没一句地搭着话。

老王这次有些反常，不再45度望天，他用双手把酒平举在胸口，盯着小王一字一顿地说："孩儿，我与你说过很多次，这世界不是侠客能救的。一念之差，万劫不复，外面洪水滔天分分钟就能把你淹死。你能怎样？还去学哪吒闹海不成，到时不光你死，柳姑娘也要陪你。我今日再问你一次，你要家，还是要梁山。"

"为什么，老头我不明白，为什么一定要选！"

"这便是他们嘴里的规矩，是这世道的规矩。"

小王心下茫然，痴痴地望着老王，千言万语化作一声叹息："家。"

老王点了点头："很好，你很好，柳姑娘也很好，喝完这杯酒，忘了江湖，忘了红缨枪，忘了侠客梦，安安稳稳地过日子吧，小子。"

小王举起酒杯，仰起头一饮而尽，酒水顺着脖颈、脸颊，和着眼泪一起流下。他明白，心里有些东西彻底碎了。

到了夜里，姑娘睡了，马儿累了。老王和小王分别坐在院子长凳两端，父子两人坦诚相对，说了许多从没说过的话。老王问小王出去闯了些什么祸，小王便把与柳眉儿相遇的故事，添油加醋地讲给老王听。老王只是笑着听也不说话。

夜再深一些，小王也睡了。老王把大衣披在小王身上，往门外走去，房里睡着的姑娘，地上睡着的马，凳子上睡着的小王，一切如常，只有老王在叹息。

"傻小子，你这次惹的是一片海啊。"老王提起墙角倚着的红缨枪，月光把他的影子拉得很长很长，大门吱吱呀呀地打开又关上，"别怕，有爹在。"

月光下的老王白了头。今年夏夜比往常要凉，老王心里却翻滚着久违的热流。他最后望了眼身后的房子，然后挺直胸膛，哼起《定军山》，大步流星，豪气干云。

9.

小王醒来时发现自己躺在温暖的床榻，只觉头痛欲裂。

柳眉儿单手托腮，痴痴地望着小王。她明白有些事不得不面对，可仍幻想着这刻时光能久些，再久些。

小王回过神，发现柳眉儿灼热的视线，不好意思地傻笑。

"嘿嘿，昨天老头灌了我太多酒……不过他也好不到哪儿去，我打赌他现在还和周公下棋呢。"

柳眉儿也不言语，神色古怪。小王也摸不着头脑，不知发生了什么。

"眉儿……你哪里不舒服吗？"

柳眉儿默然不语。小王努力回想，只是隐约记得昨天来了个奇怪的和尚，然后和老头喝酒，醉倒到现在，醒来眉儿就怪怪的，也不知道老头……想到老王，小王心里莫名慌了神，他赶忙起身寻找，发现老王不在，红缨枪也不在了。

院墙上不知何时落了几只乌鸦，哑哑的声响让本就压抑的空间越发阴沉。

"眉儿！老头，老头他……是不是去了李府？"

"我不知道，王叔他昨晚走了一直都没回来。"

"你不知道？你一定知道！柳眉儿你什么都知道是不是！"

"三……王小侠，我真的不知道，我从没骗过你。"

小王想起昨晚父亲的神态，想起半醉半醒间父亲和自己说的话，他的手抖了起来，紧接着整个身子都跟着颤抖起来。

"王小侠，我不管你心里怎么想，但此事因我而起。无论如何，火海刀山，我只求与你一起。"柳眉儿从背后抱住小王，双手环在他的腰间，紧紧地抱着。

小王神态狰狞，紧紧地咬着牙关回答："好。"

赤兔马本就是战马，通人性，它感受到小王的痛苦，也是面露狰狞，双蹄飞踏，载着两人，疾驰如红色闪光。柳眉儿伏在小王宽厚的背上，两侧景色倒退，她比谁都要熟悉这个男人身上的温热。

柳眉儿要的从来不多。走了那么远的路，熬过那么多孤独时光，从不是为了什么天长地久。够了，真的够了，她没有那些天真的奢望。三太子总会醒来，他天生就是英雄豪杰，命里就是要上天入地翻江倒海。能有一刻温存，已是隽永。

好羡慕天上的那两簇流云啊，它们依偎得那么紧，快要分不清彼此。柳眉儿望着天空，红了眼眶。

终是近了，威严气派的李府就在眼前，大石狮、高台阶，还有那金黄的牌匾和钉在牌匾上那杆满是鲜血的红缨枪。

赤兔马奋力一跃，小王反手将长枪拔下，两人一马冲飞拦路家丁，哐当一声，破门而入，牌匾摇晃了几下砸在地上，尘土荡得飞起。

进来以后，小王才发觉，李府太大了，好似一整个天下。此刻他才明白为什么老王以前总教育他，说侯门似海，原来真的就是汪洋大海，黑的白的层次分明沉在这里。任你多大能耐，进这海也掀不起浪，只剩下个死字。

李不二叼着雪茄，带着保镖悠然地从长廊上走了过来。方正冲虚，三山五岳，听说过的没听说过的，但凡武林上有点能耐的，此刻都整整齐齐排着队，低眉顺眼地站在他身边，一脸的奴才相。

"臭小子，你家那个老头还算是有能耐。

"昨晚还真差点让他翻了天，我说让他别闹，乖乖抵命就放过你，那个傻子还真同意了。

"所以我说你们这些人，再有能耐能怎么样，还不是我翻手就按死的蝼蚁。

"你既然来了也省我一番工夫，乖乖把小娘子交出来，饶你一条贱命。

"……"

李不二抽着雪茄自顾自说着，那帮绝顶高手谄媚地赔着笑，一边和声称是一边冲着小王吆喝，让小王赶紧乖乖把人送上来，不然凌空一指就取了他的小命。

小王一言不发，冷静得异乎寻常。他抬头看着苍天，看到流云浮动，云卷云舒，像老王的脸。

"抱紧我，眉儿。"

"嗯。"

赤兔疾驰，破风嘶吼，小王反握红缨，眼神坚定，长啸一声，朝着密密麻麻的人群冲去。

这些个武林高手满是惊讶，没想到这少年竟真敢反抗。不过一晃神的工夫，便已经杀到眼前。小王从没用过这样凌厉的枪法，人是直的，枪是直的，心也是直的，手下枪影舞动，快若流星，长江大河，力若奔流，两人一骑如同尖刀般刺入人群，霎时就杀出一条缺口。

十丈、七丈、五丈、四丈……

小王盘算着与李不二的距离，越发接近，却又越发吃力。在场众人皆是武林成名高手，自然都有绝学傍身。此时小王深陷人群之中，缠斗之间寸步难行。一阳指、七伤拳、打狗棒法、华山剑法、降龙十八掌、武当七绝阵，一个个绝学招式都朝着小王使去，纵使他长枪挥洒得密不透风，此刻也被种种内劲震得头昏眼花，意识模糊，也不知断了几根肋骨，碎了几寸肝肠。

赤兔马早就伤痕累累，全凭一口气驰骋人群，此刻终于是支撑不住，悲鸣一声轰然倒地。小王与柳眉儿也随之摔落在地。

武林高手们哪能放过这等机会，刀枪剑戟斧钺钩叉纷纷往二人身上招呼。柳眉儿紧紧地伏在小王的身上，一脸的坚韧倔强，明火般的眸子透着浓烈的爱意，身上的红衣被鲜血浸染红得发亮。

"三太子……"

血水浸得柳眉儿睁不开眼，恍惚间她再一次看见了那个小婴孩，他坐在莲花上，手里拿着红色绸缎，开心地笑，笑容纯净温润，惹人爱怜。

此刻风卷残云，大地颤动，暮时的红霞越发亮眼，亮到刺破天际，亮到洒满人间。天是红的，人是红的，血也是红的。人们隐约间只看到柳眉儿抱着小王的身体渐渐浮上天际，紧接着便是虎啸龙吟，天地变色。

10.

光芒退去，风止尘息。

后来武林上的人说起那天的小王，都是一脸惊惧。

他如同焚世灼焰，战神金刚，脚踏三昧真火风火轮，身披万丈红霞混天绫，手持破天荡魔火尖枪。每走一步便是星河倒转，雷霆万丈，没有人能接得住他一招半式，这些个武林高手的四肢首级、五脏六腑，纷纷在他的怒火里焚烧成了灰烬。

李不二吓得瘫在了地上，惊恐地看着渐渐走近的魔王，涕泪直流。

小王踩着尸体与碎骨，一步一步地走向了李不二，只是一枪，便只剩下了无尽的寂静。浊浊尘世，滔天巨浪，黑白颠倒，规矩教条，一切都被眼前的这个男人给搅得荡然无存。

11.

雪山苍茫孤寂，亘古而立。

老头啊，枪是直的，人也是直的，若是这世道歪了，我们大可以把它走直。小王伫立在雪山之巅，身影也是一般孤独寂寥，身上鲜红的混天绫迎风飞舞，好像是在对他点头表示认同。

一声佛号吟起，大和尚从远方缓缓走了过来，看着一地残骸脸色悲凉。

"施主可还要去寻梁山？"

"不了。"

"那施主要去向何方？"

"珠穆朗玛。"

"所为何事？"

"日天。"

朋友说，这不就是哪吒闹海的故事嘛。我摇头，只要海水不干涸，这样的故事每天都会上演。

爱哭鬼

◇ 小怪

我第一次见到她，是在刚开学一周的时候。

那时候大家都是初次见面，彼此认识却不熟。老师找到我说，你们隔壁宿舍的女生闹起来了，五个人排挤一个，已经往学院里闹了好几次了，你过去看看。

我趁受排挤的那位女生不在，去她们宿舍调解，结果五个人在那儿跟我诉苦了小半天。这是我对她的第一印象，来自其他人的描述。

这种事劝不动，老师和我应该都清楚。我能做的也只有反复说什么包容心之类的话，那五个差点和我打起来，其中一个冲着我喊："你是站着说话不腰疼，和她住一个礼拜，谁都受不了。"

还真巧，我的宿舍真的空着一个床位。我去和老师讲了一下，给这个受排挤的姑娘换了个宿舍，住我对面。

我觉得她是个爱哭鬼，倒不是说她爱哭，而是因为她的眼眶。

没见爱哭鬼哭过，但她的眼眶始终是红的。坐在自己的桌子前，谁看见她，都以为她刚挨完欺负。我和她说，这个宿舍和之前那个不一样，我们不会排挤你，这四年，希望我们能成为好朋友。

爱哭鬼没有给我回应，连个微笑都没有。

当时我不知道，她会一直如此。她过来一周之后，我还从来没见过爱哭鬼和宿舍里任何一个人说话，甚至都没听到过她说话。

再后来发生的事情，证实了起初的舍友们确实有苦衷。

首先是一个舍友过来找我说，昨天她玩手机玩到半夜，看见爱哭鬼凌晨 2 点左右起床，去了厕所。

我们宿舍的厕所不在房间里面，是公共的大卫生间，一层楼有两个。卫生间外面连着洗漱间，洗漱间是好多水龙头连在一起的大间，整面墙全是镜子。

当天没睡的这个舍友是游戏迷，迷手游。那天正好是上分的关键时候，一局打完，再开一局，又赢了。上去一个大段，心里面畅快得不行。刚想着今天就到这儿，扭头一看，爱哭鬼还没回来。

两把游戏加起来半个多小时，上个厕所这么久，舍友就出去看了看。

一看不要紧，把自己吓了一跳。爱哭鬼没在卫生间里，在洗漱间，正埋头吃东西。

我说："你看清楚了吗，大半夜跑出去吃饭是什么奇怪的嗜好，洗手池那儿没有灯，你可能看错了。"

舍友就说："洗手池是没灯，但卫生间里有啊。那天借着卫生间的灯光，看得一清二楚。那就不能说是吃，是撕咬，还看见她嘴边有血。"

哇哇哇。

我另一个舍友也加入了这场讨论，说她曾经看见这个姑娘在超市的生肉区转了很久，还买了一块肉。因为学校没地方做饭，生肉买了只能生吃，那可不就是撕咬，不然怎么咬得动。

我说："你这就过分了啊，去超市买东西还管人家买什么，再说两件事也不能放在一起，超市卖的肉又不是现宰的，哪儿来的血。"

说是这么说，这件事我不能不放在心上。

我找了个机会，那天宿舍里只有我和爱哭鬼。我和她说，中午没见你去吃午饭啊。

爱哭鬼红着眼眶，看我一眼。

"哦，一定是你没去吃食堂，我越来越觉得那地方的东西不好吃了。你平时在哪儿吃，能不能给我推荐个店。"

爱哭鬼扭头走了出去。

下午我帮老师跑腿的时候，老师问起她。我说："人挺好的，没和我们闹矛盾，就是不怎么喜欢和我们说话，她家里是不是有什么困难？"

老师说："没听说有这种事，可能就是孩子内向、认生。"

说完这句话的时候，我看见教学楼里有个纤细的身影晃了过去，很像爱哭鬼。

她在跟踪我？我把灭鼠药放在老师桌子上，觉得有这可能。

我们学校距离市区有点远，去逛街要坐公交车，非常不方便。通常我们会选在周末没课时去。爱哭鬼不和我们交流，也就没有叫过她。

另一件事就发生在这周周末。

那天我们正在逛一楼的女装，一个舍友过来和我说，好像看见了爱哭鬼。另一个舍友撇了撇嘴，她向来讨厌爱哭鬼，说怎么可能，什么时候见她换过衣服，来回不就那么几件。

爱哭鬼不和我们一起玩，去哪里也不结伴，行踪捉摸不定，即使在附近，也不是什么奇怪的事。而我似乎有段时间没看见她了。她这个情况，相处时间久了见怪不怪，不当回事之后更难注意到她。

试衣间在店子的角落里，灯坏了，昏暗暗的。我把衣服挂在镜子旁边，拉上帘子，更觉得里面黑，镜子也脏。我站在镜子前面，只是一个模糊的人形。

我想出去换一个试衣间，最起码让店员修一下灯。

拉开帘子，外面直愣愣地站着个人。

她那位置几乎是贴着帘子。她的双眼通红，这么暗的灯，她的脸看不清楚，只有眼眶是显眼的赤红色。

我吓得大喊了一声。

是爱哭鬼。不知道她是什么时候过来的，静悄悄地站在试衣间的帘子外面。

谁能想到帘子外面还有人。

我喊完之后爱哭鬼就跑了。我恍惚看见她笑了一下，但是灯光太暗，店员随后过来帮我开了灯，说一早灯是开着的，不知道谁给关了。

衣服我扔在那儿，没心思试，便找舍友待在一起，但是她们说没看见爱哭鬼过来过。

这次只是一个开端。之后我不管去哪里，都有很像她的人在附近行动。

学校里、学校外，我甚至能在食堂打完饭之后一转身，就看见爱哭鬼在食堂门口附近。我又想找爱哭鬼，试图谈一谈。我说最近经常看见你啊，要不以后吃饭、上课都一起吧。

爱哭鬼又冲我笑了。

她笑的时候眼眶眯起来，两条红线越来越近。

但是她没有接受我的邀请，她依旧自己一个人，我仍经常看见她。

倒是舍友和我说："如果她每天吃生肉的话，不一定非得在超市里买。

学校里那么多猫猫狗狗，都是现成的生肉。"

这倒启发了我，其实老鼠也是生肉，最近全校在闹老鼠。

嘴角的血？

有点难以置信。

我去找了之前那个宿舍的人。我想知道她们之前为什么一定要让爱哭鬼调换宿舍。这时候我才知道，涉及这件事的五个人，现在已经只剩下四个人。

有一个人已经退学了。

另一个人撸起袖子，给我看了看她手腕上的牙印。

"那丫头是疯子。我神经衰弱，我让她不要晚上总起来，她一动我就会被吵醒。说了两三次，她就咬我。你看这牙印，刻得有多深。"

这是另一个女孩和我说的。

我看她的手腕紫里透红，瘀着血。这是一个爆发点，她们之前发现爱哭鬼总跟着她们，找她说这件事也没有用，被人长期跟踪又受不了，后来发现她还咬人，她们就开始往学院里闹。

这一点我深有体会，我也受够了总看见爱哭鬼的日子。

我想验证一下另一件事。

不止一个人说爱哭鬼晚上会起来上厕所，唯独我没有见过。我睡觉有点沉，轻易叫不醒。

我想看看。

这件事需要那个网瘾少女配合我一下。我跟她说："晚上你要是看见爱哭鬼出去，就把我叫醒。"舍友说："你想看她在厕所吃饭？"

我说："你别说得这么恶心，我就是好奇。"

晚上我过了 10 点就会睡着，谁也拦不住，但我可以被叫醒，迷迷糊糊感觉有人推我。起来一看时间，真准时，又是凌晨 2 点，爱哭鬼的床上没人。

舍友和我说她刚出去。

我在睡衣外面披了件外套。夜晚的楼道冷，也没有灯，黑乎乎的，看不见尽头，唯一亮光的地方就是卫生间。我顺着光的方向走，几步就到了。

但是和舍友说的不一样，洗漱间里没有人。

确实有微弱的光从卫生间的门里透过来。朦朦胧胧地看了个大概，洗漱间没人。我甚至仔细检查了洗手池的托槽下面，她没有躲起来，她就是不在。

我又推门进了卫生间，撒手，门上的弹簧把门弹了回去。

卫生间里灯很亮，我挨个检查。每个隔间都空着，窗户大敞四开，冷风呼呼地往里面灌，我裹着外套也觉得冷。

她也不在。

不在洗漱间，不在卫生间，不在宿舍，那她晚上出来去哪里呢？还能去哪儿？

嘻嘻。

我听到一声笑。

卫生间的门被"砰"的一声推开，爱哭鬼站在门前，一对眼睛红红的。她盯着我笑，上下两道眼眶眯起，弯成弧。门弹回去，被她一脚再踹开。

嘻嘻。

我吓得磕磕巴巴，说来上个厕所。

门弹回去，再次被她踹开。"砰"的一声响，响得楼道里有回音。

我有点怕她。这个红着眼眶，身体很纤弱的女孩，让我怕她怕得厉害。她还在笑，那条红弧变得越来越红。

我怕她忽然过来。

我拉开一个隔间的门，进去，反锁上，躲了起来。

冷风一直在我耳边吹。

我听着外面"砰砰砰"的踹门声，非常有频率，一下又一下，节奏和着我的心跳，她不笑了。

后来有人开门出来，过来看是谁大半夜不睡觉过来敲门玩，这个踹门的声音才消失。

回宿舍的时候已经5点了，从此我放弃了和爱哭鬼交涉。我开始往老师那边跑，和她商量调换宿舍的事情。

爱哭鬼似乎也不跟着我了。我进办公楼是去告状的，心虚，每次都左右张望好久，但我没看见她。吃饭的地方、商场、超市，各种地方都看不到她了。

她始终没有和我说话。那天晚上的事情好像没有发生过，我以为没事了。

老师那边挨不住我每天过去说，终于同意帮忙调一下宿舍，但这样来回换肯定不是个办法，老师给她家里打了个电话。

当天晚上，我在梦里被风吹醒。

其实我在那天晚上之后，只要遇到风大的时候就会害怕，不由自主地发冷，穿多少也不行，听见风声心里冷。

我梦到了那一晚。风很大，风呼呼地在我耳边吹过去。

我醒了，风真的在我耳边吹着。我的被子没有盖在身上，而是叠在床边的椅子上。窗户被打开了，冷风吹进来，我首当其冲。

爱哭鬼站在床边看着我。

我拉了拉睡衣，试图把被子拽回来。爱哭鬼搬起椅子，放在我够不到的位置。

"你要干什么？"我问她。我知道她不会理我，但我很害怕，大半夜拿走我被子，又开了窗，不知道是不是想冻死我。

"我以为你和她们不一样。"

这句话是爱哭鬼说的。

这是我第一次听见她说话。

她把被子举起来摔在我头上。我怂了，没敢和她对打。

第二天晚上，我又一次被冻醒。她还是直勾勾地看着我，这次没有和我说话，只是看着我，也不给我被子。

我们俩相视无言地对着看了一晚上。

第三天，我去找老师，把事情哭着说了一遍。老师找了她家长过来，闹到了学校里，让她带着精神检查的证明回来上课。

她家长赔着笑和我们说："这孩子其实很有爱心的，经常拿肉喂小动物，还说外面卖的熟食里有盐，要喂生肉才健康。她也不是总冷着脸啊，看见有趣的事情会笑的，遇到愿意交往的人还会跟着她，走到哪儿跟到哪儿，生怕她有危险。这孩子人……人很好的……只是和我们不太一样。"

说这些没用，她还是走了。我再也没有见过她，可能办了退学，或者是休学，不知道。舍友和我说终于没人盯着我们了。自从她发现爱哭鬼每天晚上都出去之后，总是在早晨睡醒的时候，看见爱哭鬼盯着她看。

后来过了很多年，我们已经毕业了好多年。我再提起这个人，没人记得她。

谁都忘了她，似乎不存在。

我和城隍有个约会

◇ 火罐大公举

1.

我端着满上滇红茶水的盖碗，坐在檐前眺望着远山，那山上的茶树又冒了一趟春茶。我爹自从和姝儿她爹一块儿出了远门，就再也没回来。就在他们出门不久后，我娘也失踪了，只留了一张字条给姝儿娘（我叫她沈姨娘），说让她照顾我。

从此，我就寄居在耿家。好在沈姨娘对我不错，但血浓于水，我还是想着我爹、我娘啊。

后来，听到姝儿隐约透露了风声，我娘是跟着她二舅跑了。我想我娘回来怕是无望了，就只想着我爹了。

我将茶盖儿的位置调整了一下，倒出了两盏琥珀色的茶汤，自己喝起茶来。

姝儿绞着绸缎手帕说："静儿妹妹，我爹不也没回来，不如我们去求城隍爷吧，城南那庙里头的城隍爷可灵验了！"

喝罢了茶，我们一同去为两个生死未卜的茶商祈福。姝儿臂弯之中挎了一个装着供品的藤篮，自顾自地走在前面。

路过天济药房的时候，有人打了一个弹子过来，正好落在姝儿的脚边。她的嘴角微扬，并不理会。

那是我第一次跟着姝儿去城隍庙。蓝花楹的点点繁花像淡紫的磷火，燃烧了城南，而城隍庙就在其中。

我抬头看到上面藏蓝底子的牌匾写了一句："你来了吗？"

"我来了。"姝儿轻轻搂起裙裾，抬起右脚跨进了庙门。

我还歪着脑袋在看那副对联："存心邪僻任尔烧香无点益，扶身正大见吾不拜有何妨。"

"静儿，"姝儿压低声音唤我，"干什么呢，快过来。"

城隍爷到底长什么样子呢？

我跪在地上，偷偷抬起了头。

我还没看呢，姝儿就把我的头重新按了下来，小声说："没规矩！拜了之后才能瞻仰城隍爷圣容。"

姝儿将藤篮里的鲜花、供果逐一放在供桌上，朝一个松软的蒲团跪了下来。

"愿我爹爹能早日归来。"

我学着姝儿的样子也跪在蒲团上，念念有词地许了心愿，然后将檀香举至额前，恭恭敬敬地给城隍爷上了香。

趁着站起来上香的当儿，我瞅了他一眼。

"好……好看……是好看，只……只是……"我的评语才说了一半，姝儿便大惊失色地捂住了我的嘴。

"我家小妹失礼，冒犯了城隍爷，请勿见怪！"姝儿拖我跪下，给城隍爷磕了几个头，然后才退了出去。

2.

"只是……老、老了一点。"

"还说！我就知道你要说什么！有皱纹吗？"

"当当……然……"哪个制作圣像的敢给他们加皱纹？除了制作福禄寿三星里的寿星公。

"有白头发吗？"

"当当……然……"哪个制作圣像的敢给他们加白头发？除了制作福禄寿三星里的寿星公。

"那就是用胡子来评判咯？蓄胡子是威仪，不叫老，懂不懂？"姝儿作势要打我。

我躲了过去，头一低，从她的腰间扯走了一个香包。我细细地嗅了一下，这是属于蓝花楹的淡淡清香。

"还我！"

我眨着眼睛，在朱红的廊柱阴影下看着她朝我扑来。几次扑空，我笑她笨，并提出用眉黛来换。见她点了下头，我就把香包抛还给她。

姝儿的胭脂水粉从来都不是买的，她自己会做。她把胭脂花的花瓣一片片掐下来，拧成汁，淘去了渣滓，用蚕丝泡了晒干。每次用的时候匀上一点花露，就是上好的唇颊霜。她还用枸杞兑桂花汁染出渐变而芬芳的指甲。每日出门的时候，就用带子把腰勒得细细的，胸脯更显得丰满。总的来说，姝儿是一个很美而且聪慧得惊人的姑娘，而我，很青涩，走在她身边是自惭形秽的，但在旁人看来，更很可能是相映成趣。

我甚至不敢向她讨要一点胭脂，那该是女孩子最需要的一点动人的色彩，我怕用在我身上是格格不入的。我的某些想法应从天济药房说起。

天济药房有个看起来病恹恹的少东家，而少东家身边总陪着个眉清目秀的书童。

我有一次出门走得急了，一头撞倒了那少东家，我也倒在地上。书童看了看我，又看了看少东家："小珝少爷，你没事吧！"他一把扶起了少东家。"你怎么走路不长眼睛？"小书童嘴里的小珝少爷，站起来拍了拍身上的土，对我嗔怪道。

"端砚，我们走。"原来书童的名字叫端砚。

我本来就口讷，受惊之下更是说不出话来，只得看着他们渐渐走远。

但从那天起，我就想要一点眉黛，幻想着自己虽不见得水墨凤目，但求得长眉斜飞入鬓。

隔了半月，我又跟姝儿去城隍庙。我许了个小心愿，希望那个叫端砚的清秀小书童能够和我交个朋友。

3.

如果说姝儿做胭脂是拿手好戏，那么她做的眉黛简直是绝活儿。她的眉黛是从青砖上刮出粉末，反复试出来的色号。

她很快就守信地给了我一盒眉黛，不过她是那种很会把握各种时机的人。比如我收了她的眉黛，我就更有必要听她倾诉，她神秘兮兮地跟我说："城隍爷白天骑白马，晚上骑红马。"

"你……你怎么……知道？"我并不相信。

她信誓旦旦："我梦见了。我朝他伸手，他还握住了我的手，把我拉了上去，坐在他的身前，与他一同骑着或白或红的高头大马。"她说罢，脸更红了。

我收了她的眉黛啊，只能装出很羡慕的语气："太浪……浪漫了！"

"嗯，风吹过，蓝花楹落了我们一身……"

我干脆闭上了嘴，只流露出一脸的憧憬。

突然，姝儿睁大了眼睛，惊愕地看着我身后："是爹？是我爹啊！爹回来了！"她飞扑过去抓住了一个衣衫褴褛的汉子的双手，那汉子瞬间红了眼睛。

"耿……耿大叔，我……爹呢？"

他摇了摇头，从怀里掏出了一支铜笛子给我。这是我爹的笛子，从不离身。我抚摸着笛子上已经被爹的双手摸得光滑锃亮的笛孔，不由得颤抖起来。我又看了一眼耿大叔，从他的神情看来，预感我爹可能已是凶多吉少了。

缓了半天，耿大叔憋出了一句话来："我们当年出门贩茶，遇上土匪了。"他又顿了顿说，"他们奴役我们干活儿。突然有一天，我醒来，土匪都不在了，杨兄也不在了，我手中只有杨兄的铜笛子。我身无分文，只能沿路乞讨回来，很费了一番时日。"

我匪夷所思地看着姝儿，她全然没发现我的心情，直呼："城隍爷显灵了！"

灵个屁。我心里骂道。我再也不会去什么城隍庙了。

拿到爹爹的铜笛子的那天夜里，我在苍茫的月色之下试着吹笛子，可怎么都吹不响。我用沾了夜露的衣襟探进笛孔擦拭，竟擦出了一些乌黑的颜色。

我奔进屋里，点上烛火细看，传说果然是真的，血在月色之下是黑的。爹爹是真的不会回来了。

这时，门外传来姝儿的声音："静儿，你睡了吗？"

我慌忙爬上床榻，默不作声。她知道我是不灭烛火而眠的。我看着她的影子在窗棂下站了一小会儿，便离去了。

我知道，她又是想来跟我说她细碎的小心事，关于她那城隍爷的，可是我今儿真没心情听她讲。

4.

天刚蒙蒙亮，我就听到了沈姨娘撕心裂肺的哭喊声。

我循着声音觅去，看到沈姨娘瘫软在姝儿的房间前哭得死去活来。耿大叔默默地垂手站在一旁，沉默再次把他的双眼逼得通红。

我踏进屋子，看到姝儿一动不动地端坐在铜镜前，带着一如往常温婉的微笑，只是那微笑是凝固的，明眸亦不再善睐。我拿起铜镜，伸到她俊俏的鼻子下，没有想象中会出现的白雾。

她已然没了气息。

我恍然记起她说的话："我梦见了。我朝他伸手，他还握住了我的手，把我拉了上去，坐在他的身前，与他一同骑着或白或红的高头大马。"

我努力地搜寻记忆，她的原话渐渐显露："我梦见了。我朝他伸手，他还握住了我的手，把我拉了上去，坐在他的身前，与他一同骑着或白或红的高头大马。不知是马儿的颠簸还是风儿的轻浮，我的红盖头掀起又缓缓落下……"因为场景太诡异，我感到毛骨悚然，只选择性地听取了一部分。但面对此情此景，我缺失的记忆扑面而来，而且我一眼瞥见了角落里有几串蓝花楹。我悄悄地走了过去，发现下面藏了一封信，信正是写给我的：静儿妹妹。

"我留下的线索足够多，你一定能够想明白我到底去了哪里。不必牵挂，如果你知道我曾对你做过什么，更不会牵挂了。对了，眉黛要混上新鲜的苔藓汁一起使用，才能妆效持久。过去不曾告诉你，是因为我觉得你已经够美的了。"

姝儿入殓，安葬。耿大叔和沈姨娘膝下无子，便收了我做义女。我依旧住在耿家，我甚至提出住进了姝儿的房间。他们允了。我不知道姝儿说的那些话是什么意思，不过眉黛的用法确实让我感觉增色了不少。因为某天我外出，又见到端砚了。他独自一人，看了我一眼，准确来说，是牢牢地将目光锁定在我的脸上。

然后，他竟问了一句："你姐呢？"

"我……我姐呢？"我也这样问自己。原来，他从前就注意到了姝儿，那么现在更是注意到姝儿不在了。姝儿说，她留的线索够多，我一定能够明白她到底去了哪里。难道是去给城隍爷当新娘，这是真的吗？

我终于鼓起勇气想要一探究竟。我折回家中，准备了鲜花、供果，放在藤篮里。

5.

那是我独自一人第三次去城隍庙。蓝花楹的点点繁花依旧像淡紫的磷火，燃烧了城南，而城隍庙就在其中。

我抬头见到上面藏蓝底子的牌匾写了一句："你来了吗？"

"我来了。对于姝儿来说是无愿不遂的城隍爷，为何又突然收去了一个及笄少女的性命，你敢给我一个答案吗？"

带着这样的心结，我闯进了城隍庙。

我回望外头的天色，一瞬间就黑了下来。

我学着姝儿过去那样，逐一将藤篮的鲜花、供果放在供桌上，然后跪了下来。

突然我听到背后传来了一个声音："为何没有鸡？"

"什……什么？"

"你千万不要转过头看我。拜了之后才能瞻仰城隍爷的圣容呢——当然了，那也是只能看塑像，最好不要看我。"

我听着这话，突然明白是谁在跟我说话了。

"我……我见姝儿姐姐也是从不用鸡当供品的。"

"那是因为以前的城隍爷吃素。"

"什么叫作以前的城隍爷？"

"怎么说好呢，就是，他是他，我是我。"

"那么你到底是谁呢？"

"我是现在的城隍爷，我是不吃素的！"他发现自己说得不太对劲儿，赶忙又改口说，"我不一定吃素。"

"哦，你这城隍爷该不是黄鼠狼精变的吧，竟是问我讨鸡吃了。"我这才发现自己的结巴居然不治自愈了。

"你这样肆无忌惮，就不怕我降祸于你吗？"

"这些日子，你降给我的祸，还算少吗？敢问我世间至亲，亲如我爹、我娘，还有姝儿，你护过哪一人周全？"说罢，我的泪水夺眶而出。

"你走吧。"他只淡淡地用三个字回答了我。我跪在蒲团上等待良久，再没有人说话，我回身，亦未见人影。

6.

南疆之人来犯，天济药房的少东家弃家从戎，以身报国。这是天济药房的家事，也突然成了这个小县城的大事。天济药房少东家因家国大事战死沙场，成了英雄。这已是月余前之事，只是信息闭塞，传来时颇费了一段时间。

这个夜里，我梦见了白天，也梦见了晚上，还有白天骑白马、晚上骑红马的城隍爷，但是我始终看不清他的面孔。

他的声音缓缓在耳畔回响："你来了吗？"

我从梦中惊醒，坐在摇曳的烛火前翻阅经书，忽见一句："若天福尽，下生人间。"说的是天人，也就是神仙。

我披衣直奔城隍庙。庄严的庙堂里，一蓝衣男子背对我而立，他的装束与庙里供奉的城隍爷无异。

"你来了吗？"

"是。"

"想从何说起？"

"请便。"

"那么你坐吧。"他给我赐了座，我盘腿坐在平时用来跪拜的蒲团之上。

"这是一个烂俗的爱情故事。事实上，这世上也只有烂俗的爱情故事。"他轻声吐字，我疑心自己听得并不确切。

"从前有个城隍爷，爱上了一个姑娘甲，从此姑娘甲所求——遂愿，但因为姑娘甲所求，总与姑娘乙密切相关，也因此，姑娘乙的命运发生了转折。比如，姑娘甲想要姑娘乙无家可归，变成自己听话的小妹，那么姑娘乙先得相继失去爹娘……"

听到这样单刀直入的话，我犹如五雷轰顶，马上对号入座，这就是妹儿说的她对我做了的事吗？

"这是为什么？"

"她对你的想法应是前世今生的因果羁绊吧。但我知道，从前的城隍爷为了她，犯下了种种天条，天福已尽。也因此，这方土地寻求一个新的城隍爷。你知道吗，城隍爷就是一个官职而已，而不是某一个特定的人。也就是说，我可以争取做这个城隍爷。

"上一任城隍爷属于天福尽的神仙，会下生人间。而姑娘甲也会尽此报身，进入轮回，可能下辈子，他们就会相爱。"我分明听到他很轻的笑声。

"那位城隍爷在任期里需要做的最后一件事，就是甄选自己的接班人，他偏偏选中了我。因为他是几百年的神仙，法力深厚，能深切感受到我心中的情感。他召我而来，问我是不是喜欢姑娘乙，我说是。我也问他，姑娘乙的命运能不能改变，他说能，你当上城隍爷之后，就可以让她一生顺遂。但你会后悔的，他如此提醒过我。我坦言绝不后悔，因此他就指给我一条路：以身殉国。只有这样的人，死后才能做当地的城隍爷。没多久，机会就来了，南疆之人来犯，所有人认为我战死沙场，只为守家护国。"

我听到这里，不觉泪雨滂沱，明明我就是那个被现任城隍爷死死爱着的姑娘乙啊！

"你哭什么呢，你想要小书童端砚，我就给你小书童端砚呗。"

我站起来，走近了几步，把一直背对着我的城隍爷扯过了身子。这不就是我朝思暮想，要为君飞眉入鬓的小珝吗？

"我只是想一步一步来，我想跟端砚做好朋友，然后打……打听小珝！气死我了！我喜欢……不，我爱的是……是……小珝！"我一激动，又恢复了结巴。

"你会后悔的。"从前城隍爷的话又在小珝的耳边隆隆作响。

他惨然一笑："静儿姑娘，你知道蓝花楹的花语吗？"

"是什么？"

"在绝望中等待爱情。最深的爱情，都是如此吧。"

活驴现杀

◇ 木兰无长胸

1.

我的家乡，东北小城 S 市，有个新区。新区有两条街道最为出名。一条街两边都是卖货的摊位，主要是青菜、肉类还有豆制品，偶尔几个流动摊位卖的是蟑螂、蚂蚁、跳蚤克星。总而言之，整条街上交易的都是副食品，不是给人吃的就是给动物吃的。像这样的区域，S 市还有四个，这条街最晚崛起，约定俗成，被称为"第五副食品市场"，简称五副食。

另一条街的崛起有点惊悚——殡仪馆就坐落在这条街上。俗话说"靠山吃山，靠水吃水"，这条街两边有很多花圈店，也就是靠鬼吃鬼，所以很多新区居民信佛就不难解释了。一部分虔诚者自发建庙，还给佛像修了金身。

老张头世居新区，生得平淡，活得憋屈。他的履历跟大多数东北国企退休职工一样，入职，加薪，加薪，加薪，退休。

他把一辈子都奉献给了化工厂，业余时间都在思索如何提高化肥良率。以至于退休以后，其余工友养鸟听戏，撩拨老太太，老张头无所事事，眼看就要抑郁。很长一段时间内他苦苦思索：人生的意义是什么？我是谁？此时的老张头还是不是我？

后来他家对面修了个寺庙，佛像很大，老张头家住三楼，每天拉开窗帘就能看见大佛宝相庄严的脸。老张头与大佛对视了半个月，幡然顿悟：我信佛是不是会好一点？

于是老张头买了檀香蒲团，请了佛龛，打算静下心来好生参悟佛法。别说，一入佛海，心情还真好了不少。老张头越发虔诚，诵经念佛，焚香叩拜，尽心尽力，时不时地请佛友来家里辩经论道，交流心得。偶尔喝点小酒，还要用文艺的方式表达自己的内心。

中国人有一种把一切本土化的能力，于是那段时间，邻居家经常听到老张头家里传出诡异歌声。

"大佛你稳坐观花亭，

听我把信佛体会跟你说分明。

我本是化工厂退休老技工，

只愿你保佑邻里和睦天下太平……"

"什么玩意儿乱七八糟的。"邻居如是说。

2.

镜头回到五副食。虽然很多摊位卖肉，但那些肉都是屠宰场或是个体屠夫杀好的肉。不沾一点血，清清白白地摆在案头，惹得馋人侧目，苍蝇垂涎。

故事开始的上午，五副食街道上多了一头驴，膘肥体壮，毛色鲜亮，脖子上绳索的另一端系在电线杆上，水灵灵的大眼睛无辜地望着路人。一个汉子在驴旁边支了个桌子，桌子上摆了块牌子，上书"陈四现杀活驴"几个大字，血淋淋的，也不知道是不是蘸着驴血写的。

路人终于里三层外三层把一人一驴围在中间。杀驴汉子，陈四，吐了烟头，拿出条黑布蒙了驴眼，然后抄起一把锤子。那年的春晚，黄宏还是个种大米的农民，并没有人高呼黄大锤来破坏气氛。

那陈四往手心吐了口唾沫，搓匀后，高高举起大锤。拴住的驴也许并不知道接下来会发生什么，就像围观的群众；也许它已经知道会发生什么，但是想在临死前保存一点尊严，所以故作镇定。

锤头的边缘砸在驴头上，顺着柔顺的驴皮滑下来，"砰"的一声落在了地上，溅起几块碎砖。应该是没砸实，驴惊慌失措，咳咳儿尖叫。陈四首发失利，满脸通红，但他知耻而后勇，又一次扬起铁锤。

"砰！"驴应声倒地，再也叫不出来了。这次砸实了，驴的头盖骨都凹下了一块。陈四丢了锤子，又拈起钢刀，一寸宽，两寸长，一刀捅进驴脖子，顺着动脉刺进心脏。这回头上没来得及涌出的血争先恐后地从脖子流了出来。

人群中突然有个尖厉的声音喊道："天上龙肉，地上驴肉！"紧接着就响起一阵鼓掌声。群众都是盲目的，有人带头喝彩，自然大伙一起拍手叫好。

S市人民本来就好这一口儿，猎奇的表演，又给鲜嫩的驴肉加了不少分，以至于驴尸很快便被预订一空。S市人不怎么吃驴血。那天下午，鲜血染红了一大片街道，陈四递给环卫头头几张钞票，于是穿橘色背心的老汉就在天黑前把血迹清理干净了。

此后一星期，陈四每天都现杀一头活驴，手法愈加纯熟，生意也愈加火爆。若张果老在天有灵，一定会实现他一个愿望。

<h1 style="text-align:center">3.</h1>

老张头虽然信佛，但并未茹素。佛经上说了，吃三净肉就不算破戒。五副食的肉都是杀好的，因此张家的饮食并没有因为老张头信佛而有所变化。

这天晚上张家吃饺子。晚饭结束后，老张头拍着肚皮坐在沙发上打嗝，仔细回味了一下嘴里驴肉的味道："嗯，嫩，滑，好吃！"

老伴一边洗碗一边嘀咕："现杀的驴肉就是新鲜。"

现杀的，怪不得。

现杀的？！

老张头脸都白了。他情不自禁地脑补了驴死前的痛苦。被屈辱豢养，被吃肉吸髓，连死亡都要被人利用。

还有屠夫。佛经上的屠夫大多死后下了地狱，烈火灼身，永世煎熬。偶尔有顿悟的，也是独自成佛，留下妻儿老小孤苦艰难度日。

对了，还有自己。修佛修的就是功德，佛经上说，佛徒吃了因为自己而死的肉，就是罪过。自己作了孽，而且助纣为虐。

一尸三命啊！

趴在马桶上抠完了嗓子眼儿，老张头暗下决心，作为一个普度众生的修行者，有必要把屠夫和驴都拉出苦海。明天就去给驴超度一下，并阻止当街杀驴这种残忍行为，积攒功德，以修来世。

老张头来到五副食，顺着血腥味顺利找到了杀驴现场。此时，驴已经横死当街，一群人指着驴尸大声竞标。

"我要嘴唇！"

"给我条腿！"

"鞭！我的鞭！"

"肮脏！污秽！"老张头一边厌恶地推开自己身前的凡夫俗子，一边挤到正在分尸的陈四跟前。

"施主……"

陈四转头看见老张头，沾了驴血的脸上露出热情的笑容："大爷，来块驴排？"

老张头摇摇头："我听说你当街杀驴？"

陈四当然得意扬扬："现杀活驴，祖传手艺！全市你找不出第二家！"

老张头面露不忍："施主，苦海无边，回头是岸。"

陈四这才听出不对味来："大爷，不买肉请您靠边，我忙着呢。"说罢转身弯下腰继续割肉，把高耸的臀部对着老张头。

老张头热脸贴了冷屁股，一时语塞。争抢驴肉的买家早就把他挤出人群。老张头心如刀割，只能对着血肉模糊的驴尸默念《心经》。待到夕阳西下，陈四满足地用一双血手数着厚厚一沓钞票，再也没看老张头一眼。

回到家里，老张头越想越悲哀，这次是因为自己没有受到重视。退休前就是这样，懦弱了一辈子，不善交际，又不懂争取，徒子徒孙大小都是干部了，自己干到退休也只是个技工。信佛了，人生好不容易看到点希望，可今天又被一个双手沾血的粗人无视。

凭什么！

老张头心里升起一股邪火，明儿，明儿我必须给自己长长脸！

4.

第二天，老张头带着家伙来到了五副食。虽然又没赶上杀驴现场，可血淋淋的犯罪现场还是让他干哕了一阵。平静了一下心绪之后，老张头放下蒲团，坐在驴肉摊旁边。打开八个大喇叭的索尼收音机，在轻快悦耳的《大悲咒》中，拨弄佛珠，默念《心经》。

本来陈四正在兴高采烈地解驴，内心充满了对生活的感恩。一天宰一头，半年就能在市里落户了。孩子能在城里上学，老母亲来城里看病也方便。身后不知道谁放起了音乐，还挺好听。陈四越听越高兴，剁肉的力气都大了几分。

突然，人群的骚动打断了他的操作。顾客就是上帝，陈四抬起头："怎么了？"

回头望去，有个老头在自己身后诵经念佛。灰色的蒲团，紫色的檀香，发黄的佛经，都与满地的鲜血十分违和。陈四认出来了，这是昨天莫名其妙的那个老大爷。

"大爷！"

陈四居高临下，手提钢刀，好像在南天门聚众滋事的斗战胜佛："大爷，您几个意思？"

老张头严肃地说："我在给施主消业。万物皆有灵性，你当街杀驴，有违天和啊。"

"呸，"陈四吐了口唾沫，"城管、防疫、消防都没说啥，你咋管那么宽呢？"

老张头继续道："施主，这驴肉就是你的罪业。你把驴肉再卖给别人吃，相当于把罪业匀给了他人，是要遭报应的啊！"

围观群众听得真切，一些对佛法略有染指的顾客开始点头，看向驴肉的眼神也多了几分犹豫。

这要换个人，陈四早就飞脚伺候了。可自己刚到城里，人生地不熟，再说这老头真要有个好歹，怕是十头驴都不够赔的。于是他压下怒火："大爷，您别乱说。想给驴念经，你小点声行不？"

老张头置若罔闻，和着《大悲咒》一遍遍地念诵着经文，时不时夹着几句"放下屠刀，立地成佛"，仿佛陈四身在火坑，自己正在拯救他。

陈四的胸膛剧烈起伏了几次，最终揣着一肚子火继续切肉。

那天，驴肉第一次没卖光。见陈四沮丧地收拾摊位，老张头关了音乐，带着胜利者的笑容缓缓离开。

此后一连一个星期，每天老张头都准时准点来驴摊报到。在他的劝解下，卖不出去的肉和听他讲经的人呈现出一种和谐的正比关系。陈四找到了工商局，人家翻着白眼回复："首先吧，这玩意儿我们没法管。其次吧，一个杀驴，一个讲经，真要管你说我们得管哪个？让你开张就不错了。对了，明天我家招待客人，给我弄点驴钱肉。"

绝望的陈四甚至想到了去其他四个市场经营，可早已有其他现杀买卖抢了先。除了五副食，他已不是独一份儿。

5.

事件高潮发生的这天，老张头一如既往地带着收音机、《大悲咒》磁带、佛经、蒲团出了门。胜利越来越近了。这一件功德，足够福荫子孙百年。不，不够，普度了五副食，还有其他四个市场。生命不息，超度不止。

老张头很快就来到了五副食，可今天的顾客们并没有围在案前，而是聚在电线杆周围。见到老张头，群众自觉让出一条道来。老张头定眼一看，人群中央的原来是一人一驴。

陈四快急疯了。生意被人搅了，他打也打不得，闹也没处闹。他发了狠劲儿，我让你念经，老子就在你面前杀一头，冲冲你老张头这脾气。

见老张头来了，陈四给了他一个挑衅的眼神。

老张头脸色发白。舌灿莲花他可以，但人家来硬的，他也没办法，毕竟公检法都没管。可自己装×装了这么长时间，眼下认怂，人设就全崩了。

于是老张头坐下来，打开了《大悲咒》，开始念经。

陈四额头青筋暴起，那驴听了却兴奋得嘶鸣起来。陈四怒不可遏，唾沫也懒得吐在手上，直接举起了锤子。

老张头心里有点虚了。杀鸡他都没见过，哪受得了这么残忍暴烈的场面。可早有几人将殷切的目光凝聚过来，一想到被众人围绕的荣耀，老张头不得不硬着头皮，鼓起勇气大喝一声："陈施主，小心遭报应啊！"

陈四早就料到老张头会起幺蛾子。本来他担心老张头不顾年迈，硬要拦着自己抢锤，没承想这老头就是个胆小鬼。

事实证明，爱面子有时候真能给自己长脸。

大锤举到最高点时，收音机突然没了声响，《大悲咒》戛然而止。那驴本来听得高兴，也许它在音乐中看到了来世的自己投入人道，每日珍馐佳肴，左拥右抱，没有了可恶的缰绳、无尽的磨和锋利的刀。可正要用驴鞭传宗接代时，音乐停了，刚才的一切成了梦幻泡影。

它悲从中来，不由得长嘶道："赤兔的卢，宁有种乎！"在锤头落到身上之前，一头撞向了陈四。

绳子还拴着，驴虽然不能使出全力，但足够始料未及的陈四失去平衡，手一滑，锤子直直落下，正中陈四脚面。

驴子悲鸣不休，陈四惨叫不绝，围观群众看着宝相庄严的老张头，眼中全是崇敬。

6.

老张头嘴炮降罚的事迹在 S 市佛教圈中越传越广，越传越神，甚至出现了"老张头是神仙转世，最看不得人虐驴，于是请来张果老附体，使出大日如来咒击毙了附体在陈四身上的邪魔"的版本。

通玄先生张果老在天有灵，弄死你。

最开始只有相熟的佛友来找老张头求学问道。随着传闻愈演愈烈，很多有难事的人也慕名而来。他们带着现金、礼品，所求的事从猪跑丢了找不着到老公外面有人了应该怎么办。老张头侃侃而谈，说得他们云里雾里，心悦诚服。

家里来客络绎不绝，老张头的精神却越发矍铄。也是，能有几人在退休后才能迎来事业巅峰呢！

"这个释迦啊，原来是个贵族，标准的地主阶级！后来啊，他发现了这个，呃，历史毕竟是由劳动人民创造的嘛，对不对？所以他弃暗投明，提出了众生平等的口号……"

距离报应事件已经过去了两个月。这天，老张头正在家里给几位佛友讲经。杀驴事件之前，大家畅所欲言，各抒己见，但自从老张头展露神迹后，谁也不敢跟他争辩。

"大师，大师！"

一个信徒急匆匆跑进来："回，回来了！"

"啥玩意儿回来了？"

"驴！"

陈四的脚伤很严重，严重到把他卖驴肉的收入全给了医院才能治好。出院时，儿子错过了入学季，只能等明年才能上城里的小学。老娘的病因为庸医乱开药，进一步恶化了。

陈四很生气，他拎起刀，第一个想弄死的人，就是老张头，但是杀人犯法。这时他看到了院子里的驴。那天它反杀自己，毫发无伤。这两个月没有生存的威胁，把自己吃得越发壮实。

陈四的嘴角露出狞笑。他要报仇，并且昭告天下："我不是要告诉别人我了不起，而是要证明我失去的一定要亲手拿回来！"

老张头带着一众佛友和追随者赶到五副食时，陈四已经拴好了驴。

"陈施主，为何执迷不悟？"老张头气定神闲，先发制人。

陈四一脸凶相，并没有理他，自顾自地用刀把磨刀石搞得汁水四溅。陈四磨完刀，又拿起了锤子，反复检查锤头和锤柄契合的牢固度。

老张头叹了口气，众人识相地散开。机灵的信徒们摆好蒲团，打开收音机，将念珠和佛经递到老张头手上。

《大悲咒》响起，陈四也拎起了锤子。上次他吃了音乐的亏，这次学乖了，一早就在驴耳朵里塞满棉絮，驴眼也被黑布罩住。

铁锤高高抡起，老张头中气十足地大喝了一声："陈施主，报应啊！"

"砰！"老张头话音刚落，驴应声而倒，四蹄犹在胡乱扑腾。

此时的现场十分安静，只有《大悲咒》还在叽里咕噜。老张头颤巍巍地指着陈四："你……报应啊！你一定会遭报应的！"

陈四丢了锤子，冷冷地扫视了一眼众人。此刻他钢刀在手，就仿佛那暴怒的修罗、食人的罗刹，与他对视的人无不低下了头。

"报应个屁！"陈四踩住驴头，一刀捅进了驴脖子，又狠狠搅了几下。驴腿一蹬，终于不动了。

有些人叹着气走开了。留下的，很多人看老张头的眼神已经变了。

那些眼神让老张头想起那年竞选技术组长，自己本是呼声最高的候选人，就因为考核时下错了一个料，失去了晋升机会；后来跟一群小伙子追求厂花，老张头虽然木讷，却也早就备好了三大件，自以为美人手到擒来，谁料女神最后拜倒在文工团霹雳舞王的喇叭裤下。

给女儿申报重点中学失败，安排儿子进厂工作未果……无数次的胸有成竹，到头来都是功亏一篑。

那是怎样的一种绝望啊！

老张头扑到驴尸上大声哭号："报应啊！报应啊！你快活过来，顶他！给他报应！"

扬眉吐气的陈四已经不需要多说什么了。他哼着小曲，解下了拴驴的绳子，换了一把刀在驴的关节处比画。人群中已经响起流口水和掏钱包的声音。

这时，驴活了。

它先是肚子抽搐了一下，吓了众人一大跳，然后四蹄翻转迅速站起来。陈四也傻了，在他疑惑这是神通还是巧合的瞬间，驴头已把他拱倒；

那边老张头的嘴角刚咧出笑的弧度，一对驴蹄已带着风声狠狠烙在他年迈的胸口。老张头倒飞出去，狠狠撞在电线杆上。

借着这一蹶之力，驴向前飞奔。来不及爬起来的陈四被四个蹄子依次踩过，头盖骨都凹下了一块。

这几下变故电光石火，众人惊呼之前，驴已经哀号着遁远。

老张头斜靠在电线杆上，吐出一口鲜血，仰天大笑："报应！哈哈，报应！"说罢便昏厥过去。

7.

驴并没有跑远。它眼睛上的黑布没有摘下，刚跑出五副食就被大卡车撞死了。兽医解剖时发现，这头驴的心脏长偏了，陈四那一刀根本没致命。这事作为一件奇闻，上了当天地方各大报纸的头条。

陈四这次很久才出院。他的小脑受损，再也做不了杀驴割肉这种精细活儿了。畜牧局把他安排到了养殖场喂驴，儿子和老娘也得到了妥善安置。

老张头倒没什么大碍，在医院躺了几天就康复了。他的铁粉坚持认为，那天老张头用佛法让驴复活。只是驴脾气太暴，好请不好送，才误伤了自己。因此老张头的威信并没有受到太大的动摇。

令人意外的是，老张头痊愈后，权衡再三，觉得佛教普度众生，责任越大，伤害越大，于是不再信佛。

他改信了基督教，并成功收编了之前的信徒。

我的邻居就是老张头的追随者之一，为表对主的虔诚，丫在自己院子里立了一个十字架，乍一看跟避雷针似的。

十字架立好那天晚上，我做了个梦，梦见一白胡子老头披着袈裟骑在驴上，手拿一本《圣经》，庄严肃穆地唱道：

"正月里来是元年哪啊啊啊，

基督升了天哪啊啊，

家家齐流泪呀啊啊啊，

犹大你黑心肝啊啊啊，

也不论那男和女啊，

哎哟哟哟哟哟哎哟哟，

都把那个福音传哪，

哎哟哟哟哟，

都把那个福音传哪，哎哟。"

什么玩意儿乱七八糟的。

跑

◇ 刘小谦

1.

清晨 6 点，城市远郊的校园还在沉睡，校田径队的几个队员享受着太阳出来之前难得的清凉。仲夏的草木青翠，运动场上有几个学生赶早踢球，四周的看台上有晨读的外院学生。一众选手便开始热身，脚步声轻盈而利落。

大木领在队首，他的身形颀长而匀称，筋骨在行进中不时发出舒展的脆响。他的双腿棱角锐利，虎背狼腰，只要一扩胸，蝴蝶肌的轮廓能开出一个扇面。明眼人一看就知道，这是正当年的豹子。

小武要惹的……

忽然远处"嘭"的一声闷响，一道灰光猛袭过来，正砸在一个队员脸上。那人正奋力将右腿抬向高处，被足球力道一撞，顺势在空中扭了半圈，扑在地上。

几个队友愣了半晌，粗口便喷薄而出，像草丛中鼓噪的蛙。

"这谁啊？！"

"瞎啊！"

"谁踢的，出来！"

小武从远处一边点头一边谄笑着跑过来："对不住对不住，一不小心，你看。"

倒地的汉子爬起来，低头看着和梅西同样服饰和身材的小武："你是不是……"

忽然他左肩一紧，被大木硬扯了回去。

"以后注意点！"大木单手将球抛回去，"继续训练！"

其他人瞪了小武一眼，便跟在大木身后继续伸展起来。

"你是不是叫大木？"小武喊了一声。

走出几步的大木停下来，回身看向小武："怎么着？"

"校田径队的扛把子，一千米三分出头？"

"3 分 07 秒。"

"我足球队的，一千米，三分钟。"

田径队的几个人笑了："我们这儿不让开车跑。""小短腿你会飞啊？"

大木也跟着笑，眼睛眯着，脖子在肩膀之间逛了一圈："飙一下？"

小武把嘴咧开，舌尖舔了下牙齿，回身一脚将足球卷到天上："哥几个先玩！"然后回过头看向大木："慢的是孙子。"

"慢的是孙子！"

白线前面。

那脸上肿起足球印的少年用两指捏了个爱心："木老大加油！"

"去你的，赶紧的！"

"哦哦。"他点点头，狠狠瞪向小武。眉峰扬起，心说小犊子你等着，木老大拄拐都能甩飞你。

"预备……

"开始！"

一蓝一黄两道影子，箭一样蹿了出去。脚步声一阵紧过一阵，密鼓般躁越。堪堪百步，两人都已将速度提到了极处。

可此时，两人均心下一凛。

"这小子是真快！"

2.

两人均是各自队中最硬的货色。

运动会各项接力赛，大木从来都是最后一棒。只要前几位没崴了脚，落下大半圈都能被他撵回来。带队的体育老师是省队退下来的。当年在篮球场上目睹了大木从后场五秒内扣了篮，当时就上去把他拽到了后门烧烤摊。

"业余时间，就业余时间，给老师点面子！"

"老师，我已经加入篮球队了。"

"一学期一次奖学金！"

"老师，请你尊重我！"

退役的老运动员仰头灌下整瓶劲酒，一口气将指尖的白沙烧了一半："不出绝招怕是不行了。"

"田径女队，有经管系花阿牛。"

晨风此时激荡起来，在耳边阵阵作响。大木将双拳换成了手刀，面目陡然变得凶恶，眼里燃起了熊熊火焰。

田径场上只有一个是头！这个学校只有我配得上阿牛！

3.

小武绝没料到竟然有人和自己跑得一样快。他踢后腰的，不是因为防守好，而是为了享受单刀一百米进球之后，对手蒙掉的眼神和阵阵的惊呆！

足球这项运动挺尴尬的，场子大，进球少。在二八少女的眼里，这种老爷们瞎跑的运动极其无聊。更尴尬的是，学校运动会根本没有足球这个项目，于是，学校举办运动会的当天，全队直接被安排在场地四周当人偶。小武被四个大老爷们生生插入一个熊本人偶。

人偶服装里漆黑闷热，视野被封锁在巴掌大的见方里，整个体育场的青春气息都被从他身边隔离开来。小武从未感受过如此屈辱，时不时还有人恶作剧地踢他屁股。

而此时，阿牛从他身前半米远的地方，明快地掠了过去。

她穿着黄色短裙、白色跑鞋，在错身而过的瞬间里，还被熊本人偶逗笑了。她的嘴角扬起来的时候，像夏天温婉的暖阳，像叶子透下的翠绿的光。

小武猛然从熊本人偶浑圆的身子里钻出来，像初生的孙猴，划了一道金芒落在场边的裁判席上。台子后边，足球队的带队老师正与一众同事嗑着瓜子闲聊。

"老师，那个女生是谁！"

老师抬起眼来："哦，为师也觉得那个女生不错！"

"我说那个！那个！"小武暴跳如雷，用手猛戳着远处的身影，"我喜欢她老师！我喜欢她！"

"小武你这审美真是……超凡绝俗，一马平川！"

"老师，你别整成语了，我脑仁疼，你告诉我那女生是谁！"

"她叫阿牛，校田径队的，年年跑全校第一，诨号理工兰博基尼！"

4.

大木专攻田径，本该在长跑头几百米保存体力，尾段再行冲刺。于是，小武一开始就发足狂奔，想用冲刺打乱大木的固有节奏。可没承想，这大木和自己一样，也从第一步起就开始玩命。

两人借着几个弯道往复抢先，却都不能甩开对方哪怕两个身位，下一个弯道立马又被反超了去。僵持到第二圈，两人脚下都慢了下来。

"至于吗哥们……咱俩这回……谁都进不了三分半。"大木有日子没喘成这样了。

"至于，我想加入你们田径队。"

"来吧，过两个月省里高校比赛，你来了咱赢定了。"大木侧头看向目光炽烈的汉子，"足球队不好吗，你过来干啥？"

"你不懂！我喜欢上了一女生。"

"巧了，我也是因为女生过来的。"

两人相视而笑，抡圆了在半空击了一掌。

"你喜欢哪位？田径队我熟！"大木满脸热情。

"你们女队，是不是有个叫理工比基尼的？"

大木笑容一僵，眼角抖了两下："是兰博基尼！"

"啊对，兰博基尼，我喜欢的就是她。听说也是你们田径队的……哎不是，哎你跑啥……你咋还有劲儿！"

小武话未说完，大木已然拼着肌肉拉伤的风险凶猛提速，把对手一瞬间落在了后面。他面目狰狞，张牙舞爪地奔向前方，那股子疯狂和奋不顾身，分明是在奔向躁动的青春。

"这个学校只有我配得上阿牛！阿牛是我的啊，哈哈哈！"

呐喊声激荡了出去，打断了女队选手们的嬉笑。她们正准备入场热身，正在谈论着明星出轨、如何瘦小腿等无聊话题，忽然被大木高亢昂扬的表白打断了。女生们集体噤声，将看热闹不嫌事大的暧昧眼神齐齐投向阿牛。

小武哪知道正主来了，他只看见情敌以奇行种一般的姿势手刀冲刺，且丧心病狂地高调表白。小武怒火上涌，吸饱了一口气悍然长啸：

"我才是阿牛的命中注定！"

"神经病！！！"

阿牛一声叫骂，打破了两个男生的自我陶醉。这嗓音清亮却凄怆，娇嫩却愤怒，同时夹杂着对两人重重的鄙夷。

两个男生停了下来，愣愣地看向阿牛。那少女俏丽地站在远处，泛起红晕的脸颊，故作凶狠的眉目，显得比往日任何时候都动人。两个男生想要开口解释，却见那个少女指向运动场的门口，嘴唇轻启，声音温润得让人腿软："你俩给我滚！"

5.

小武虽然一开始就暴露了自己的最终目的，但鉴于他是唯一能够和大木并驾齐驱的男人，仍被带队老师钦点入队。

于是站在这个田径场巅峰的两个人，开始了没羞没臊的撩妹生活。

大木追人的手段俗套，一如身形般五大三粗。每天早上会提前买好早餐，在运动场等着。炸鸡腿和包子整整齐齐摆进便当盒，茶叶蛋泡在纯净水里，凉得快，好剥壳。女生到的时候，饭盒、豆浆、鸡蛋，温度刚刚好。阿牛不要，一群女队友就叽叽喳喳，说我们吃，拿过来又塞到阿牛的怀里。

小武的手段巧了一些。他见天和阿牛的队友聊微信，随便套出点阿牛喜欢的东西就买给人家。你不收，我就当你面扔喽。于是一个月之内，阿牛的杯子、闹钟、抱枕就都成了熊本人偶系列的。本来还有两个橡皮章的，但是小武一刀割破了手指，差点没缝针，从此看指甲刀都有阴影。

两个男生你约电影我约唱K，你请中午饭我就请晚饭。虽然总是被婉拒，但也颇有乐趣。时间就在这种持久的较劲儿中悄然流转，省里的田径比赛就只剩下一个月了。

带队的中年老师说："男子一千米，你俩好好练。这段日子就别老变着法追阿牛了。"

大木说："那几个学校算什么！"

小武也笑了："入了田径队就是来追她，不追了我还跑个啥？"

"那你俩知道为什么追不上阿牛吗？"

两人互相看了一眼，这问题可就难了。

老师摇了摇头："年轻人的恋爱，总喜欢在这种你们持续的奉献里自我满足，只求感动自己，不求感动姑娘。你们所有的努力大都是为了坚持，而并非为了真正做姑娘喜欢的事。"

"老头……你说人话。"

老运动员颔首轻笑："你俩跑得太慢，她看不上。"

"哎哟？！"两人同时瞪大了眼睛，在这个学校里，还没人敢在他俩面前说这句话。

老师把外套一脱，做了几个伸筋的动作："阿牛从小喜欢跑步，跟我说跑步的时候脑子什么都不想，到终点的时候打心眼里舒坦，结果还没参加什么正经比赛就退了。"

他蹲下身子系紧了鞋带："你俩要真喜欢她，不如拿一省级金牌让人家瞧瞧。"

两个男生对视一眼："没问题啊。"

"有问题，你俩太慢了。"

"不是，我说老头你是不是装 ×，我小武虽然屌丝，但我也是有尊严的。"

"小武！怎么跟长辈说话呢！"大木一巴掌怼在小武肩膀上，"老师，有话好好说，别装 ×！"

"那就飙一圈吧，"老师站在白线前面，眼里放光，"慢的是孙子。"

三人摆好架势，中年人一声轻喝，转眼便冲到十米开外。两个男生微一愣神，这才知道碰上了硬手。大木虽惊不乱，瞬息之间便调匀了呼吸，步伐大开大合，气势雄壮，几如狮虎。而那小武虽然身形矮了几分，步伐却迅疾无比，周身透着一股子凌厉，形如恶狼。

在猛兽一般的两个人眼里，老师的身形肥硕臃肿，宛如一只待宰的豪猪。

食肉动物的自负是致命的，常识、经验、年龄优势从来都靠不住。两个人发觉，那肥美的猎物始终在一步之遥，仿佛猛蹿一步就能将其咬杀。可他们心里明白，自己已然到了极限。

忽然，那中年人回头看了两人一眼，似乎还带着笑容。就那么一瞬间，两人全然明白了，他没在逃命，也不是猎物，他是一个经验丰富的猎人，布置好了路线和陷阱，在一步步、一点点把两个自大的丛林王者，引向陷阱。

砰砰两声，小武和大木双双跪在地上。让他们瘫倒的不是五百米的极限冲刺，而是站在两步之外，猎人那居高临下的眼神。

"吉大的东北最速男，辽师范的数理双钻，大连海事的海尔兄弟，哈工大的俄罗斯外援，就连阿牛都比我快，你俩骄傲个啥劲儿！"

两人内心极度震撼，宛如第一次见识了如来神掌的火云邪神，跪伏不起。

"从明天开始，夜跑到 12 点熄灯。"

6.

清晨 6 点的办公室。

"为什么非要让他俩比赛？"

"咳，这事啊……"田径队老师点了一根烟，看见阿牛皱了下眉头，又赶忙掐了，"一开始我真以为这俩人是因为你才练田径的，后来两人坚持了十几天的高强度训练，我才觉得是俩好苗子。"

"两个业余的，拿了金牌又怎样？"

"你不能跑了，为什么还加入田径队？"

阿牛愣了，咬了几下嘴唇，半晌没说话。

她初中以前也是国家队的苗子，后来不知怎么就退了。但专业的终究是专业的，在这所理工大学，只要是短跑项目，她都能以绝对优势力拔头筹。可是每次都只参加一个短跑项目，大有玩票之嫌。

她自己心里清楚，她不能全力训练了，也不能奋力奔跑了。

"但是我喜欢……"阿牛说，"我喜欢跑。"

"对啊！"老教师乐了，"就是喜欢啊，你们年轻人，追女生是因为喜欢，难道追不上就不追了？拿金牌也是因为喜欢，拿不了咱还不跑了？"

他想起现在已经晨练许久的小武和大木，终于还是没忍住点起根烟，眼里全是兴奋："咱俩都是专业出身，都觉得除了金牌，一切都没意义，错啦！你看看这两个孩子，干什么事都特热闹，为了比情敌快几步，还真敢玩命！"

"付出得越多，失望就会越大。"

"他俩才不会失望。除了跑步，小武还有足球，大木还有篮球。听说两人学习也不差。拿不着金牌或者追不上你，不出两个月，照样生龙活虎，你信不信？"

他抬眼看向少女："懂了吗阿牛？放下吧。"

阿牛一愣，将头低了下去，像是在思索着什么。那老师也不扰她，静静地抽完了烟，回身拿了两个袋子放在桌上。

"大木托我给你买了早餐，他5点钟就到操场了，食堂还没开门。小武给的熊本人偶手机壳，说入秋了这个能套手上。哦，他4点50就训练了。"

少女红了脸，终究憋不住笑了："这两人，我咋选？"

"咋选我不知道，我就觉得这些日子，终于能见着你笑的模样了。"

少女明眸皓齿，笑容夏花般舒展开来："晚上训练的时候，我教教他们。"

7.

之后的夜跑，阿牛都陪在两人身边，直到凌晨各自回寝。

渐渐熟络之后，三个人聊天便多了起来，男生们也知道了阿牛的许多事。比如她其实讨厌大木买二食堂的包子，早餐也从不喝豆浆。经管院的英语老师是个大男神，和小武长得挺像，但是比他高一头。阿牛喜欢冬天，因为吃火锅不用怕热。比起熊本人偶，她更喜欢白水仙，在寝室的被子上绣了十几朵。

阿牛话密，导致两人研究出来的段子从来都没用上过。她笑点低，偶尔小武吐个槽或者大木出个糗，她能变得蹲到地上，半天跑不动。她笑起来很好看，脸红成樱桃，眼睛弯成月亮，有两颗虎牙。

除此之外，阿牛的田径技术极其专业，随手点拨一下，两人便受用得紧。两人的爆发力和耐力本来不俗，只是不懂得发挥，一经点拨，技术立马突飞猛进。比赛前夕，小武和大木的千米成绩都已进了 2 分 40 秒。

比赛前一天，阿牛说咱们飙一圈吧。

"听说你比老头还快？"小武说着，站在白线前面。

大木在指头上捏了十几个响："我可不让着你啊。"

少女低眉一笑，娇喝一声，于是夜灯里，划出了三道光。

"好辣的女生！"

两个男人暗暗叫好。这姑娘娇小丰满，宛如一只柔嫩多汁的羚羊，却在狮虎的夹击中从容自若，轻灵迅捷。饶是两人凶恶，且在数月的训练中将状态提到了顶峰，仍然无法将其超越。

数百米之后，少女竟然与他们缓缓拉开了一个身位。

"来啊！"阿牛喊道，她已然很久没有如此酣畅地狂奔了。呼啸的冷风，虚化的景物，利落而稠密的脚步，她怀念得太久了。

她迷恋这种感受，从四岁到现在，从未变过。哪怕死了，也要死在这种感受里。

咚咚……

杀千刀的心脏，凭什么？凭什么一身的天赋和近十年的苦练要断送在你身上？

咚咚……

我要跑下去，我要赢了这两个人！我要用尽全力冲一回，哪怕就一回！

咚咚……

"阿牛，放下吧。"

阿牛，这么多年了，你还不肯放下吗？

两个男生看见身前的阿牛突然慢了下来，回过头来凄然一笑："胸口好痛。"

然后，那如光芒般耀眼的女子，直挺挺地倒了下去。

8.

大木："去校医院！"

小武："关门啦！12 点啦！"

大木："打 120！"

小武："120 赶过来人都没了！打车去医院啊！"

大木："咱这郊区，白天都没车！"

小武骂了句娘，猛打了自己一个嘴巴，继而发狂似的按着手机。再抬起头的时候，眼睛已是猩红色："军医院三千米……"

"咱跑过去！"

大木使劲儿点了点头，一把横抱起阿牛，双臂将少女的身子扣紧，继而拔足狂奔。

"武子你上前面等着！一人一千五，敢慢喽……"

"慢的是孙子！"

大木可能从来都没试过这种奔跑，他已经锻炼了一整晚。双腿因为疲累和重量已经酸痛不堪，嘴巴再凶狠地吞咽氧气也跟不上能量流失的速度，而它们的主人已然全然不顾，要以最快的速度奔行。

喘息越来越急，大木的每一步都踏出比往日更重的声响。

五百米，一千米，一千五百米。

阿牛被接走的时候，大木的视线早已模糊了。他只觉得双手一轻，便立马瘫软在地上。

"小武？"

"兄弟放心！"

声音传过来的时候，那人已消失在黑夜里。

小武知道，自己的耐力根本不及大木。他狂张着嘴，用最不规范的动作疾驰。路程刚过半，手臂已然完全麻木，下肢的关节在扭动时更是不断地闷响着。

老天爷，我可以瘸，是爷们就给姑娘留条命！

最后的几百米，小武的肺里已如扎了千百根针般刺痛。嗓子因为持续地狂喊和风干早已哑了大半。腿部的肌肉已经严重拉伤，让每一步都像踏在海绵上。

但他终于撑到了，前面就是军医院发出的亮光。

全身的剧痛里，他靠着惯性撞开医院的大门，"砰"地跪在地上。

"救人啊！救——人——啊！"

粗糙而嘶哑的哭喊，回荡在医院大楼里，久久不绝。

9.

三天后的清晨，小武背着书包，看见大木从校门里出来便迎了上去。

"你说她是不是傻？有心脏病还跑啥！"

"有能耐的人都爱炫一下，咱俩也这样！"

小武乐了，好半天也没收住。大木心说，你小武笑点啥时候也这么低了。

"没参加比赛，咱还能追上阿牛吗？"

小武止住笑："追不上就不追了？"

大木耸了下肩："反正我追。"

两人走了几步，遥望着那条通往医院的小路。这条路上面，两人一起拼过命。

"阿牛的笔记？"

小武拍了下书包："全着呢，经管院学习的知识还挺难的。阿牛的便当盒扣严实了？"

大木将头在肩膀之间逛了一圈："放心跑，颠不坏！"

"那来吧，三千米，谁慢喽。"

两人猛冲进了风里："谁孙子！"

一个老贼

◇ 刘小谦

1.

李三从麻布兜里掏出四个砖块大的纸包裹，一一摞在桌上。

王老大头也没抬，用戴在小指上的皮指套擦了下眼镜。衬衫料子昂贵，腹部的扣子被肥肉撑着，像随时要崩开。他抽了支烟，用都彭牌打火机熏了一下，点着了。

"三爷，你这徒弟坏了规矩，就这么放了，兄弟那边不好交代。"

"交你个头。孩子你扣也扣了，揍也揍了，你还想怎么着？！"

"不是我想怎么着，是我兄弟……"

"兄弟？你兄弟听谁的！我李三风光的时候你还喝奶呢！"

李三拍着桌子，吼声把办公室的玻璃震得嗡嗡响："这片的路，十个里有八个是我当年通的。没有我们那一辈，你能有今天？你能这么太平？"

他抬眼扫视着屋里的每个角落："优秀企业家！政府颁发的锦旗！您的沙发椅！您的苹果电脑！"

"哈哈哈，三爷啊！"王老大笑起来。

"王总，我就这么一个徒弟！算我，算我李三求你……"

"三爷，你徒弟坏了规矩，我兄弟现在还在医院，差点就是一条命啊！"

"炮子的命？"

"炮子的命也是命啊！您老，不也是贼吗？"

李三盯着王老大，足足盯了半分钟。他忽然笑了，回身从麻布兜里掏出两升的矿泉水瓶。

"命嘛不是，我赔给你。"

三爷拧开瓶盖，一股刺鼻的气味溢出来，激得王老大一抖。

"三爷，你干什么？"

李三捧着瓶子仰头便灌，忽然猛地呛了口鼻，一口喷了王老大半张桌子。王老大"啊"的一声向后跳起来，文件散了一地。

"汽油！来人啊，是汽油！"

办公室的门猛响起来。一群人在外面狂敲了几下，便开始砰砰地踹门。

三爷咳了一阵，突然笑了。那副嗓子被汽油浸了，笑得像两只铝片相互刮着。黑帮大佬的办公室，门里全是钢板，哪那么容易踹开。况且李三进门前，还用针别上了锁。

功夫到了李三爷这个地步，除了头发、面条，没什么不能摆弄的锁头。新出来的小贼，别说仿，只要能瞧出老李啥时候出的手，就算是出师了。

李三死盯着王老大，眼睛像饿了一冬的狼。

咕咚咕咚……

他狞笑着，将剩下的汽油全倒在了自己的头上。

"王总，老贼的命，够用吗！"

脆亮的一声响，那都彭牌打火机不知何时攥在了三爷的手里，灰黄的火苗蹿得手指般长。

"放人！我放人！三爷！"

"能信吗？"

"我王天来，最守规矩。"

公司门口。

李三爷站在比自己高半头的徒弟面前，斑白的短发打着绺，存不住的汽油顺着脖子钻入湿透的中山装里。三爷有日子没这么狼狈过了，上一次，五个膀大腰圆的炮子闯到家里，说要拆院子，也算有那么一回。

可那五个炮子也不好受，一个人废了一根手指头，从拇指到小指，五根手指正好凑只右手。

那小徒弟低着头站着不敢吭声，脸上有些瘀痕，能看出来没被下死手。他颤抖着，但好像不是因为疼，而是因为站在自己面前的三爷。三爷干瘦得很，相貌比实际岁数能老上一旬，脸上有笑纹。可是现在他面无表情地戳在这儿，像藏着猛虎的山岳。

"师父……"

"啪"的一记耳光，徒弟半张脸上的瘀痕终于连上了。李三爷回过头，看着王老大和四个保镖。

"王总留步吧。"

"三爷武勇，不减当年哪！"王老大笑着，"人我放了，可我兄弟的账……"

"钱已经给你了，还想要别的，自己来拿！"

"不敢，算给老前辈的面子了。"

"那谢王总了，对了，您这打火机……"三爷拿起金色的都彭牌打火机作势扔给王老大。

"不用给了，孝敬三爷了。"

李三爷点了下头，拽着徒弟便走。

"……留着让家里人多给您烧点纸。"王老大笑着嘟囔了一句，回身去了。

2.

李家老宅。

李三爷换了身绸子睡袍，和老伴坐在八仙桌旁，徒弟跪着。三爷给老伴夹了块红烧肉，自己也尝了一小块。

"小曹，你分心了。"

小曹跪在地上不敢吭声，手指头搓了两下。

"肉下了多少？"

"九两五钱二分。"

"盐呢？"

"一分八。"

"扯淡，两分二了！你这手指头还不如勺子，做什么贼，做炮子去吧！"

小曹身子一哆嗦，猛然抬起头。

"师父，我不当炮子！"

"不当炮子？不当炮子和人动手？长能耐了！"

"他们先……"

"混账！"三爷拍了一下桌子，在木头上炸出了鼓声。可三爷出手极平，运了寸劲，一桌子杯碗跳起来又落回原处，汤菜半滴都没洒出来。

"你干什么？"老伴撂下碗筷，三爷一瞬间收了凶恶，转头讪笑了一下，"李老头，你听孩子把话说完，不行吗？"

三爷把脸转过来，又是一副夜叉脸，却没了气势，在徒弟看来竟颇有些滑稽。

"你顺了他们的宝，被瞧出来了，理应毕恭毕敬地给人还回去。人家打你，那是替祖师爷教训你学艺不精！你倒说说你凭什么动手。"

"他们要挖我眼睛……"

"咱们行的老规矩，三只手八只眼，四条腿不张嘴！主顾有天大的秘密，咱不会泄露半点！"

"我说了，他们不信。"

"你瞧见什么了？"

"红头文件，要拆咱们巷子。"

三爷站起身一脚蹬在小曹胸口："你还真说了！"

老伴把筷子一砸："有完没完了你，不是你问的吗？！"

李三爷没理她："伤了几个？"

"就……就一个。"小曹躺在地上，有气无力地回了一句。

"动铁器了？"

"嗯。"

"滚！"三爷怒喝一声。

"老头子你怎么又……"

"祖师爷定下的铁律！铁器是伤死物的，你拿它伤人，和炮子有什么区别！"三爷怒不可遏，脖子上青筋暴起，跳着脚骂着。

"你不也动刀伤过人吗？五个手指！你忘了？"小曹突然喝道，起身便跑，把木门撞出了个豁口。

"你走！我没你这个徒弟！"三爷指着蹿出巷子的身影，哑着嗓子喊道。

老伴叹了口气，唤了三爷几声："老头……老头？"

三爷站那儿喘了好一阵，面上的血色总算退了下来，回身走到老伴身边。

三爷扶住她的手："君妹子，我在这儿呢。"

"孩子走了？"

"小王八羔子，当初就不该教他这门手艺！"

"不传也好。小曹机灵，做点什么不好，干这个活计，提心吊胆的。"

三爷嘿嘿笑了："是啊，这手艺过时了，趁早不干算了。早几十年咱还知道谁是恶财主，谁是好乡绅。现如今，我看谁面上都挺仁义，可心里不定有多少坏心眼子呢。"

老伴笑了："怎么着，老贼头子还讲起仁义了？"

这老贼头子是三爷最忌讳的称呼，天下也就老伴能说。换一个人，话没说一半，手指头就得被三爷扭断了去。

三爷说："我不讲仁义，我讲规矩。"

是啊，以前的贼是有规矩的，不偷妇孺，不偷老幼，不偷穷苦；手段被人瞧出来了要乖乖给人家赔礼道歉，跑不过人家被逮住了，动手也不能用铁器。

可这规矩，十多年没人讲了。

3.

三爷年轻的时候是这片的地头蛇，劫富济贫，黑白两道都要卖他面子。他有十来个把兄弟，个个都是腕儿，平素里仗义，手底下干净。

那年代，这一片没有刀枪炮子。好容易有伙土匪抢了点钱，第二天醒来准保被拿得一干二净，连抢劫的家伙什都找不见。穷人家每逢初一十五，总能在门口看见个麻布袋子，一个月的口粮就算齐了。

后来有刀枪炮子寻仇，死了两个；再后来地面上管得紧，又一个兄弟进去了。

再后来，区里兴盖楼房，开发商的手段多着呢。八旬的老头守着房子，被流氓闯进屋子，拿刀架着脖子赶了出去，大火在身后就烧起来了。一辈子的老宅，连个照片都留不下。

三爷不想管这事。他岁数大了，再说又不是刀枪炮子，可是欺负到眼前了，谁也忍不了。有天夜里，几个炮子闯进来，刚打了个照面就要掏刀子。三爷拿着手电晃了一下，紧接着炮子手里的长刀就丢了。带头的回过神来骂了一句娘，刚想自己出手，冷冰冰的刀刃携着月光就架上了自己的脖子。

李三爷说："从今往后，这条巷子你们都别想动。"

突然一个被夺了刀的炮子，拿着小瓶对着三爷喷了点液体，三爷知道那不是好玩意儿，连忙用袖子一遮，一股刺鼻的药味冲得天灵盖都疼。

李三爷冲着那小痞子窝心就是一脚，那痞子吃疼，往后滚了两圈，正扑在卧室的床边。

三爷的老伴受了惊吓，"啊"的一声叫出来。那小子也慌了，回手喷了一股药，正喷在三爷老伴的脸上。

三爷动了真格，腕子一抖就卸了流氓头子的大拇指。

血还没喷出来，三爷身子就像鬼一样在屋子里蹿了一圈，刀光闪了几下，五个炮子全惨叫起来。

4.

三爷抚着老伴的脸。那张脸早二十年绝对是一等一的美人儿，现如今泛了皱纹，仍有些余韵。只不过那双眼睛，泛不出半点光了。

"八年前我割了人家的手指，坏了祖师爷的规矩，这宝是不能摸了。本来想传给小曹，谁知道这小子……唉。"

老伴笑了："你那手艺，其实……"

"对……"三爷当然知道老伴要说什么。

他的一班兄弟，哪个不是人杰，到最后想落个善终都难。至于自己，一辈子练出来的手艺，连爱人都保全不了。

"……那是害人的手艺。"

八年前的事情出了以后，三爷做起了木匠。都是手上的活儿，练起来方便，维持个温饱也不成问题，还落个安生。他动了铁器，不能做贼了。

当年的开发商都是本地人，听说过三爷的名声，有的小时候还受过三爷一伙人的恩情，这些年也都算守规矩，再没动过这条巷子。

"对了老头，小曹说的那红头文件是什么？"

"贼头子还怕红头文件？"

"他们不会真要拆咱们巷子吧？"

三爷沉吟了一会儿："君妹子，你不是一直想去泰山玩玩吗？钱我攒够了，过半个月去一趟。"

"哈哈，死老头子，多少年前的事了还记得，现在我又看不见……"

三爷笑了："我老李不就是你的眼睛吗？"

5.

是夜，老伴睡下了。三爷怯手怯脚地起了身，穿了当年的衫子，套上布鞋，慢悠悠踱到院子门口。

他推了下院门，突然赶紧握紧了门把手。这木门虽然是自己的手艺，但是风雨里怎么也结实了五六年，一转起来怪响不断，来了生人根本不用吆喝，一推门，屋里就听得真切。

李三爷摇了摇头，往侧边移了两步，抬手往墙上一搭，噌地蹿了上去，左手在墙上一按就翻了出去。

两脚轻轻落地，三爷忽然回身，接住了一个瓦片。

"不中用了。"三爷摇头笑着，放在十年前，别说瓦片，墙头的杂草都沾不上衣襟。

三爷将瓦片向墙头一掷，起身便走，步伐不大，身形却如灵猫。

写字楼前，三爷借着楼外的空调外机和凸起的墙沿，几下就蹿上了四楼的外墙。他一手一脚支着身子，另一只手掏出来个玻璃刀，在窗玻璃上转了一圈，中指一弹便破了个小洞。三爷伸手进去，旋开窗锁，接着一拉窗户，翻身滚进了王老大的公司。

他所在的屋子应该是财务室，于是他嘴里叼着手电寻了一圈。没五分钟，连保险柜都被翻了个遍。

三爷没找到红头文件，其余的东西也半样没拿。他已经不配摸宝了。

三爷将财务室的门撬开，走进大厅，往右一间就是王老大的办公室了。

忽然，灯亮了。

"三爷，没忘了当年的行头啊。"王老大从一票打手身后走出来。

李三眯着眼睛："王老大倒是门儿清，知道四更天见手腕，神无眼鬼无怨。"

"对，神无眼，鬼无怨。那后生就斗胆请三爷留下腕儿吧。"

三爷看着一众打手，知道中了埋伏。

城里的老规矩，四更天动手。此时男女老幼睡得正香，看门的狗也都是最疲的时候，杀人放火、打家劫舍专挑这时候。两伙人若都是黑道，也在这时辰较量。传言此时诸天神明都睁一只眼闭一只眼，放纵人间丑恶，黑白无常也勾魂勾得正欢。此时若是交待了，赶着天明前就能过奈何桥，无怨无悔重堕轮回，是为：神无眼，鬼无怨。

"怎么个留法？"

王老大拿出一个文件，弹了两下。

"今天要是后辈们胜了，三爷您签了这搬迁协议，要是哥几个输了……"

"就给我滚远远的！"三爷两手的食指中指都夹着刀片，精光一闪即灭，众人脸上却都泛起森森寒意。

"上啊！"王老大一声令下，一众七尺高的汉子冲过来。

三爷右手探进兜里，抽出钢笔大的玻璃刀向王老大一甩。王老大赶忙避开，那玻璃刀掠过脸颊，砸在墙上。

灯灭了。

然后精光连连闪动，混杂着皮肉浸着血液的钝响。

紧接着是惨叫炸开，夹杂着桌椅掀翻的嘈杂，刀刃落地的脆响。

灯开了。

三爷左手持着刀片抵住王老大的咽喉，右手开了灯。

"红头文件呢！"

王老大半举着双臂，手上的拆迁协议早已被刀片划成碎片。

"在……在我办公室。"

"走！"

两人一前一后，缓缓走向办公室，走过一群打滚的流氓，连成片的鲜血，不时踢起几根手指头。

"这锁头……被你先前弄坏了。"办公室门口，王老大颤抖着，侧着头说。

"哼！"三爷右手从内兜抽出根铁丝，五指翻了几下扭成螺旋，插在钥匙孔里，又翻了几下，机轴一阵碰撞。

门应声而开。

一把刀猛然蹿出，又骤然收回，李三闷哼一声，捂着肋下跪了下去。

"小曹你果然……"

那瘦高的影子没说话。

"啊哈哈哈哈，小曹好利落。从今儿起，你就是贼王了！"王老大大笑着。

三爷的血涓涓流出，他的两只手死按着却终究止不住血。

"师父，您的规矩，太不划算了……"

"是你守不住……"三爷有气无力。

"三爷，有钱才有规矩。"王老大蹲下身子，"怎样，您输了。"

三爷一愣，刚要回骂却觉得腰上剧痛，不由得把手掖得更往里了。

"你赢了……我签……"

"啪"的一个嘴巴抽过来，将李三的头掼在地上。

"老糊涂了三爷！我没想拆巷子！也没有红头文件！"王老大露出满嘴的牙，"我就是要宰了你……"

李三看见，王老大小指上的指套滚落在了地上，露出了还剩下一半的小指。

"你……你是当年那个炮子？"三爷目眦欲裂。

"对啊！"王老大用断指戳着李三的脸，"你老婆是我弄瞎的！"

三爷脑子里"嗡"的一声炸开了。八年了，他八年都没敢正眼看过老伴的眼睛。

"本来我白天就能在这屋结果了你，保证谁也查不出。没想到你这小老头手段还挺硬……啊！"

王老大话说了一半，猛然捂住眼睛。三爷刚才忍着剧痛，猛击了一下小腹，一口浊水喷在了王老大的眼睛上。

那是三爷留的最后一手。没有这口汽油，墙头上别说瓦片，连杂草都别想沾了三爷的衣襟！

"是汽油啊！"王老大惨叫着向后逃去，却被三爷擒住手腕。

"嘭"的一声，打火机摔在王老大的脸上，点燃了！

"老大！"小曹瞬间握住了李三的双臂，却也一时不知该如何救人。

"小曹！"三爷喝了一声。

"什么？"小曹一惊。

"害人的手艺应该传下去吗?!"

三爷食指一弹,一滴血正落在小曹眼睛里。小曹赶忙撤了扣在三爷腕子上的手,抹了一下。

"嘭!"

三爷这一按出手极平,运了寸劲,正打在小曹的咽喉上。

小曹捂着喉咙,惊愕地看着自己的师父,不断向后爬着。

三爷闭上眼,泛起苦笑:"祖师爷,坏了规矩的劣徒,都在这儿了。"

6.

"老头子?"

"梁君婷女士?"

"你是谁?"

"哦,我们是阜上医院的医生,您的爱人昨晚委托我来接您做眼角膜手术。"

"他人呢? 李三他人呢?"

那医生半天没说话。

"梁女士,"一个中年男人的声音传来,"我是阜上区的刑警。昨夜发生了一起大案,你的爱人……"

那警官絮叨着,梁君婷却什么都听不见。她有很多年感受不到自己的眼睛了,可现在却觉得那双眼睛润泽着,恍惚看见了什么。

她推开搀扶的手,走向与老李一同吃了几十年饭菜的桌子。那桌上每天早上都会有两碗热腾腾的豆浆、一碟煎蛋、四根油条。

煎蛋是自己的，油条却全是老李的，胃口真大啊。

可今天什么都没有……

忽然她好像察觉到了什么，用手急促地抚摸桌子。

是老李刻的字，连笔锋都没有，坚硬刚直，像死老头子干瘦的身躯。

"我老李就是你的眼睛。"

沟壑曲折，断层嶙峋，梁君婷知道眼前的是什么了，是泰山。

师父

◇ 北邙

1.

那年我十四岁，朝纲安靖，百姓安居，再加上天公作美，又是一个丰收的好年头。

有句诗说得好，"国家不幸诗家幸"，反过来也是如此。生于一个太平盛世，对于江湖人来说，实在是个莫大的悲哀。

说实话，我已经不知道，现在还有没有江湖了。

打小时候起，就听师父跟我说过那些仗剑千里、快意恩仇的侠客故事，可是直到现在，我还是没有亲眼见到过。听来往的客商说，那些当年的大侠高手，封剑的封剑，归隐的归隐，有的开山收徒，财源广进；有的著书立说，晋身官门。我也能理解，世上真有几个痴人呢？能安逸地过上好日子，没人想去拼那刀口舔血的生活。

后来，师父再想跟我聊这个话题的时候，我便倦了，不愿搭理他。有一次，他兴致勃勃地要跟我说起当年剑狂李忘忧如何一剑压五岳，从天下剑峰会中救出那名无辜魔教女童的时候，我烦得很，忍不住说道：

"整天提这些，世界上哪还真有大侠？"

"有的，有的！"他连忙道，"我年轻的时候啊，江湖上真是风起云涌。剑神顾家，魔教九魔门，释家八宗……"

他还在念叨，我冷冰冰地甩了一句："这世道，赚到钱的才是大侠。你要是能机灵一点，多赚些钱回来，我天天把你供着烧香；赚不到，别说我了，到哪儿都得挨人白眼。"

这是实话，师父是有本事的人，我知道，可他太拗。我亲眼见过他折下树枝，在春风之中练剑的样子，虽然已经年过半百，可一地桃花被他剑风卷起，在半空中凝如飞龙，聚散飘舞，连那身陈旧的白衫也透出一股剑意的笔挺。师父双目粲然，仿佛还是很多年前的那名学剑少年。那是我见过师父最帅的样子。

可那又能怎么样呢？如果不是我机灵，每天变着法把师父砍回来的柴卖出去，再逼着他做一些雕刻木工，我们这个家怕还是得跟我小时候一样，天天过着吃了上顿没下顿的日子。

我问过师父，为什么不去劫富济贫。他说富人无罪，即使有罪，也该由官府惩治。所有打着劫富济贫的幌子中饱私囊的，都是魔道，为侠义所不取。

我又问："那你为什么不投身官府呢？"他说官府腐败，人人厚颜拍马，屈身逢迎。当年纵横江湖的那些侠义子弟，如今进了官场的，再来看看，哪个不是大腹便便，望之生厌？偏生自我感觉好得很，开口闭口打着娴熟官腔。何况总有开不完的会议，做不完的政绩，吹不完的牛皮，这一套，他做不来。

我说："你又觉得该由官府管，又觉得官府腐败臃肿，这不是自相矛盾吗？"

他叹了口气："说是矛盾啊。可是官府管得再不好，也有人人看得到的法纪在，但侠义这个东西啊，每个人心中都有不同的秤。所以朝廷讲法纪，世道就能平稳，而江湖讲侠义，世道就乱了。比起乱世江湖，这个平稳的法纪朝廷才是老百姓真正需要的。"

就在我心里咀嚼着他的话的时候，他悠悠地抬头望天。不知回想起了什么，脸上出现了从没见过的神色，像是惆怅，又像是兴奋。他的眼睛里是放着光的。

那一瞬间我突然明白，师父的心里，其实一直很怀念那个乱世的江湖。

2.

闲暇时，师父会逼我跟他学剑。我不学。

他叹气："你要是不学，我这一脉剑术，就真要绝于世间了。"

我头也不回地忙着手头的活计："那你再收个弟子学剑就是了。我负责赚钱养家，他负责继承衣钵，两全其美，不是很好？"

他半晌没作声。

我做着做着，忽然觉得安静了，感到有些奇怪，便转头看他。他坐在窗台上，有一口没一口地抿着葫芦里三文钱一斤的劣酒，神色安详地看着我。

"干吗？"我皱眉道。

"你真觉得我再招收一个徒弟比较好？"

我本是随口敷衍，却不料他当了真。一想到他要再收一个徒弟，手把手地教他练剑学武，不知怎么，我心头升起一阵烦闷。

"要收就收是了，你是师父，我还能拦你不成？"

我有些赌气地转过身，继续做起了手中的木匠活儿。他却晃悠悠地走过来，坐到我对面，拿起刨刀，跟我一起做了起来。

"不收，不收。"他一边削着木头，一边笑，"师父这辈子，就你一个徒弟，没别人了。"

"不怕剑法失传？"我故意说。

他沉默了一下，又笑了。

"你比剑法重要。"

3.

没过几年，我渐渐长大了。也许是天生的机灵，我在生意上颇有天赋。木雕的生意越做越大，赚了本钱，又去投身绸缎、漂染的行当。规模越做越大，在城里集市上，也开了几家门市。

我每天忙忙碌碌，跟师父的交流越来越少。不知道从什么时候起，他不再让我学剑了，而是跟我一起到门市里去，帮我看着店铺。有一次，我提前回来，看到他竟坐在柜台前，为了那一尺布让不让半钱银子，跟客人争得唾沫横飞。我看得好笑，赶紧做主让了，请客人出门。他见我回来，有些气馁，闷闷的不说话。

我问他："什么时候也学会争这蝇头小利了？"

他说："平时在一旁看你跟人谈得多了，自然也学了些。"

我便笑："我小时候你可不是这么教我的。那时家里穷，有天吃不上饭了，我让你去街头卖艺，换些钱来，你死都不肯，说剑士要有风骨。最后耐不住我哭，出门把你那把古剑给卖了，换了肉夹馍和米粥回来。我问你剑换了多少钱，你说十两银子。我说你被骗了，那剑这么好，怎么才值这点钱。你却坐在我对面，连一口饭也没吃。看着我狼吞虎咽地吃完，才说，剑都肯卖了，还嫌钱多钱少吗？"

他愣了一下，也笑了："你还记得这些事？"

"我记得，"我眼睛里放着光，"我都记得。师父，小时候你对我的好，我一分一毫都记在心里呢。我这么努力赚钱，这么拼命做生意，就是希望能让你开开心心地过好下半辈子，不会被人再指着脊梁骨说，一个穷练剑的，带着一个不知道哪儿来的没娘的孩子。"

他愣了一下，有些无奈地笑了。

4.

在京城里做生意，怎么都绕不过"半金堂"的手眼。那是朝廷下设的税务司，专职管理东西二市的商业运转。半金堂的品秩不高，最高职位的理事官也不过是区区的正五品罢了，但是掌权极重，黑白两道都很吃得开，加上天下各路商贾齐聚京师，实在是出了名的油水差使。

本任的理事官姓王，据说也曾在江湖混迹过几年。后来凭着手腕圆滑，人脉通广，才入朝为官，得了这个好差使。我对他无甚好感，但他有个独生爱子，取名子武，跟我很说得来。小时候刚开始做生意时，不懂事，闯了几个不大不小的麻烦，他恰好路过，怜我孤弱，替我解决了。后来这几年跟他玩在一起，既是蒙他余荫，又着实学到了不少东西。

眼看我年过二八，出落成亭亭玉立的姑娘家。子武隐约透露出想要娶我的念头。我对他说不上有什么爱情，但好感倒也不少，思来想去，觉得也没有什么更好的选择。若是嫁给了他，以后倒是能名正言顺地得他父亲的好处。我跟师父说了这件事，他不置可否，只是问我，王子武此人如何，是否真的值得托付终身？

我便笑，说这些年在商场上摸爬滚打，男人见得多了，能有几个真心一片，终生不悔的？王子武在外头那些拈花惹草的事情，我也不是没有听过，但他对我也算极好，嫁过去，我终少不了好处。

师父张了张嘴，似乎想说些什么，但眼神还是黯淡了下去。

我知道他想说什么。小时候家里穷，经常有附近的孩子拿我取笑，说我家里穷，又没娘，以后嫁不出去，我就躲在家里哭。每次这时候，师父都会轻轻抚摸我的后背，安慰我说，别怕，别怕，要嫁什么人啊，师父有这把剑，能护着你一辈子呢。

可是现在，师父看着我赚来的满身珠翠，偌大家业，已经不再说这句话了。这些年，他没有用过我的一分钱，仍旧是每天做做木雕，扔到我的店里去卖，换来几串铜钱，吃白馍，喝劣酒。

不知道为什么，我竟有些心酸。

师父的那把江湖利剑，终究还是劈不开这世间的阿堵黄白。

5.

大婚那天，满京师的商贾都纷纷前来祝贺。

半金堂理事官的儿子大婚，媳妇又是赫赫有名的"女陶朱"，商贾们固然暗自忌惮，可表面功夫哪能不做全了的？送来的贺礼一个赛一个珍贵，堆在一起，仿佛一座小山般，亮晃晃地让人睁不开眼。

王理事满面春风，大腹便便，坐在主席之上高谈阔论，意兴甚浓。师父难得地没有拂我的意，换上了一身紫貂大衣，腰佩蟠龙青玉，头发打理得一丝不苟，面容清癯疏淡，只有在我和子武敬茶的时候，眉眼间才透出一丝笑意。

酒过三巡，王理事有些微醺了，用力地拍了拍师父的肩膀，大声道："老弟啊，你的运气是真不赖，收了个好徒弟，沾上我王家的光，这可是三辈子修来的好福气啊！"

师父不动声色，自斟自饮了一杯。

王理事本拟听上几句奉承话，见师父这么不识抬举，有些不悦了，便道："看，老弟这还不开心了。我说，我王家聘礼可是下足了十分的诚意，可是怎么听说，你们的嫁妆都是你徒弟自己一手操办的？你这当师父的，连根毛都送不起？"

我心里有些慌，连忙握住子武的手，想让他去打个圆场。子武拍了拍我的手背，刚想起身，却听师父说道：

"你说的是，天下哪有徒儿大婚，师父不送贺礼的道理？"

他站起身来，手中只拿着一根筷子。

"我这当师父的，一穷二白，身无旁物，送不起这些奇珍异宝。"他看了一眼堆放贺礼的宝桌，轻声一笑，"我这辈子只有一把剑，我能送的，也只有一剑。"

说着，他踏前一步，站在堂中。

满座宾客无不动容。

无他，只因师父这一步迈出，剑意透骨而出，竟是连我也从未见过的凛然霸烈。

商场如战场，这天下的巨商大贾，哪个不是身怀几分特异本事的？若非如此，早就被人生吞活剥了。师父身上剑意甫起，他们中已有人骇然变色，身上气机充盈，自然而发，和师父的剑意一撞，桌上的碗筷碟杯顿时哗啦啦碎了一片。

"东南倾！"

几个老人已经认出了师父的剑意，颤巍巍地喊了出来。他们的脸上透出复杂的神色，似是敬畏，似是惊骇，更多的却是怀念。

天下承平已久，世间再无江湖。师父的这一剑未出，已经唤醒了他们对很多很多年前，那个烽烟弥散、刀光剑影的乱世回忆。

那是他们这一代人独有的青葱岁月啊。现在的年轻人，哪里还见过什么真正的江湖了？

师父举起筷子，猛地虚空一劈！

我看见了令我终生难忘的一幕。师父面前的空气仿佛也被这一剑劈开了似的，涌如巨浪，往两侧翻滚而去，从堂内到正门本有数十丈远，这一剑之威，竟在地上的青石板路留下了深不见底的巨大裂痕，黑黢黢的。空气中碎石四溅，宾客无不掩面失色，衣角、发梢都被这股狂风吹动，鼓猎飘舞。

过了一瞬，耳边才隐隐传来潮水般的轰响，仿佛在极远的天边传来滚滚闷雷，震得人连站都站不稳了。

"别无他意，只是我这徒儿自幼孤弱，只盼你王家，莫要仗势欺人。"

师父扔掉筷子，朝四方拱了拱手，翩然而去。

6.

婚后的生活，比我想象中舒服很多。

王理事被师父一剑之威所慑，连话都说不出。从那之后，对我只有加倍的客气，不敢有丝毫颐指气使。子武虽然不惧，却也暗自咋舌，偷偷向我打听过师父的来历，可是我这时候才发现，自己一直都不知道师父究竟是什么身份。

我后来去问过，可师父还是不说。

渐渐地，听当日在场的一些老人提起，说那"东南倾"一式，正是当年江湖上的游侠之首，剑狂李忘忧的成名神剑。李忘忧昔日输在剑神顾家大小姐手中，引为终生之耻，闭关三年，磨平了一身狂傲孤冷的性子，半只脚步入了天道，这才悟出神剑真意。后来在天下剑峰会上，一剑压五岳，自此天下皆知。

我听说的时候，心里"咯噔"一声，又想起了师父从前跟我讲过的那个故事。

原来，我就是那个当年的魔教女童啊！

师父的日子过得依旧自在，旁人看他的眼光自然也多了几分敬畏。他却还是喜欢吃烧鸡，啃白馍，喝劣酒，做木雕度日。我知道他的意思，放下剑时，他就是个平凡老头，靠自己双手谋生；拿起剑时，剑狂李忘忧只在江湖，不问尘世俗物。

这是他们这一代人的剑士风骨。我不懂，但我尊敬。

我做了王家的儿媳之后，渐渐地归隐幕后，把生意交给了手下亲信打理。有了半金堂这个大靠山，自然无往而不利，生意起色一日千里。不过三年时间，隐隐已经不在任何巨商豪门之下。

生意做大了，见不得光的事情自然也多。

初时我还有些不忍，可是吃了几次亏之后，我的手段越来越狠，心里也变得越来越冰冷。我从不让师父知道这些脏事，他也从来不过问我的生意。我跟他见面的时间越来越少。不知道从什么时候起，两个人之间，竟早已不复小时候的亲密无间，仿佛隔了一层陌路。

7.

通元四年秋，圣上驾崩。新天子继位，欲在天下商贾中寻求染金丝绸，用作龙袍之选。这等机会百年一遇，各家商号无不拿出了看家的本事，一边在工坊里加班加点，着力创新，一边各自派出探子，相互刺探别家机密。

我自然也不例外。

为了杀一儆百，我对别家派来的密探毫不手软。发现之后，不仅挑断手筋脚筋，挖眼割舌，更要让他家破人亡，妻离子散。须知这非常时期，必须行非常之事，才能震慑宵小，护得自家机密安全。子武和王理事对我这般狠辣行事都心知肚明，只是都睁一只眼闭一只眼，从不干涉，甚至还要暗中包庇几分。

不料百密一疏，那探子留下的孤儿寡母不知哪儿来的胆子，竟跑去了京师衙门重地，敲响申冤鼓，告我草菅人命，害她丈夫。

我得知之后，心中冷笑，情知正是那探子的幕后东家给撑的腰，眼看暗的不行，干脆将计就计，想从明面上扳倒我们王家。我一边加紧买通衙门众人，一边暗地里向那家商号施压，须得让他们知道我的手段才是。

僵持数日，这件事传得沸沸扬扬。京师百姓无不精神抖擞，每天就等着开堂来看热闹。我倒也被传讯了几次，只是从未去过，只派了亲信上堂旁听，更显得有恃无恐，稳如泰山。

一日传讯又来，破天荒地，我收拾整齐，头一回跟着官差前往衙门。不是我诚心悔过，而是已经收到消息，今日必可结案，还能反咬那幕后指使一口。我盘算妥当，只打算怎么当庭来个厉害的，让他们丢兵卸甲，人人皆知。

上了公堂，依律审讯——说是依律，不过是走个样子罢了——所有证人、证言都一边倒地向着我。更有人一口咬定，这寡妇收了"同丰号"的百两银票，故意前来污蔑于我。那寡妇猝不及防，被问得哑口无言，神色惊惶，转头看向身后人群，却见其中一个年轻的黑衣男子摇了摇头，转身走了出去。

我看在眼里，暗暗记住那男子的模样，日后必有回报。

那寡妇见黑衣男子离开，眼中露出绝望神色，惨然一笑，低头看了看身边六岁的小女儿，一咬牙，猛地撞向柱子。两侧衙役猝不及防，竟让她当真撞得脑浆飞溅，鲜血淋漓，死在了当场。

我暗叫不好，这寡妇拼死一搏，定让围观众人大起同情之心。日后传出去，说我当庭逼死冤主，于商号名声大大不利。情急之下，我刚站起身来，准备陈述这女子如何图谋不良，眼见事情败露，羞愧自尽。忽然眼前一花，人群之中，挤出一个熟悉的白衣身影。

师父。

我瞠目结舌，心中百般机巧，却一个字也说不出来。师父没有看我，而是蹲了下来，拉住正在绝望哭号的小女孩，轻轻抚摸着她的后背，温言安慰着什么。人群之中，鼓噪的声音越来越大。青天大人皱起眉头，看了我一眼，示意让我上前处理。

我硬着头皮，低声道："师父。"

他还是没有看我。

我突然发现，不知道什么时候起，师父的头发白了大半。记忆里的他身材挺拔，像一柄剑似的，可现在却也微微有些佝偻了。他轻声安慰着那个小女孩，我一瞬间恍惚，好像看到了很多很多年前，那个在师父怀里，委屈地哭着鼻子的自己。

"师父。"我鼻子一酸，又喊道。

"还记得你结婚那天，我说过什么吗？"他没有回头，淡淡道。

我愣了一下，三年前的回忆如同潮水般涌入脑海。师父挥出惊天一剑之后的那句话，忽然回响在我耳边。

"……只盼你王家，莫要仗势欺人。"

8.

师父把那个小女孩带走了。

我心乱如麻，甚至不知道最后是怎么结的案。出了衙门，我赶紧往城外的旧坊奔去。那是我从小长大的地方，可是这些年来，我竟再也没有回来过一次。两侧的瓦房渐渐熟悉起来，一草一木都是那么亲切。我像又变回了那个天真烂漫的小女孩，结束了一天的辛苦之后，将篮子里的木雕都卖了出去，换了铜钱，归心似箭地往家里跑去。

家里很穷，只有两张又冷又硬的木床以及破旧的桌椅、油灯，还有那粗糙编成的帘子，可是家里还有个人，有个又笨拙又倔强的男人正守在门口，盼着我回去……

我越跑越快，越跑越快，两侧的行人对我指指点点，可我什么都顾不上了。转过一个巷口，那个再熟悉不过的木屋出现在我眼前。

我的脚步停了下来。

门是开的。

我走进去，房间里空荡荡的，一个人都没有。

墙上挂着我小时候编的竹篮，里头放着几个未完成的木雕；角落里摆着一把小木剑，是小时候师父逼我练剑，特地给我削的；东角的木床上被褥凌乱，没有来得及收拾；靠西侧的小床上却还叠着粗布绣花的被褥，整整齐齐，好似它的主人从来都没有离开过一样。

桌上的油灯下面，压着一张字条。

"好自为之。"

再熟悉不过的字迹，枯瘦硬挺，一笔一画都像是带着剑意似的。墨迹还没干，带着一点点温热。

我看着那张字条，忽然脑海里天旋地转，颓然坐在了地上。

二十年来，我的脑海中无数次幻想过长大以后和师父在一起的生活。想过我赚到了钱，和师父一起过上了好日子；想过我可能被逼无奈，跟师父学了剑法，一起流浪天涯；想过就这么波澜不惊地做一辈子小生意，嫁一个老实本分的庄稼人，好好孝敬师父……

我想过了所有的可能性，偏偏从来没想过会有这么一天。

师父他，不要我了。

9.

后来，我放下了所有生意。

丈夫疑惑，公公不解，可是我都没有解释。他们不知道，这么多年来，我做生意、赚钱，究竟是为了什么——别说他们了，连我自己都差点忘了，不是吗？

我看着满屋子的珠玉琳琅，广厦美人，仿佛一夜之间，失去了所有兴趣。

我终于想起了师父跟我讲过的，那个李忘忧一剑压五岳，救下魔教无辜女童的故事。

我本孤儿，可是从记事起到今天，师父都没有让我过过一天孤儿的生活。我有饭吃，有衣穿，有家可回，还有……一个父亲。

师父走后，二十年来支撑我的柱梁轰然崩塌。我终于意识到，从今往后，只剩下我孤苦伶仃一个人了。

我开始试着练剑，可是已经连一个剑招都记不起来了。

就这样又浑浑噩噩地过了几年，丈夫早就有意让我生个孩子，可我不肯。我根本不知道该怎么为人父母，我也不配为人父母。

有一天晚上，一个少女持剑破开了王家的大门。

满门卫士二十三人，高手六人，管家二人，请来坐镇的潇湘名剑一人，加在一起，也没能挡住她的一剑。

我见过那一剑。那年我二十岁，正是最美的年华，风光出嫁。我

站在那一剑身后，心中有着前所未有的安定。别人告诉我，那一剑叫作
"东南倾"。

　　"天姥连天向天横，势拔五岳掩赤城；
　　天台四万八千丈，对此欲倒东南倾。"
　　可是现在，这一剑遥遥地指向我。

　　我看着那个红衣少女，眉眼之间，依稀可以看见当年那个孤女的影子。
　　我没有丝毫惊慌，恰恰相反，一股很多很多年没有过的激动从我的心
中萌生。我的嗓子有些发干，心跳从没有过的快。我的大脑飞速运转着，
无数疑问涌上喉头，却不知道怎么开口才好。
　　她冷冷地看着我："我的父母，都死在你的手上。"
　　我默认。
　　"按说我与你有生死大仇，不共戴天，可是我答应过他，不向你报仇。"
　　我心中一慌。这些年来，我终于又可以跟人提起这个名字了。
　　"师父他……"我话到嘴边，却又不知道问什么好，顿了一顿，才鼓
起勇气问道，"这些年，他收养了你？"
　　"对。"
　　"他教了你剑法？"
　　"对。"
　　我心中一痛，勉强笑道："那你也算是我的师妹了。"
　　她冷哼一声，摇摇头："我不是。"
　　"不是？"

"他不肯收我为徒，他说他答应过人，这辈子只有一个徒弟。"

我愣住了。

"那他……他人呢？"过了半晌，我才颤巍巍地问道。

"我这次来，就是把他的遗物交给你。"她看着我，眼中透出古怪的恨意，似是气恼，又似是想把我看个明白。我的大脑里却一片空白，只有"遗物"两个字浮现出来。

她缓缓伸出手，拿出一个粗陋的木雕。

我痴痴地看着那个木雕，我记得它。十岁那年，我雕出了这个简单的小老头，把它扔给了师父。

"喂，你照着这个，雕得好看一点。"

"这是什么？"

"木雕啊。现在很多人家喜欢这玩意儿，比砍柴赚钱多了。"

"可是……"

"我知道你是剑士，不是让你拿剑术换钱。你不是手稳眼尖吗？做这个正好。"

"那我试试。"

"好好做啊，我们家以后能不能挣到钱，就全看你了。"

木雕仍在，可是为我做木雕的那个人，却永远地离开了。

我接过木雕，双腿一软，跪倒在了地上，眼泪仿佛开闸一般流了下来，似乎要把这些年受的委屈和辛苦，一股脑儿地哭个干净。我本早已冰冷的心仿佛被重新寻回的情感浸得软了下来，历历往事浮现在眼前，三十年来起起伏伏，当真如同一场大梦般，可是到了最后，我还是失去了那个最重要的人。

她低头看着我，眼神从冰冷也渐渐变得柔和，到了后来，甚至带着几分怜悯。

"这些年，他一直在跟我提你。他说你其实也是个可怜的孩子，只是他没让你过上好日子，导致你走错了路，如果我恨的话，就恨他吧。

"可他还是一直教我剑法，我问他就不怕我学会剑法，来杀你？他叹了口气，只求我不要。我不明白，他本可以不教我剑法，也可以逼我发誓不找你报仇才再教我的，可他没有这么做。我问为什么，他说他教我剑法，只是一点点尽力而为的弥补，替你赎罪。他没有资格逼我发什么誓，可他求我，看在他的分儿上，不要找你报仇。

"他说，等我学成剑法的那一天，他愿以命换命，替你还债。

"这些年，我一直很恨你，不仅恨你，而且嫉妒，我嫉妒他为什么一直偏向你，为什么连教我剑法，都是为了替你还债……我也想喊他一声师父啊！"

我看着她激动起来，泛红了的眼眶，竟像极了年轻时候的自己。

我忽然站起身，笑了笑："对，我比你幸运。"

"他是我师父，到死了，还是我师父，只是我一个人的师父，你们都不是。"我忽然从袖子里抽出一把匕首，狠狠地向她捅了过去。她猝不及防，下意识地提剑刺出。我的匕首从她的脖子旁边掠了过去，斩落了她的几根发丝，她的剑却洞穿了我的小腹。

她看着我，眼神惊骇、不解、迷茫……一闪而过。

我无力地抓住剑刃，仰起下巴，虚弱地却又骄傲地说道："我欠的债，不需要他还，我自己还给你。"

我的意识仿佛顺着鲜血的流出渐渐衰弱，眼前一片模糊。恍惚之中，仿佛看到一个白衣身影，翩然独立，站在我的面前，看着我笑。

"师父，我还清了，我还是你的好徒弟……你别……你别不要我……"

我无力地倒在地上，双目发直，仿佛回到了那个破旧的小木屋。夕阳从窗户边照下来，师父坐在木桌前面，认真地雕着什么。我拨弄着小算盘，苦恼地算着这个月来家里的用账。岁月如同一条长河，从我的身边汹涌流过，可是唯有这一幕，永远地定格在我的心中，仿佛无论过了多久，都不曾变过。

师父，下辈子我不跟你怄气了。

我不从商，不赚钱，我跟你学剑，跟你闯江湖，跟你学道义，不做错事，不离开你。

到时候，你再跟我说那句："别怕，别怕，要嫁什么人啊，师父有这把剑，能护着你一辈子呢。"

好不好？

我的嘴角勾起一丝笑意，伸出手来，死死握住面前那件白衫的衣角，再也不肯松开。黑暗将我的意识逐渐吞没，我的脑袋无力地垂了下来，什么都再也意识不到。

圆珠笔里的笔仙

◇ 蓝风幸

1.

我死了四年了。

我是个幽灵。说真的，做幽灵和我想象中不太一样。

人去世后灵魂出窍，成为幽灵。幽灵可以选择投胎再世为人，或者在阴间继续做幽灵，成为"阴民"。而阴间完全就是个翻版的人间。有银行、警局、商业中心、菜市场，甚至还有学校……唯一不同的是——阴间的居民是幽灵。

阴间之所以这样繁盛，据说是因为人口爆炸。人间的容量不够，所以放点幽灵在阴间缓缓。

因此阴间四处可见这样的标语：

不如做幽灵！做人不如做幽灵！投胎不如做幽灵！让自己觉得舒服，是每个幽灵的天赋！

阴间这么大，你值得看看！

马面说："如果你现在还在嘲笑别人做幽灵！五年后你就会后悔！"

马面还说："十几个人在做幽灵，你看不起他们；几百个人在做幽灵，你不理解他们；成千上万的人在做幽灵，你心动了；所有人都在做幽灵，你想加入，对不起，阴间已经没有你的空间了！ 2017，再不做幽灵就晚了！"

……

不过，幽灵在阴间生活也需要钱。钱的来源一是人间亲友烧的纸，二是幽灵在阴间工作的工资。

不幸的是，我的父母不封建迷信，早就把"烧纸"这一老祖宗的传统丢到九霄云外。再者，我一直流连人间，不能在阴间工作。

所以我穷得叮当响，唯一的收入是每个月冥府发的低保。

而我流连人间，是因为我留恋一个人。

2.

幽灵虽能在人间四处飘荡，却不能碰触到人间的任何东西。人看不见幽灵的身影，也听不到幽灵的声音。

简而言之，人不可能意识到幽灵的存在，幽灵也不能对人和人间产生任何影响。

但总有些心术不正的幽灵不甘寂寞。

比如我女朋友就非常招幽灵。

她长得挺好看，所以身边总是有一堆为色所迷的幽灵偷窥她，这让我勃然大怒。

每次我抓着一个就是一通猛打，揍得对方遍地找牙，头晕眼花。

偶尔也有几个幽灵不服，指着我威胁道："你无缘无故打幽灵！小心我找冥警抓你！"

我抡着膀子，攥紧拳头，大步逼向他们："你偷窥我女朋友，我还不打你？你丢不丢脸？看我不打得你妈都不认！"

渐渐地，也就没幽灵敢靠近她身边了，但我担心我一走那些幽灵就会卷土重来，便一直待在她身边。

我生不能与她偕老，死也要护她安好。

3.

我的女朋友是个标准的野蛮女友，平时总喜欢打我，我能揍这么多幽灵，不得不感谢她平时对我的"照顾"与"锻炼"。

她一直是个坚强的女人。我认识她七年，和她在一起五年，从没见她流过泪。

而就在我死后的短短几天，我便看见她对着我们的合影流过无数次泪，有时甚至哭得几近晕厥。

那时我就告诉自己：除了帮她赶走围绕在其身边的幽灵，我还得为她做点什么。四年后，我终于能实现这个目标了。

冥府每个月会给没有收入的幽灵发 1000 万冥币的低保。这数字听着挺大，其实钱并不多，因为人间的冥币厂造纸钱造得太狠，面值动不动就上亿，阴间早就通货膨胀得不像话了。我的低保一直没用，四年来积少成多，才总算买得起一项阴间为思念人间亲友的幽灵开发的特殊服务——灵书。

灵书，顾名思义，就是幽灵也能书写的一套本子和笔，而且在上面书写的字，能被一个特定的人看到。

阴间为了便于管理幽灵，会给每个幽灵派发一部手机，发一些幽灵大法好、黄泉路堵了、孟婆汤有毒、忘川水质严重污染之类的短信。我拿出手机打开"阴宝"App——一个阴间的网上购物商城，购买了灵书。

购买成功后弹出一个页面：请绑定您要与之沟通的人。

我输入了女朋友的名字和身份证号，只见手机中射出一道耀眼的白光，直冲进熟睡中的她的天灵盖。霎时，那道白光又冲进她床头的日记本和圆珠笔，只一瞬，白光散去，一切又归于平静。

我走到她床前，拿起本子和笔。这一刹那，我的手不可抑制地颤抖。这个日记本，这支圆珠笔，就是我在人间唯一能碰触和控制的东西。

第二天清晨，在她睁开蒙眬睡眼之际，我拿着本子正对着她。本子上有我龙飞凤舞的两个大字——你好。

从她的视角来看，是本子无视重力悬在了空中，上面还莫名其妙地多了两个字，不知道她看到会不会被吓到尖叫。

"啪"的一声脆响，她一手把本子给拂开了，翻了个身再度闭眼睡觉。我的乖乖！这玩意儿可是我攒了四年的辛苦钱啊！我心疼地捡起掉落在地上的本子。

一秒、两秒、三秒……她终于意识到不对劲儿，翻身睁眼，一脸震惊地看着再度悬空的本子。

我瞧她的神情，暗暗告诫自己：这次要干点正事了。自从我死后，她一直沉浸在悲伤中，这次我要当她的人生导师，指引她走出忧郁，走向未来，走入阳光。我拼命地搜索自己脑中的正能量语录，开始奋笔疾书。

在她眼中，圆珠笔自己在悬空的本子上翻飞舞动，接着，空中便浮现出一行行字迹。

过去的就让它过去吧，现在的时光才是最好的时光。

放下从前，活在当下。Tomorrow is another day.

生活不仅有痛苦和忧伤，还有诗和远方。

做一个有梦想的人，永远年轻，永远热血，永远心怀希望。

……

她盯着那些我写下的字，静默良久，若有所思。

我欣慰地笑了，不枉我抠破头皮想出那么多直触心灵的优美句子，总算是有点成效。然后我看见她朱唇微启："你有病吧？"

呜呼！看来猛药还下得不够。我又开始写：年轻人，听我这个过来人一句劝……

"你是谁啊？"

我写到一半就被她的问题无情打断。于是我决定撒一个谎，一个有格调、有深度的谎。

我是笔仙。

我面不红心不跳地写道。

"哦，你是圆珠笔精啊！"

喂！不要面不改色地误解我的话啊！好吧，好男不跟女朋友斗，我姑且先顺着她。

"你就不害怕吗？圆珠笔成精了诶！"

"你成精又能怎样？你能伤害到我吗？"——好吧，似乎不能。

"伤害不到我的东西，我为什么要害怕？"——好吧，女侠威武。

"你成精前是我的笔，成精后就是我的精。"——好吧，女侠有理。

"你本是我一直写日记的笔，这么多年我也一直将你放在床头，那你一定对我的生活习性、爱好等了如指掌吧？"——是的，女侠英明。

"从现在起，你就是我的随身管家，每天提醒我喝水、吃饭、买东西……我忘了的事，你要替我记住。"——是的，小人遵命。

咦？不是要当人生导师吗？怎么不知不觉就成了免费管家了？管他呢，她开心就好。

就这样，在我待在她身边的第四年，我终于融入了她的生活。

我终于让她意识到我的存在，虽然是以圆珠笔精的身份。

可这样的生活没有持续多久。

4.

那是七夕。她晚上回家时贪路近，拐进了一个小巷子，我埋头写字也就没注意到。

她遇上了几个流氓，他们用粗鄙的语言调戏她。我闻言大怒地冲了过去，给了为首的一记猛拳。在我的手如空气般穿过流氓的身体时，我才意识到——哦，我是幽灵。

他们迅速地靠近她，她机灵地转身就跑，却还是被抓住了。他们将她按在暗巷的墙上，对她动手动脚。她拼命地反抗，拼命地大叫。

我将本子重重地摔在流氓头上，我要打爆他的头！我将笔使劲儿刺入流氓的眼睛，我要戳穿他的眼睛！

然而，无济于事，无济于事。

本子和笔只有我和她能看见和碰触，对于其他人而言就只是空气。

即使我能为她赶走一千个一万个幽灵，然而对于人，我却毫无办法。

毫无办法。

那一瞬，我从半年多来与她一起斗嘴玩闹的快乐中清醒过来，再一次意识到了自己身为幽灵的无能为力。

正当我陷入绝望之时，两道刺眼的手电光射入暗巷，"你们在干什么！"一声洪亮的怒吼穿云破石，两个警察挥舞着警棍直奔过来。

这几个流氓许是第一次犯事，一吓，就都一溜烟跑了。

我不敢想象，如果不是两个偶然路过的警察，事情会是怎样的后果。

办完一切，回到家后她已经满身疲惫。

我在本子上写——对不起，我什么都没能帮到你。作为管家，我失责，我浑蛋！

她却笑了："你有什么失责的？我又没给你工资。"她居然反过来安慰我，"我看见你拼命打那些流氓了，圆珠笔精，不要自责。"

她的善解人意却让我更加自责。我陷入沉默，不知该写些什么。

她开口打破沉默，声音似有感伤："今天是七夕，有情人本该相聚在一起。"

连牛郎织女都鹊桥相会了，我们为什么却是这样呢？

我们明明近在咫尺，却如隔千里。

她看不见我，听不见我，触碰不到我，感觉不到我。

连一个对视都奢侈。

我沉重地写——是啊，今天是七夕，外面都成双成对的。你那么漂亮，怎么不找个男朋友呢？

她只是看着手腕上我曾经送给她的情侣手链，说："我男朋友不知道跑哪儿去了，我找不到他了。"

我突然眼底发酸，可是幽灵，连落泪的权利都没有。

"你说我男朋友在哪儿？在想些什么？"

这些日子，她从未提有关男朋友的问题。我想让她渐渐忘了我，也从来不提及这方面的事。面对她这么突然的问题，我有些不知所措。稍加思索后，我还是郑重地写下——我不知道你男朋友在哪儿，不过我猜，他也许在想：要是有人给他烧点纸就好了。

"是吗？"她有些苍凉地笑了，接着说，"以前，我最喜欢和我男朋友这样牵着手。"

她伸出手，张开五指，然后将五指弯曲。

那是曾经两个人的十指紧扣。

"我们扣住十指后，我会说：'我抓住你了，你生是我的人，死是我的鬼，哪儿都别想跑。'"

好，我不跑，哪儿都不跑。

我生是你的人，死是你的鬼。

我伸出手，摊开那幻影般的手掌扣住她空荡荡的五指。

一虚一实，一生一死，紧扣十指。

5.

中元节那天，我手机嘀嘀嘀响了。我打开一看，是中国冥行发的短信——您尾号××××的账户七月十五收到亲友烧的纸，合计冥币（MB）

7400000000000000.00 元，活期余额 7400000000000000.00 元。[中国冥行]

谢天谢地谢女朋友！她竟然还记得我的话，居然在中元节给我烧纸，还一烧就是笔巨款。

我这个一贫如洗的幽灵，终于体会到了做大款的感觉。我马不停蹄奔赴冥府，去"阴间对人间办事处"购买"托梦"服务。"托梦"属于高级服务，必须按照正规程序办理，不像"灵书"只需在网上商城购买就行。

我排完老长的队，填完一堆的资料，盖完一堆的章，终于买到两次一小时"托梦"服务。

待我重返人间时，已是第二天的晚上9点。我的父母已经入睡，女朋友还醒着，于是我先入父母之梦，感谢他们的养育之恩，诉说我对他们的思念之情……

我回到女朋友家时，她还醒着。她正目不转睛地盯着日记本。

上面有一行她写的字——你在吗？

不知她什么时候写的，难道她一直在等我？

我连忙拿起圆珠笔回应她——我在。

"这么晚了，你还不睡觉啊？"她笑着说。

圆珠笔是不用睡觉的。

你不安眠，我又怎能入睡？

"陪我聊聊天吧。"

嗯，你说。

想尽量，多听听你的声音。

……

"我的男朋友，我很喜欢他。"她想了想，又补充道，"以前是，现在也是。"

我知道。

她很喜欢我，我很喜欢她。

可是又能怎样？我除了帮她赶赶幽灵，什么都不能为她做，连帮她擦眼泪都做不到，更别说保护她，给她幸福。

心灵相通终究抵不过阴阳相隔。

我宁愿你别再喜欢我了。

别再喜欢一个无法带给你幸福的死人。

"今天说了好多话。我去睡了，晚安。"

晚安。

梦里见。

6.

在她的梦境中，她看见了我，拼命地向我跑来。我见她眼中闪烁的泪花与她激动的神情，以为她要给我来个爱的亲亲、温柔的抱抱，以诉相思之情。

谁料迎接我的竟是她的拳头。她一拳捶在我的心口："臭小子！你这么久了，跑哪儿去了？"

她捶着捶着便开始哽咽，手上的力气也越来越小。

她红着眼眶不停地问我："你跑哪儿去了啊？你跑哪儿去了？你跑哪儿去了？你跑哪儿去了……"

我一直在你身边啊。

可我怎么说得出口，我抬手扶着她靠在我胸口的头。

我说："忘了我吧。"

她闻言停住哭泣，不可置信地抬起头看着我，好看的眼中全是震惊。

但她什么也没说。

我也什么也没说，主要是不知道说什么，更重要的是——怕说错话被打。

良久，她吸了吸鼻子，抹了抹眼睛，缓缓开口，声音还有一丝颤抖："对不起，我不该老是打你。"

可我多想天天被你打。我知道，你的架势很足，力道却很轻。你打在我身上的拳头从来都不痛。我感受着你的身体触碰着我，常乘你不备拉你入怀中。

打着打着就抱在了一起。

天知道那些日子我是多么快乐。

"我不在意。"

我不在意你打我，我在意的是你。

……

之后我们什么也没说，把道别的时间都留给了拥抱。

让这个梦结束于一个拥抱。

一个结实而温柔的拥抱。

7.

自那晚梦里相拥后，她变得开朗了许多。她开始走出家，走出她的小圈子，结识新的朋友。

她认识了一个男人。这男人青年才俊，大帅哥一个。最重要的是他阳气十足，和我父母一样，是幽灵无法靠近的体质。连我这种有资历的幽灵也最多只能靠近十米。那些新幽灵，远远看着他都得绕道走。

我在十米开外，看着他们约会、吃饭、谈笑。他对她很好，和他在一起时，她真的很开心。

直到有一天，我看见他单膝跪地，掏出一枚钻戒，而她喜极而泣地点头。那枚戒指便套上了她的无名指。

她喜欢他，他也喜欢她。他能保护她。

挺好的。

我，成为幽灵陪伴在她身边将近五年，决定到此为止。

投胎吧，来世为人吧。

也许在某个轮回，我还能遇见你。

8.

"他已经走了。"

英俊的"未婚夫"对她说："如你所愿，他终于放下你，不再流连人间，投胎去了。"

她听罢一言不发，摸出笔，在一个本子上写道——你在吗？

良久，圆珠笔没有任何动静，本子上也没浮现任何字迹。

这一次，没有出现"我在"。

她取下无名指的钻戒，归还给"未婚夫"，说："谢谢你，酬金我转账给你。"

七月十五，中元节。她在本子上问：你在吗？久久没有回应后，她确定男友不在。于是她独身一人出门，找到了一位通晓灵异的大师。

大师说幽灵没有轮回。

大师说做幽灵超过五年，就不能再选择投胎做人了。

大师说幽灵虽不会死，却会灰飞烟灭。幽灵一到七八十的年龄，就会消失。这世上再没有这个灵魂，天上人间阴间都没有，每个角落都没有。

七月十六，她对他说："我的男朋友，我很喜欢他。以前是，现在也是。"

这是最后的告白，也是提前的告别。

"我怎么可能认不出你呢？"她轻翻日记本，纸张一页页掠过。密密麻麻的字迹像一条条小蛇，最后停留在他第一次写的那页。她抚摸着那两个歪歪扭扭的大字——你好，笑了："这么丑的字，除了你，还有谁？"

我的男朋友，我很喜欢他。以前是，现在也是。

以后也是。

昏光薄酒

◇ 林马乔

1.

1942 年，经过漫长的努力，抗日战争终于进入了战略相持与转折阶段。在此期间，名商沈家的少爷沈如钧，被秘密逮捕入狱。

昏暗晦涩的地牢中，令人作呕的气息无处不在，四处都是潮湿而霉烂的味道。极少有人经过的走廊传来"嗒嗒"的脚步声，在空荡荡的监狱中回荡不绝。牢房外钥匙一响，走进来一个女人。

她穿戴整齐，虽只是普通的棉布旗袍，却被她穿出一番别样的韵味。她停步在牢室门口，不说话，一双眼睛冷冷地盯着角落里的沈如钧。

"小妹，你来了呀。"沈如钧从破烂草席中稍稍坐起身，白色西装变得破破烂烂，膝盖处还被划出一道大口子，一副万分落魄的模样，脸上却还是嘻嘻笑着的。

"沈家的败类。"沈盈不带任何感情地开口，看向沈如钧的眼神如同看着一个陌路人。

"可不论我如何，总也不会丢了你的脸吧——人家现在不还叫你欧阳太太的吗？"沈如钧衔着一根稻草，不以为意地回答。他烟瘾大，一在牢中，断了烟草就十分不习惯。

沈盈一下被他哽得无话可说——她该知道的，沈如钧早就是无药可救的人了。沈盈在门口站了好一会儿，像是想说什么，如鲠在喉不吐不快，可又实在不知从何说起。最后只得看着沈如钧恨恨叹了口气，将牢门重重一掉，转身走了。

一直等在外头的警卫员立即恭敬地迎上去，沈如钧隐隐听见他们说："欧阳太太，您……"

欧阳太太……这个称呼真好。黑暗的牢室里，沈如钧缓缓闭上了眼睛想，沾满污渍的嘴角勾起一道弧，低声喃喃道："欧阳太太……"

从牢狱中一出来，沈盈就直接去了指挥部。她一路上没有任何阻碍，只须报上欧阳太太的名号，她就可以畅通无阻地见到欧阳青。

"不用救他。"见到欧阳青后的第一句话，她就冷冷说道。

欧阳青蹙眉看她，不理解地道："盈妹，别说气话，如钧是你哥哥。"

"我没有这样的哥哥，"她愤愤道，"从他投靠日本人，当上卖国贼的那天开始，我就和他没有任何关系了！"

欧阳青愣了愣。他又顿了好一会儿，才出神般低声道："从前，如钧不是这样的……"

2.

欧阳青说的从前是七年前，他和沈如钧在天津军校同窗的时候。那时沈如钧是沈家的少爷，自小含着金汤匙长大，细皮嫩肉，娇生惯养，任谁都没想到他会来上军校。

少爷郎身娇体弱，养尊处优。军校里的贴身搏斗、远程射击、近距离点射，各类课程他没一样及格。班里的学生都笑话他，一本正经地嘲讽他，是不是沈家特地来给学校送开设经费的。

沈如钧不以为然，就像什么都不知道似的。每天依旧上他的学，睡他的觉，见人就笑眯眯的，请同一学舍的学生吃沈家送来的高级糕点。

欧阳青彼时就睡在沈如钧上铺。但比起那些价格不菲的糕点，他远远更钟情于每个星期来送糕点的沈家小妹——沈盈。

那时候的欧阳青尚且是个一无所有的普通军校生，他甚至因为家里没钱，都没有足够的资费前往黄埔军校——哪怕他已经考上了。全天津首富沈家的女儿，于他来说，远得就如同一场永远不会到来的幻梦。

他不敢说，甚至不敢有一丝明显的表示，隐忍而克制着自己。

最后却仍然被沈如钧发现了。

"我小妹漂亮吧？"沈如钧嘴里含着糕点，笑眯眯地瞧着欧阳青。

"……"欧阳青顿时一呆，像被点破什么心事，十分结巴地"嗯"了一声。

"她喜欢英雄呢，"沈如钧歪着脑袋，长腿没个正形地搁在板凳上晃来晃去，"欧阳你是个好人，时运相济，以后会成为英雄的。"

就是从那时候起，欧阳青知道，沈如钧其实是一个异常敏感的人。虽然他看起来嘻嘻哈哈，整天不务正业，可实际上他什么都明白。

这么明白的一个人，现下却沦落至此。

佛家常言："一念成佛，一念成魔。"或许一个人的改变，有时候真的就在那一念之间。

3.

沈如钧的身份现下来讲实在很敏感。他是抗日将领太太的亲哥哥，又是人人恨而诛之的卖国贼；他是全天津，工人待遇最好工厂的老板，也是众多与日合作资产家中的一员。他为人时好时坏，始终徘徊在善恶的边缘，飘忽不定，令人捉摸不透。

欧阳青性情刚直不阿，弄不透这些弯弯绕绕。总觉得七年前，他和沈如钧念书那会儿，是此生最好的时光。

在军校里凭实力说话。欧阳青天赋异禀，门门试炼都名列前茅，似乎天生就是做将领的料。沈如钧则烂泥扶不上墙，却也因着家境好的关系，为人大方，又常常帮持欧阳青，一来二去，两人就成了挚友。

一个月少有的几天假期，沈如钧常常邀他去沈家做客。知道了欧阳青倾慕自家妹子，每回他们去骑马时，沈如钧还会把沈盈也叫上。

他似乎从来都不曾因为欧阳青的出身而瞧不起他，这在世家出身的少爷中实属罕见。

他们常去骑马的一个地方，是沈家后面的小山坡。那里少有人来，地势也平坦，可供他们肆意策马飞奔。尤其到了暮色西沉时，一轮金灿灿的巨大落日映满人的瞳孔，四处云彩皆被烧得火红。山坡下的青瓦白墙，袅袅而起的人家炊火，都能尽收眼底，那种扑面而来的震撼感非言语能够形容。

那幅景象其实和国内的情况很相似，既美得令人眷念沉迷，无形中也透着万分苍凉。

他们彼此都不说话，沉默地想着各自的心事。

"欧阳，"有一回下山的路上，沈如钧突然小声叫住欧阳青，又示意他不要惊动前面的沈盈，"你愿意照顾我小妹一辈子吗？"

欧阳青霎时被他这突如其来的话问得一蒙。从前沈如钧虽早就知道这事，却从未挑明。欧阳青看着他少有认真的神色，心下一凛，同样严肃地答道："当然，哪一日我死了，也定当护盈妹周全。"

沈如钧微微一笑："你可要记得今日说过的话。"

欧阳青觉得这话说得就跟托孤似的，不由得又补充道："你呢，你是她哥，有你和我在，还怕照顾不好盈妹吗？"

"人有自知之明，也是中华民族的一种美德，"沈如钧一哂，自嘲地说，"自古无用是书生！"

听这话欧阳青才想起来，沈如钧的文章写得极好。原本沈家是准备送他去北平念书的，后不知怎的，他非要弃笔从戎，来军校上学。

可有些东西，天生就是无法靠后天努力来弥补的。

沈如钧随意散漫地骑在马上，眼睛却痴望着山下的人间烟火。良久，他转过头，长长地叹了口气，对欧阳青道："你说，这盛世天下真的会到来吗？"

这句话如果被别人听到，或许会被扣上"扰乱民心，妄肆论政"的帽子，可此时此刻，欧阳青心中只陡然升起一阵肃穆和敬畏。他沉吟片刻，认真地望着沈如钧的眼睛说："会的，如钧，你信我，战争总有平息的一天。"

沈如钧弯眼一笑，伸过手来与他紧紧相握："好！那等天下太平的那天，若咱们兄弟还能相聚，再来一同骑马，共看这锦绣河山！"

只可惜昔日誓言犹在耳畔，现却已经物是人非。

家国之大，天地苍凉。

4.

没过几天便是七夕，虽然已经是沦陷区，街道各处还是热闹非凡。因为沈如钧的事，即便沈盈没有提起，欧阳青也看得出她这几天一直不高兴，就趁着节庆拉她上街看花灯。

还未等到华灯初上，花市便已经灯多如昼。穿过缭乱人眼的各色华灯，欧阳青牵着她往石桥上走。桥下河水悠悠，在月光下泛起粼粼波光，漂浮的河灯从远处转过来，撞散水中明月的倒影。

"盈妹，你我相识已经七年了。"欧阳青含笑看她，月光下他坚毅的眼睛泛着柔和的光，仿如一头细嗅蔷薇的猛虎。

沈盈抿起唇瞪他，嗔道："盈妹盈妹，都是欧阳太太了，怎么还这个叫法？"

欧阳青伸臂将她揽入怀中，低声道："改不过来了，就这么叫着吧……"他将下巴抵在沈盈额头上，闭上眼，"能在这乱世之中，护你一世安好，我欧阳青也不枉此生了……"

沈盈回想起当初嫁给欧阳青时，他才刚从军校里毕业，没有军功，没有官职，除了颗真心，一穷二白。家里人一致反对，唯一站在她这边的只有沈如钧。

沈老爷恨声问他："这是你亲妹子，你就非把她往火坑里推？"

沈如钧面如沉水，只答道："我知道欧阳的为人，日后他定将成就一番事业的。"

不得不说，沈如钧看人很准。想到他，沈盈不由得又皱起眉头。

童年时，沈如钧长她两岁，自小机灵，观察力极强，虽然对父亲教导的经商那套学得一窍不通，却写得一手好字，文章也自得一番风流。家里人都说，沈家三代从商，总算要出个秀才啰。却没想到秀才还没出，就传来沈阳沦陷的消息，才回老家不久的奶妈被炸死在途中。

沈如钧是奶妈一手带大的。他的亲娘一直忙着和姨太太斗智斗勇，根本不太管事，沈如钧从小就认奶妈是娘了。

虽然嘴上不说，沈盈也能猜得到奶妈的死，给了沈如钧多大的打击。第二年，沈如钧刚满十六岁，就跑去念了军校。

一直到念完军校，哪怕他差点因为门门不及格而无法毕业，沈如钧都还是沈盈心中的好哥哥。直到去东洋留完学回来，才变得连沈盈都不认得了。

从前的沈如钧虽然娇生惯养、吃喝挑剔，成天没个正形，可到底秉性不坏，整个人是有朝气的；不像回来之后的沈少爷，每晚醉眠烟花柳巷，在欢乐场一掷千金，流连于各类交际晚会，甚至倒在烟馆里抽鸦片。

他是沈家的独子，沈家唯一的希望。看他这样，沈老爷被气得中风，自此瘫痪卧床。

"哥！你干吗这样糟蹋自己！"沈盈也曾扯着他的领子，哭着质问。

可是记忆里那个总是嘻嘻哈哈，好像什么事都不会压倒他的哥哥已经不见了，取而代之的是沈如钧纨绔调笑的脸："小妹，这世上有些东西是你改变不了的，就只能自己看开点了。"

沈盈听得一呆——沈如钧已经放弃了。曾经他所追求的一切，在他说出这句话时，就都已经被他放弃了。

没有信仰的人，则无以为继。这就是沈如钧变得如此颓丧放纵的原因。

站在清冷而温柔的月光下，沈盈注视着眼前欧阳青坚毅硬朗的脸——现实固然残忍，可也总有一些人前赴后继，不肯放弃。

5.

"盈妹，你放心，我不会让如钧出事的。"夜色里，欧阳青低声说。

他实在是个脑子很直的人，因为少年时沈如钧帮了他许多，就一直感念在心，认定他人品不错。哪怕之后沈如钧干出各种荒唐事，也都觉得他要么是一时糊涂，要么就是有苦衷。

沈盈咬紧了唇，想说"不要管他"，脑子里又不断回忆起从前沈如钧疼她的事。不能否认，从始至终，沈如钧待她很好。沈盈把脑袋埋进欧阳青怀中，闷闷地小声说："最后一次，往后他再自己作死，就由得他去死好了。"

只是这句话，不知道是说给欧阳青听的，还是说给她自己听的。

把沈盈送回家后，欧阳青又去了地牢一趟。天津仍然沦陷，沈如钧是他们的人费了大功夫才抓来的。按理讲，像沈如钧这种级别的高级反派，只要不鞭尸，违背人道主义，让他怎么死都可以。可欧阳青利用自己的职权生生将这事压了下来，没再向上级汇报。

他想为沈如钧争取一条最后的活路。

走进地牢时，他几乎还没靠近牢室，黑暗里就传来沈如钧的声音："欧阳，带酒了吗？"

欧阳青微微一愣，倏尔笑道："你怎么知道是我？"

"小妹之前就来过了。现在还想着来看看我的，不就只有你俩了吗？"沈如钧语气懒散，就像在军校时他们任何一次相遇，打了个招呼那般简单，"再说你是左撇子，走路声音都是一轻一重的。"

即便身处牢狱，沈如钧却还是那副没个正形的模样。

"如钧。"欧阳青在牢门前站定。黑暗里，他们的眼睛都显得那样亮。欧阳青默默看了他一会儿，才缓缓接着道："你没有变。盈妹和我一直很挂念你。"

"别这么讲，小妹前几天才骂我是沈家的败类呢。"沈如钧调侃着，自嘲地说，"我自认为从前做人还是不错的，你还是说我变了，我高兴些。"

欧阳青摇摇头，想叫他别这么说自己，又不知从何开口，末了才闷出一句："你不是那样的人，这些年，你的眼神从没变过。眼睛是不会说谎的。"

闻言，沈如钧一愣，一片昏暗的地牢里静得只听见彼此的呼吸声。

"可心，到底不一样了。"末了，沈如钧轻声叹道。没有嬉笑嘲讽，没有调笑风流，说这话时他的语气平静而淡漠，无奈中透着沧桑。

"不用再想法子策反我了，我什么都不会说的。"沈如钧语气淡淡，"现下这境遇，我其实早就料想到了。"

终于被他那厌倦随意的态度激怒，欧阳青骤然暴起，怒吼道："沈如钧！你还记得从前咱们说好要共看盛世天下，锦绣河山的约定吗？你就是这么实现的？"

"我做不到，"沈如钧对他的暴怒无动于衷，声音冷冷地说，"我不会用枪，也不会搏斗，这双手除了拿得起笔杆什么都干不了，我为什么还要和你们一样去送死？"

"人生苦短，做不到的事情太多了。一根筋能跟命运拧巴到底对自己有什么好处？每个人，要走的路都是不一样的！"沈如钧深深吸了口气，让自己平静下来，"欧阳，我们不一样。"

6.

不一样。不一样？欧阳青内心翻腾不止，愤怒几乎要将他淹没。他从头到尾、全心全意信任着这个人，一门心思地相信他是有什么不得言的苦衷，抱着最后一丝侥幸的希望来问他，却没想到不过得了一句"我们不一样"。

欧阳青像个疯子般放声大笑，沈如钧始终不发一言地看着他。终于，他笑够了，踉跄着退后两步，悲怆而颓丧地说："如钧，我怕是救不了你了。"

沈如钧平静地点了点头，一张脸上不悲不喜，只淡淡道："小妹就拜托你了。"

欧阳青喉结滚动了一下，嘴唇微微颤动，一双虎目盯了沈如钧半晌，终究还是什么都没说。

"下回来，给我带些酒吧。"欧阳青的身影消失在地牢前的最后一秒，听见沈如钧这样说。

"一壶浊酒，尽余欢呵……"地牢再一次"哐当"一声关上了。空旷潮湿的黑暗里，他的脊背顺着墙壁缓缓滑下来，身体颓败地跌在破草席间，声音沧桑而落寞。

有些事情，一步错步步错，直到满盘皆输，再也回不了头。

欧阳青这下真的不知道该拿沈如钧怎么办了。之前他心里总认定沈如钧不是大恶之人，若是愿意和他们里应外合立个军功，他再跟上级求几句情，沈如钧就不会死。却没想到这人是真死心塌地搞叛国，半分不知悔改。欧阳青想了半宿没睡，早上眼下一片乌青。

吃早饭时，沈盈问："他不答应，是吗？"

欧阳青"嗯"了一声，含含糊糊不知怎么说才好。

接着沈盈没再说话，饭桌上一片安静。沉默良久，沈盈低着头，把脸埋进碗里，低声说："路是他自己选的，他……"

后来的话，她没有说出来。欧阳青觉得，她或许是哭了。

乱世之下，每个人都显得那样渺小，个人的爱恨家仇被时代洪荒一冲而散。那么多人，再相见时彼此却已经走向了相反的道路，你想救他，却救不了，也不能够救。

沈如钧像根刺一般扎在欧阳青心头，既不能放了他，也狠不下心将他转交上级。可还没等欧阳青下定决心怎么办，上天就已经替他下了决定。

在被抓进来的第九天，欧阳青的隐藏据点被特务发现，不由得迅速撤离，沈如钧在途中乘机跑了。却没想到，他跑了就算了，竟还偷走了欧阳青的部分重要资料！

沈盈气得发抖，没想到他会那么糊涂，恨不得追上去一枪毙了沈如钧。欧阳青摁住她，知道现在没有电台，唯一的办法只有迅速赶去下一个联络点，将消息发出去，让其他人赶紧改变策略——被沈如钧偷走的，是浙江兰溪的地形图和国民军详细部署。

7.

欧阳青和沈盈日夜不停地赶往兰溪，一路上的关卡检查比往常多出近乎一倍。欧阳青起初还会不时安慰沈盈几句，兴许沈如钧不知道那是什么，不过顺手牵羊罢了。可越往后走，越来越严格的层层关卡，都只昭示着一个事实——兰溪真的出事了。

欧阳青本是新任命的兰溪作战统帅，可当他赶到时，整个兰溪已经是一片混乱。四处都是暴起的战火枪声，城门残破不堪，每走一步，脚下的泥土都会溢出鲜红的血水。

兰溪已然几近失守。

看见这幅景象后，欧阳青的第一反应便是将一切钱财资料全部交给沈盈，让她带着包裹赶紧离开。

"趁着兰溪还没全部沦陷，赶快离开这里。回后方指挥部，告诉他们这里的情况……"一路赶来，欧阳青满面风尘，额头上沾了脏兮兮的黑灰。他飞快地向沈盈交代着事情，目光却一眼都不曾离开。他充满眷恋和不舍地看着沈盈，眼中的坚毅和决绝不减分毫。

"盈妹，"他轻声唤道，"本来是答应照顾你一辈子的，现在……以后你也要照顾好自己，别让我担心，知道吗？"

布满枪茧的粗糙手指轻轻为沈盈撩起一缕发丝，欧阳青的眼睛里泛着一片温柔的光。他不知道现在看向沈盈的哪一眼，会变成最后一眼。

"不，不行，我要留下来，"沈盈慌乱地紧紧抓住欧阳青，声音已经带上哭腔，她用尽全力才不让眼泪掉下来，"让我留下来，和你在一起，只和你在一起就够了……"

无论生死，只要和你在一起就够了。

那一刻，沈盈仿佛又回到了七年前，她还是个不知天高地厚的小丫头的时候。欧阳青常来沈家做客，凡事和沈如钧一样宠着她。比起沈如钧的纨绔没正形，时不时还会捉弄她一下，欧阳青显然更成熟稳重。

他话不多，常常只是默默地看着她，偶尔也会微微露出一个笑容。欧阳青总是那样安安静静、不动声色，就像她背后一座沉默的山，即使他什么都不说，也给人无比的安全感。

如今，这座山不仅是她一人的安全屏障，还要为更多人遮风挡雨。哪怕这座山会因此而崩塌，沈盈也一定要陪在他的身边。

不远处的炮火声接连不断，沈盈执意不肯离开，欧阳青没有办法，最后与沈盈紧紧拥抱了一下，就匆匆奔赴战场。

男儿何不带吴钩，收取关山五十州。

沈盈没有流泪，她不敢。她要大大地睁着眼睛，一动不动地看清楚欧阳青离去的背影。恐怕这是她这辈子，最后一次这么看着他了。

8.

　　小时候，每次沈盈闯了祸，沈如钧都带她躲进家里的地窖。地窖里漆黑漆黑的，沈盈总是很害怕。沈如钧就在一片黑暗里牵着她的手，小声地给她讲故事。直到地面上寻找的人散了，爹娘差不多也都已经消气，再带着她爬上去。

　　沈盈那时年纪小，个头也矮，沈如钧就让她踩在自己的肩上，很努力踮起脚尖将她送上去。地窖门一开，外头的光漏进来，总是刺得沈如钧眼睛一眯。沈盈到现在还可以清楚地回想起，他一手扶着自己的小腿，一手捂住眼睛的模样。

　　可是现在，外面的枪击声连片，时时还有爆炸的声音，防空洞上方动辄落下一片粉尘。沈盈一个人缩在防空洞的角落里，她一直在流泪，身体瑟瑟发抖。这里很黑，和童年时的地窖一样黑，可是再也没有那个牵着她的手、给她讲故事的人了，而另一个唯一可以带她走出黑暗的人，在几尺之上的地面，生死未卜。

　　沈盈不知道自己在防空洞中待了多久，从进来后她就一直没有吃过东西，路上仅剩的一个馒头她塞给了欧阳青。欧阳青是兰溪的新调指挥官，可在这兵荒马乱的时候，指挥官和战士又有什么区别呢，还不是一样饿着肚子也要冲上去。

　　她心里还是存了一丝侥幸的。虽然战势这样糟糕，可她还是想着，或许欧阳青能活到最后。

　　毕竟他是一个那么好的人。

　　防空洞里很冷，地底的潮气逼上来，令人感觉到一种透骨的湿寒。

沈盈紧紧抱着膝盖，迷迷糊糊地想：不知道地面上冷不冷，欧阳青冷不冷？

饥寒交迫之下，沈盈渐渐陷入昏迷。其间她只醒来过一次，一阵极为强烈的地动山摇将她震醒了，大片粉尘簌簌落下，"轰轰"的声音持续了很久才停息，似乎地面上发生了一连串的大爆炸。

昏迷的时候，沈盈感觉全身发烫，连呼吸都是热的。她隐隐约约知道自己在发烧，并且烧得很厉害，可就是一点求生的欲望也没有，脑子里一直有个小小的声音，不断地说：死了吧，反正欧阳青或许也不在了。

后来迷迷糊糊之间，一只冰凉的手探到沈盈滚烫的额上，手掌皮肤粗粝，带有许多枪茧。那感觉沈盈很熟悉，又听见一个声音在耳畔响起："盈妹。"

她挣扎着睁开眼，眼前是欧阳青疲惫的脸。他穿着军装，一身血污，目光却还是温柔的："你这么任性，让我怎么放心？"

沈盈瞬时眼泪就下来了，她一边流泪，一边笑着说："你回来了啊，有你照顾我就好了嘛……"

欧阳青没有回答她，他伸出还沾着鲜血和泥土的手指小心翼翼地为她擦去眼泪，温和而耐心。

"盈妹，好好活着。"

欧阳青突然放开沈盈，转头向出口的方向走去。无论沈盈怎样呼喊，都没有再回头。

1942 年，兰溪第一批守卫军，全军覆没。

9.

据人说，沈盈当初躲藏的那个防空洞是坍塌了的。可不知为何，后来的士兵是在一个街道的拐角处发现了她，身边还放着干粮和水。那时候兰溪几乎是一座空城，国民军战死了。后来又发生了一连串莫名的爆炸，防空洞多数坍塌，剩余不多的日军也丧命其中，其中甚至包括两名中将。当第二批国民军到来的时候，几乎是毫无阻碍地接手了兰溪。

不过这些，沈盈是不怎么关注的。她独自一人回了天津，在欧阳青的老家给他立了个衣冠冢。因为那场战役实在惨烈，根本无法找到欧阳青的遗体，沈盈就把他平日里最常穿的一件衣服葬了进去。

她在天津乡下隐姓埋名地住了下来。从五年前沈如钧变成卖国贼以来，就和沈家断绝了关系，如今更是没有任何来往。

后来有一日，沈盈发现欧阳青的坟冢前放了束新鲜的百合，花瓣上还凝有露珠。她看都没看，直接拿去扔了，就连扔完后擦手的手绢都没要。

这花太脏，沾了多少人的血，她连碰一下都觉得恶心。

从那天起，欧阳青的坟冢前时不时都会出现百合，但沈盈从来没有留下过。

如果说从前多少有些不忍的话，现在，她是真的恨沈如钧。

清早晨光熹微，沈盈出门比平常早些，守株待兔地遇见了沈如钧。看见她，沈如钧似是吓了一跳。沈如钧一向是个嬉皮笑脸、油嘴滑舌的人，这样沉默着相互对望的场景很少见。

"你不用再来了。"沈盈开口说。

沈如钧定定地站着，什么也没有说。他紧抿着嘴角，一双漆黑的眼睛宛如深潭，叫人看不到底。良久，他深吸一口气，从口袋里掏出件什么，沈盈还来不及看清他的动作，就听见一声枪响。

在沈如钧白色西装的右腿膝盖处，开出了一朵艳丽的血花。这剧痛令他整个人都不由得躬下身，颤抖起来。沈如钧无声而剧烈地喘了两口气，努力令自己平复下来。

"小妹，我欠欧阳和你的太多。这条命且存我这儿几天，先拿条腿还你，可以不？"他苍白着脸，额头上尽是冷汗，却还是像往日那般嬉笑的语调。

沈盈发着抖，她觉得沈如钧简直是个疯子。

"我永远都不会原谅你！"

听到这句话，沈如钧全身僵了一下。但很快他又恢复平常那副玩世不恭、纨绔子弟的模样，一张已然疼得毫无血色的脸，硬生生带上调笑不羁的笑容。

没有再说一句话。他转过身，拖着已经残废掉的右腿一瘸一拐往回走。每一步，都有淋漓的鲜血顺着裤腿淌下。血落在地面上，蜿蜒成一条弯弯曲曲的血路。

沈盈觉得，沈如钧如果就这么走回去，可能到不了沈宅，就会失血身亡。

可她管不了，也不想管了。毕竟，她早已不是沈盈，而是欧阳青的遗孀。

10.

沈如钧只来过那么一回，之后再也没有来过。他当时的举动太惊世骇俗，沈盈几乎以为他要改过自新了，结果没多久又传来沈家少爷赴伪政府宴会的消息。报纸上的沈如钧一手扶着拐杖，笑容依旧放浪纨绔。

沈盈一把撕了报纸，眼睛里一片冰寒。她对自己说，从今天起，就当沈如钧死了。

多年后再想起来，那确实是沈盈最后一次见到沈如钧。她曾努力地想要回忆起那张与自己七分相似的脸，可不管在脑子里怎样描摹，都始终只记得他嬉笑着弯起的嘴角，那双黑白分明的眼睛是怎样，总是模糊着的。

时间过得很快，三年时间弹指即过。天津的日军撤退，大街小巷处处欢天喜地。沈盈依旧还是在乡下种种田地、扫扫墓。在这场长达十四年的战争中，她爱的人和爱她的人都已死去，这盛世天下来得太晚。

几乎没有人还知道她叫沈盈，是名商沈家的二小姐。一年前，一个日军上将在天津遇刺身亡，而日本人又正缺军饷，便顺手将罪名安在了沈如钧身上，查封沈家全部家产，充作军用。

盛极必衰，荣极则辱。和日本人打交道本就是与虎谋皮，自古至今，又有多少卖国贼落得好下场过？

从前名盛一时的名商沈家惨烈落幕，人们茶余饭后说起此事，也不过不屑地吐出一口唾沫，骂一声"罪有应得"。

后来偏僻的乡下却来了军队的人，拿着沈盈的照片四处找她，说有遗物需要转交。

沈盈以为是欧阳青留下的，却没想到那人说不对，原主是姓沈。

原主姓沈？沈盈不解，据她所知沈家并没有从军的人。当着送信人的面，她打开木盒，里面有一张照片、一封信。

照片上是沈盈从未见过的沈如钧。他穿着笔挺的军装，肩上戴有两朵银白色梅花章，规整的帽檐下是年轻而俊朗的脸。他紧紧地抿着唇，神情肃穆地望向镜头，烈烈眉峰间尽是少年英气。

"他是我们的特约通信员，"送信的人指着照片说，"一辈子只能穿一次军装，你留着，做个念想吧。"

11.

1936 年，刚从军校毕业，枪术、近搏无一擅长的沈如钧秘密加入政府通信机构。除了他自己，没有任何人知道，包括他千方百计要保护的沈盈。而他的任务是，前往东洋和日本人搭上线，成为全天津的消息传递中枢。

沈盈手指发着颤，费了好久，才颤抖着拿起那张明明就近在手边的照片。无数过往的前尘旧事，都在眼前逐渐变得清晰起来……

"欧阳，现下这境遇，我其实早就料想到了。"

"我不会用枪，也不会搏斗，这双手除了拿得起笔杆什么都干不了。"

"自古无用，是书生……"

"每个人，要走的路都是不一样的！"

原来如此，原来他是这个意思！沈盈如遭雷击，她听见自己用颤抖的声音问："那他为什么要偷走资料，将兰溪的兵力部署交给日本人！"

"那次我们的任务是除掉天津的两个日本中将，实在迫不得已，才用兰溪做诱饵，但沈如钧早在他们前往的途中埋下了炸药……"

沈盈想起在防空洞中所感受到的，那一连串剧烈的爆炸，一旦正面遇上，绝不可能逃生。沈如钧真的很聪明，那个计划无论怎么推都万无一失，可他千算万算，独独没有算到欧阳青是兰溪的指挥官。

后来，当他发现欧阳青也出现在战场上的时候，一切都已经来不及了。按计划应当是沈如钧前去点燃炸药，可欧阳青拦住了他，那时欧阳青已经中弹，腹部鲜血如注。

"如钧，我就知道没看错你，"欧阳青嘶嘶地抽着气，断断续续地说，"我活不了了，盈妹不能没人照顾。她在防空洞里，去，把她接出来，她怕黑。"

紧接着，欧阳青冒着密集的枪林弹雨冲了出去。子弹打在他身上发出闷响，可他一直没有停，大吼着向前奔去，直到爆破点燃起一片火光。

他最后交给沈如钧一个馒头，是沈盈塞给他的，他没舍得吃。或许他也曾有过一丝希望，盼望自己能活下来，把馒头再带回去，留给沈盈。

沈如钧看着欧阳青映在火光里的身影，他从来不知道生命可以这样热烈，这样悲壮，这样婉转柔情。

"最后，最后把我从防空洞里背出来的，原来是他？"沈盈肩膀剧烈颤抖着，捂住嘴不停地流泪。

送信人点点头。

沈盈已哭成了泪人。送信人不知何时已走了，她只感觉天昏地暗，脑中一片眩晕。如果这就是真相，她永远都不会原谅自己。

她曾经冷冷地对沈如钧说："你根本就是沈家的败类。"愤怒地朝他大喊："我永远都不会原谅你！"甚至无数次满怀恶意地诅咒他……

可从小到大，每一次，都是沈如钧将她从黑暗里带出来，走向光明。

12.

沈盈回过神来时已近黄昏。她从地上爬起来，双腿已经跪压得麻木，手里紧握着照片，跟跟跄跄地就往乱坟岗跑。

当时沈家被封时，沈老爷和太太一干人已经不知所终。家里大大小小许多值钱的东西都不见了，整个沈家就剩下一个空壳子。当时尚觉奇怪，现在想来，应该是被沈如钧提前转移了。

可这样的结果就是，沈如钧死后连个收尸的人都没有。

说起来，沈盈根本不知道他是什么时候死去的。

在某一天纳凉的时候，无意听邻居说起："沈家大院被日本人抄啦，真是报应哟！"

"那个给日本人卖命的沈少爷呢？"

"嘿，哪儿还有什么沈少爷。日本人也许是惦记上他的钱，说他是特务，昨个儿割了嘴游街呢。估计挨不了几天咯。"

当时的沈盈听了一愣，手中的蒲扇掉下来。说不清是难过还是解恨，但从此果然再没有听到任何关于沈如钧、沈家的传闻了。

这辈子最疼她的哥哥，背负着不属于他的骂名，独自死在了没人知道的地方，连个坟冢都没人立。

他死前在想什么呢？他后悔吗？这样孤独而痛苦地死去，那个总是嬉皮笑脸，好像对什么都不在乎的人，会不会终于落泪？

乱坟岗附近住着一个无处可去的老人。沈盈红着一双眼睛问他："你知道沈家的少爷沈如钧被葬在哪儿了吗？"

老人佝偻着身体，用不屑而促狭的语气说："就是那个汉奸？啧，真是造孽哟！手脚全被打折了拖过来的时候，还没断气呢。牙齿、舌头都被拔了，浑身血淋淋的，一直半死不活地喘了一个多小时才咽气，骇死人。真是自作自受哟……"

沈盈几乎不敢想象，那个总是穿着白色西装，笑眯眯地牵着她的手，问"今天想去哪儿玩呀"的哥哥最后临死前的模样。

强忍住眼前一阵阵发黑，她几近崩溃地大声吼出声："他不是！"

顾不上老人惊愕的眼神，沈盈跌跌撞撞地向乱坟岗走去。

她要找到他，地底那么黑，沈如钧一定很冷。

13.

沈盈在欧阳青的坟旁给沈如钧也立了个衣冠冢。她终究还是没找到沈如钧的尸骨，那么多白骨，她不知道哪一具才是他。

衣冠冢里什么都没有，沈如钧最后留给她的照片和信，她舍不得葬。

信上只写着一句话：小妹，盛世来了吧？

沈盈常常想起，多年前欧阳青和沈如钧都还在的时候，他们在小山坡上策马飞奔的场景。

一轮火红巨大的落日下，沈如钧骑奔在前头，时不时嬉皮笑脸地回头逗她。沈盈急手急脚地想要追上去，几次差点摔下马，而欧阳青安静温柔地跟在后面，沉默地守护着她。那时候，他们三个，一个都不少。

曾在黑暗中期盼了无数次的盛世天下终于来临，沈盈看见了，而每一个向死而生的生命，也都曾热烈生长过。